小島先生

陳廷威 著

自序

以前最常思考的問題是，寫這些東西要做什麼？

不論是詩，散文，或是小說，在這個快速流動且複雜的世界裡，紙上的文字到底能發揮什麼作用？如果暴行仍在看不見的角落每天上演著，如果仍有人為了明日三餐在深夜裡嘆息著，如果戰亂，疾病，飢荒仍每天帶走無數人的生命，那麼文學在這些苦難面前究竟能改變什麼？

過了好多年後我才明白，正因為這個世界不完美，文學才更顯得重要。我們追尋著有形的物質生活，卻忘記真正帶來力量的是那些感動落淚的時刻，夏夜裡一首輕快的爵士樂，或是一篇平凡簡單的故事，卻能讓人感覺處在痛苦及哀傷的自己並不孤單。

因為這些情感會讓人重拾信念，而當足夠相信一件事的時候，那件事就會成真。

小說裡刻意描寫了許多生活中的矛盾及衝突，甚至是仇恨。因為我希望把這些痛苦明確地展露出來。出於本能，大部分的人或許不願意面對傷痛，但這些過往始終真實地存在於我們生活之中，並成為了生命裡無法捨棄的一部分。

但同樣地，美好的事物也不斷在這個世界發生，人與人之間的可貴情誼，真心的無私付出，在現實的壓力下堅持做正確的事情。書中故事想表達的不是世上仍有無盡的苦痛，而是即使這個世界有時候殘破不堪，也要相信愛與善良最終能修復一切。

這本書獻給那些在生命裡跌了一跤，卻仍勇敢站起來的人。也希望這短短的文字，能帶給這個世界更多的力量及勇氣。

目錄 CONTENTS

齋藤智子

「請給我兩個飯糰，包梅子的，謝謝。」

我一邊跟飯丸屋的老闆說著，一邊將手中的花束小心翼翼地套進透明的花套袋裡，還沾著露珠的花朵在陽光的照射下更顯鮮亮。

「哦，是齋藤太太啊，今天的花也很美麗哦！」飯丸屋的老闆拿起剛捏好的飯糰，交到我手上時說道。

「謝謝您，這個季節剛好是鬱金香開得最美的時候，不嫌棄的話您也拿一朵吧。」我從花束中抽起一朵已經包好花套袋的鬱金香。

「啊，這怎麼好意思呢！」

「別這麼說，平常承蒙您照顧了，我們千代特別愛吃你們家的飯糰。」

從飯丸屋出發走路約十分鐘，就會看到商店街。在我小的時候，這裡只有寥寥幾間攤販，連個市場都算不上。但隨著戰後的復甦和重建，我們這個小地方也開始發展起來，大家攜手協力，共同在這裡開闢了一片新天地，所以商店街裡的每個人，不論是店家或是附近居民，對在地的情感都格外濃厚，也積極參與像是廟會慶典等地方活動，並扮演了重要的角色。

商店街走到底，就能看到一間隱身在角落的花店。規模雖不大，卻時常吸引過路人的目光，因爲店門口總是擺滿了各式各樣的花朵。來商店街採買食材的婆婆媽媽們偶爾會在我這買幾支百合花回家，或是來買花的客人順便跟旁邊的攤商買了幾斤豬肉當作晚餐的材料。這種互利共生的模式讓我跟其他攤商的維持著友好的關係，附近的店家老闆常常塞給我許多零食餅乾，或是牛奶飲料，都說是要送給千代的。

我將手中的鬱金香擺放在門口角落的盆栽裡，看著周圍忙碌的大家，在這個彼此共同努力的環境裡，我陷入了沉思。

這麼多年了，我有成爲足以被人注意到的存在嗎？

不論是成長、讀書、工作，還是結婚生子，我都一直待在同一個地方。我不擅長接觸人群，也毫無對事業的抱負及企圖心，於是就在生下千代的那一年，我決定自己開一間店。即使知道憑我的能耐很難做出多好的成績，但我仍嚮往有一個屬於自己的世界。

但之所以會選擇開花店，果然還是因爲那次意外吧。

我將剛買回來的飯糰放在餐桌上，並拿起其中一個梅子飯糰放進微波爐中，這是要給千代當點心吃的。若要問我們母女之間的感情好不好，我能夠很有自信地說，世界上大概再也找不到像我們感情這麼深厚的母女了。記得千代還在唸小學的時候，我都會在放學之後和她一起散步回家，途中會經過附近的社區活動中心，那裡常常有針對單親家庭開設的親子課程，不但課程相當多樣，學費也非常便宜，千代非常喜歡去那裡玩，總是玩到精疲力盡才依依不捨地離開，我們會在路上買幾個梅子飯糰當明天的早餐，睡覺前會一起在床上聊天，直到千代的眼睛開始惺忪才會熄燈，等著明天一早再牽著千代的手去學校，就這樣度過充實而幸福的每一天。

雖然只是唸家裡附近的學校，但只要她去上學的時候，我都會期盼她早點放學回家，吃著我爲她準備的點心，聽她興奮地說著今天學校裡發生的趣事，這些平凡的小事，大概就是身爲母親所能感受到最滿足的幸福吧，這也是我給女兒最大的愛。

這些我從來沒有得到過的愛，就由我全部灌注在千代身上。

自從和丈夫離婚後，我便一個人扛起了照顧千代的責任。或許是爲了彌補她沒有父親的童年，幾乎任何千代想要的，我都會買給她。

千代剛滿十歲那年，我帶她去逛她最愛的百貨公司，當時剛好遇到登山季的促銷活動。我一直以爲登山是那些退休後有錢有閒的老人才會感興趣的嗜好，但沒想到現在的登山裝備也開始走時下流行的風格，精心製作的登山鞋一雙比一雙高級，價格也是貴得不得了，感覺穿著這種鞋子去登山好像在糟蹋寶物一樣。除了鞋子以外，還有一頂亮黃色的登山帽，帽緣繡滿了各種可愛的花卉圖案，正中間還有一朵醒目的鬱金香。

「您好，請問是打算要登山嗎？有需要的話都可以戴看看喔！」年輕的店員滿臉笑容地走了過來。

「啊，不……」我們從來沒有全家一起去登山過，目前也沒有打算，只是看看而已，謝謝。

明明這種話可以用一個微笑輕鬆說出口，但我卻做不到。

我沒有辦法自在地接受別人的善意。

為了避免尷尬，我將目光再次轉向了那頂登山帽，看起來應該是手工製作的吧，那朵鬱金香應該也是一針一線用手繡上去的，看來價格一定不便宜。然而當我準備牽著千代離開時，她卻突然這麼對我說。

——媽媽，我們去爬山吧。

我猜是上週播出的電視節目，才讓她突然有這個想法。那次的節目是介紹台灣的太魯閣山，我從沒去過台灣，對那個地方也不太了解，但當時看見電視上雄偉壯闊的峽谷和峭壁時，我也對那樣的景色感到有點嚮往，更別說還只是小孩子的千代了。

但也有可能她只是單純喜歡這頂帽子而已。

我看了看價格，或許是因為促銷的關係，我驚訝地發現比想像中便宜，看來真的可以考慮去登山。

最後那頂登山帽和登山鞋我都買了，並打算下個週末母女倆一起去爬山。

沒想到卻發生了那樣的事情。

考慮到千代的體力，我們決定去爬家裡附近的小山，山頂上還設有小木屋能讓旅客休息。雖然她一聽到不是要爬電視裡的高山時有點失望，但我跟她說如果這次能獨立爬完整座山，下次我們就挑戰更高的山的時候，她就又露出了開朗的笑容。但其實我是騙她的，我怎麼可能放心讓她去爬那麼高的山，太危險了！

終於到了出發當天，沒想到卻下起了細雨，天空蒙著一層厚重的灰色烏雲。果然還是取消吧，我心中正如此盤算時，卻看見千代已經穿好登山鞋，興奮地拉著我。我不忍心毀了她的期待，於是評估了一下窗外的天氣，雨勢其實不算大，必要時穿著雨衣就好了，而且如果今天不去，以後可能也沒什麼機會提起興致去爬山了。

在坐了一個小時的公車後，我們到達了山腳下的登山口。除了我們以外，也有一些年紀稍長的登山客，看來登山果然還是屬於老人的活動，我暗自在心中想著。千代熱情地跟他們打招呼，那些老人不斷誇著千代年紀這麼小就來登山，看著她靦腆害羞地笑著，我心中湧起一股驕傲的成就感，畢竟是自己的女兒被稱讚。

幫千代穿好雨衣後，我們並肩走在上山的小路，之前在查這座山的登山路線時，還擔心這條路線會不會太過崎嶇，不知道千代能不能順利走完全程。但實際來到這裡之後，發現山路比我想像中平順，千代也充滿活力地走著，絲毫沒有一點疲倦或不耐，看來是我多慮了。

做任何事之前先做好萬全的準備，是我的習慣。從以前開始就是這樣，我必須一個人規劃所有事情，才能全盤了解狀況，並且在緊急時後做出應變。從很小的時候開始，我就很習慣只有一個人的生活。

但如果是跟別人一起行動，情況就完全不同了。

小學六年級的時候，學校舉辦了露營活動，讓大家在享受露營樂趣的同時，也能體會到群體生活及相互合作的重要性。我們搭著遊覽車前往露營地點，一上車就聽到班長大聲提醒大家這次露營的注意事項，並且主動起身檢查大家的雨具及手帕是否都有帶齊，才心滿意足地回到自己的座位上。

每個班上不是都會有那種人嗎，積極爭取在班上發聲的權利，並假借是爲了大家好的理由，強硬地讓所有人都能注意到自己，滿足心中的優越感。

我不喜歡這種人，所以我不喜歡班長。

但我想我不喜歡她的原因，主要還是因爲她跟我是屬於完全不一樣的人。

我習慣一個人做事情，最好不要引起任何人注意，每當有人過來問我在做什麼的時候，都會讓我很緊張。

爲什麼對方會這麼問呢？是因爲我沒有把事情做好嗎？

我心裡知道那其實只是一種善意的關心，我只是不知道怎麼接受這種好意。

抵達露營地點時已經接近中午了，所以我們決定先吃午餐。既然是露營，當然是自己生火煮飯，可能是第一次露營所以感到很興奮，我竟然自告奮勇要負責處理食材。

於是當其他人忙著收集用於生火的木材時，我便一個人掌管了所有食物，每個班級的食物都是由各班級導師統一採買，爲了顧及大家的飲食均衡，裝食材的袋子裡有肉也有青菜水果，當然少不了白米。

因爲煮飯需要比較多時間，而且還要先洗米，所以先從米飯開始處理會比較省時間，這都是我每天自己煮晚餐時所學會的技巧。

我把白米和清水一起加進鍋中之後，抬頭看見大家已經把木材架起來，準備生火了。那我也要加緊準備了，正當我這樣想的時候，就看到班長走了過來。

「齋藤同學，妳需要幫忙嗎？大家都在等妳喔。」又來了，大家明明還在忙著生火，根本沒人有空顧及食材，她只是想要找藉口插手，然後把一切掌握在手中而已。

明明心中是這樣想的，但她的話卻讓我開始緊張起來。

「不用了。」我為了展現鎮定，故意用冷冷的口氣回她。大家都還在忙，沒有人注意到我這邊，我在心中不斷地這樣說服自己。

班長自討沒趣便離開了，我心中暗自鬆了一口氣。

當我終於洗好米，並在鍋子中加入適量的礦泉水後，發現火已經升起來了，大家開始朝我這走了過來，雖然很不習慣大家看向自己的眼光，但我已經準備好了，所以也不至於恐慌。

「先把米飯拿去煮吧，我再來繼續處理其他食材。」我對著來幫忙的幾位同學們說道。

「好餓呀，食物到底準備好了沒呀。」

班長突然大聲說道。她一定是故意的！剛才明明在遊覽車上就把帶來的零食吃掉了一半。她一定是對被我趕走的事情懷恨在心。

雖然我沒有理她，但還是感覺到不少眼光往我這邊看過來。

我發現我的手開始顫抖，我試著深呼吸，讓情緒緩和下來，那鍋米飯不是讓其他人抬過去煮了嗎？我不斷告訴自己沒做錯什麼事情。

「只有米飯呀，還要花時間煮，我們想要馬上能煮好的東西，我們要吃肉！」班上的幾個男生也開始跟著班長起鬨。即使我緊閉雙眼，也能感覺到所有人正在看著我。大家是不是都覺得我很沒用？

我猛然睜開眼睛，才發現雙手因爲指甲陷入肉中而冒出鮮血，但我並不感覺疼痛。我抬頭看見班長一副勝利者的姿態，像是對著我說：「我就知道妳不行，還是讓我來吧。」

但我不甘心。

我拿起了放在大袋子裡的牛肉，頭也不回地走向剛生好的火堆，並把整塊牛肉放在火堆上的平底鍋裡。

當時的我腦袋一片空白，所以才聽不見大家阻止我的聲音。

突然爆出了好大一聲巨響，把我嚇到了，我才發現那塊肉開始溢出了好多水，平底鍋冒出了一大片的白煙，許多的水珠從鍋子裡彈開，落在了火堆上。我看著大家的努力逐漸縮小，最終熄滅成一片灰燼。

「搞什麼啊！妳不知道牛肉要先解凍才能下鍋嗎？」我不用轉過頭去看也知道是誰的聲音。

但即使我轉過頭去，眼眶裡的淚水也讓我看不清任何東西。

從那一天開始，我明白了一件事情。

即使是真心付出，我最終也只會造成大家的困擾。

因為我只是累贅，所以爸爸才會在我還沒出生的時候，就拋下了我。

隨著高度逐漸上升，周圍的景色也不斷在變化。千代興奮地跑來跑去，為了她的安全，我緊緊抓著她的小手，因此也被她拖著到處去。

一對年邁的老夫婦從我們身邊走過去，笑呵呵地看著千代活潑的身影。除了那對老夫婦外，我們的身後陸續又出現一些登山客，有獨自登山的大學生，互相依偎，充滿熱戀感的情侶，或是更多的年邁夫婦。但只有我是帶著女兒來的，因此大家都很熱情地跟千代打招呼。

過沒多久，千代就跟大家混熟了，不知道從什麼時候開始，她的手中及口袋充滿了大家送她的零食。我心中又不禁感到一絲愉悅。她像天使一般純潔，處處惹人喜愛，每天都保持那張可愛的笑臉。而這一切都是因為我有給她滿滿的愛，每當看著千代時，我都為自己的努力及付出感到驕傲且欣慰。

※

微波爐發出了嗶嗶的聲響，把我猛然從回憶裡拉回現實。我把梅子飯糰從微波爐拿出來的時候，晚上八點的鐘聲也剛好從那台老舊的時鐘響起。自我有記憶以來，這台時鐘就擺在那裡了，距今至少也有三十多年，但每當整點時，它仍準時地發出悅耳的鈴聲。因為歲月的關係，木造的外觀早已斑駁不堪，上面還有一條深深的痕跡。

我看著那條痕跡看得出神。記得小時候某一天，家裡收到了一封信，信封裡放了一張紙和一塊銀色的金屬牌子，年幼的我好奇地問媽媽那是什麼。

「這是屬於爸爸的東西喔。」媽媽摸著我的臉頰這麼說著。我聽完後高興極了，緊緊握著這片牌子又叫又跳，但媽媽看起來卻沒有很開心，臉上似乎還殘留著兩道淺淺的淚痕。

直到我了解真相前，這塊牌子就代表了爸爸，它曾經是我僅有的寄託和依靠。

但對現在的我來說，那卻是我承擔了一輩子的詛咒和憎恨。

我再次從回憶裡驚醒，看著頭上的時鐘，已經八點半了，千代還沒有下課回家，該不會是出了什麼事吧？雖然自己心裡也明白，現在的她因爲要準備入學考試，所以都會在學校晚自習結束後才回家，但心中仍不免擔心。

此時一個年輕男孩怯生生地走進店裡，身上還穿著學校的制服，上面寫著「石村」兩個字。

跟千代唸的是同一間，推斷他應該也是住在附近的住戶。

「您好，請問買花嗎？」

「啊，是的。」他害羞地低著頭，一看就知道是要買給喜歡的女生，於是我便挑了一支最鮮豔的玫瑰遞給他，花瓣上還沾著閃亮的露珠，是今天早上剛摘下來的。

「如果是要送給喜歡的人，玫瑰是最適合的喔。」玫瑰的花瓣很容易掉落，所以我將玫瑰小心翼翼地包好，才交給了他，這時才第一次看他露出微笑。

結完帳後，我看著他離去的身影，不禁想著這個年紀的戀愛雖然令人懷念。但他不用跟千代一樣準備考試嗎？畢竟這個年紀開始談戀愛，果然還是會影響到課業的吧。

所以我嚴格禁止千代談戀愛。每次只要有男生打電話到家裡來，我都會要求千代先把電話給我，詳細地詢問對方的身分和目的後，才允許千代接電話。

因爲這個年紀的孩子還不懂得談戀愛，也不需要。

雖然因爲青春期的關係，每個人或多或少都會開始對異性產生情愫，但在現今的社會裡，好好充實自我，成爲一個擁有知識和智慧的人，才是更容易存活在世界上的吧？畢竟已經不是那種女孩子家只要能嫁出去就好了的年代。如果她在外面跟一些不三不四的男生出去而影響了課業，養成偏差的價值觀，甚至在某一天回家時哭著跟我說她懷孕了……

我絕不允許這種事情發生！

所以現階段只要好好唸書就好了，雖然千代從小在單親家庭長大，可能比起其他一般家庭更缺乏來自雙親的愛，但是，媽媽也很努力在給千代全部的愛喔。所以戀愛什麼的一點都不需要，只要擁有媽媽給的愛和保護就夠了。

我和千代都會在晚上吃飽飯後，一起收看「家庭設計師」這個節目，節目內容主要是找各種專業人士來訪談，分享自身的經驗和知識給觀衆。其中最知名的就是西廂先生，他常分享一些親子之間的相處之道，以及身爲家長應該給予孩子的教育方式。節目上的他總是穿著整齊的襯衫，搭配合身的西裝外套，臉上戴著一副金框眼鏡，給人一種溫文儒雅的感覺。據說他來自名門家族，畢業於國外的知名大學，因此舉手投足之間都充滿了紳士的氣質。

原本以爲這樣的人會更加嚴格地管教自己的孩子，所以認眞看了幾集他在節目上的訪談，但他的教育方式卻出乎我意料之外。

——做父母的，不要太干涉孩子的行爲，或是給予過多的限制，才能培養孩子獨立思考和做決定的能力。

——我從不限制我的孩子能做什麼或不能做什麼，即使他出門到很晚才回家，也從不逼問他原因。

——選擇跟誰做朋友是孩子的自由，千萬不能以會交到壞朋友這種理由，而去破壞他的交友圈。

現場的來賓頻頻發出「原來是這樣呀！」的讚嘆聲，西廂先生臉上帶著一抹微笑，溫柔地看著跟著一起來上節目的兒子，年紀看起來大約十七八歲，長得又高又帥氣，一副充滿自信且成熟的樣子，跟西廂先生站在一起，看起來簡直就是完美的家庭模範，即使是透過電視，也能感覺到他們散發著一股成功人士的氣息。

結果就在節目播出後大約一週，各大報紙的頭條都刊登了一樣的消息：西廂先生的兒子因爲吸毒而遭警方逮捕。

據報導內容來看，是因爲交到了壞朋友，在朋友的引誘下開始嘗試吸食，最終沉淪無法自拔，已經持續至少兩年的時間了，然而西廂先生卻完全不知情。

在那之後，就再也沒看到西廂先生出現在節目裡了。

我對這樣的結果絲毫不感到意外。放任孩子自由發展，在我眼裡就跟棄養沒兩樣。這世界有太多的誘惑和危險，家長若不時時刻刻注意，怎麼能夠在關鍵時刻保護孩子呢？卽使有時候必須犧牲孩子的自由也是在所難免的。

什麼專家嘛！跟西廂先生比起來，我才更應該是教育孩子的典範。

※

大家登山的終點都是山頂上的休憩小屋，然而雨勢隨著高度上升而逐漸變大。就在我擔心這場雨會不會讓千代感冒的時候，朦朧的前方終於出現了一間小木屋。每個人都鬆了一口氣，接著有秩序地一一放下身上的行李和登山裝備，只有千代仍戴著那頂繡著鬱金香的帽子，好奇地在小木屋的每個角落探險著。大家也不因此覺得困擾，只是好心地提醒她要注意安全，不要跌倒或是撞到了。於是我便放心地開始辦理入住手續。

這場雨雖然來得快又急，卻也很快就停止了雨勢。天空逐漸晴朗，陽光從雲層中撒了下來照耀著山頂，我才注意到小木屋的周圍開滿了整片的花海。即使才剛遭到風雨的肆虐卻不減其姿色，反而在雨水及陽光的反射下更顯鮮豔。

在千代大聲喊出「媽媽——外面有好漂亮的花喔！」之前，我就知道她一定會迫不及待想跑出去玩，所以在一進小木屋後我便搶先辦理手續，好早點陪著她去那片花海玩耍。

無奈今天登山的人比想像中來得多，即使我已經用最快的速度了，前面仍排了長長的人龍，加上許多來登山的人都是行動緩慢或是聽力不好的老人家，光是跟他們說明簡單的注意事項就要花上半天。看來至少要一個小時才輪得到我了。

「再等媽媽一下喔，很快就好了，然後我們就去外面玩。」我不斷安撫著興奮的千代，但心裡也明白這種方式沒辦法維持太久。她一定很快就會感到不耐煩，接著開始大哭大鬧。讓原本那些稱讚她是乖孩子的其他登山客覺得厭煩。

——還以為她是個乖巧聽話的孩子呢。他們一定會在心裡偷偷埋怨著。

一想到這我便感到窒息，胸口像是壓著一顆巨大的石頭。

就在我拿出所有零食來引誘千代，卻仍成效不彰時，一位老爺爺走了過來。我認出他是在山腳下遇到的那對夫妻，同行的老婆婆因為體力比較差，已經去客房休息了。

「不介意的話，讓我帶著她去外面走走吧。」老爺爺和藹地對我說著。

「啊，那怎麼好意思，走了那麼久的山路，您也累了吧。」即使對方看起來很親切，但我心中仍感到些微猶豫，畢竟是剛認識沒多久的陌生人，怎麼能放心把千代交給他照顧呢？

「沒事的，我剛好也想出去外面散散步。」老爺爺又接著說，千代一聽到我們的對話，便開心地跑了過來，一副很期待的樣子，我的心中開始動搖。

隨著烏雲散去，外面的陽光也透過窗戶逐漸灑進小木屋內，一整片鮮花在微風中輕輕擺盪著。連我自己都想出去走走了，更何況是年紀還小的孩子。

難得來爬山，我不想就這樣掃了她的興致。

「真是不好意思，那就麻煩您了。」我感激地向老爺爺道謝。還沒說完，千代已經衝向門口，大聲地催促老爺爺，他向我禮貌地點了點頭後便往門口走去。

看著千代興奮的神情，老爺爺露出了慈祥的微笑，不知情的人還以為他們是一對爺孫女呢。

如果爸爸還在的話，我們家或許也能這麼幸福吧。

九點的鐘聲剛響過，千代才終於回到家裡。厚重的書包裝著無數的課本和參考書籍，把她瘦弱的肩膀壓出一道淺淺的紅色壓痕。我不禁感到心疼，但看著她的努力，心中卻又充滿欣慰。

「趕快把手洗一洗來吃東西吧，今天怎麼比較晚才回家呢？」

「有幾道題目比較困難，留在學校跟同學討論了一下才回家。」千代低著頭，一副精疲力盡的樣子。肯定是累壞了，我趕緊幫她把肩上沉重的書包給卸下來。

不知道是不是因爲裝了太多書的關係，書包上的扣子突然啪地一聲彈開，裡面的書本掉落一地。

也是在那個時候，我看見一片片紅色的玫瑰花瓣從書包裡散出，無聲地墜落在地面，幾顆透明無瑕的露珠在昏暗的燈光下孤單地閃耀著。

老舊的時鐘再次響起鐘聲，已經晚上十點了，我們看著散落一地的玫瑰花瓣，彼此都沒有說話。直到千代開始發出啜泣聲，我才把還緊握在手中的書包給放下，指腹因爲過於用力握著沉重的書包而變得紅腫。

千代蹲坐在地上，手環抱著膝蓋，我看著她紅腫濕潤的雙眼，她卻把頭側向一旁，不敢正眼看我。

我不是不懂這個年紀的情感，也明白這只是學生時期的小小戀愛罷了，但我的心中卻不由自主地充滿失望。

爲什麼不能理解呢？爲什麼不能理解媽媽想保護妳的心情呢？

甚至還說謊騙我，在我給了妳所有的一切之後，我竟不是妳能信任的人嗎？

就這樣維持了好一陣子，我才開口打破沉默。

「這些花是其他男孩子送妳的嗎？」我盡量保持語氣鎮定，努力扮演好一位溫柔且善解人意的母親。我並不是想責怪她，只是希望她能跟我說實話而已。

「嗯。」千代仍然把頭別向一旁。

我彎下腰撿起地上的花瓣，小心翼翼地放在桌上。

「媽媽並不是反對妳跟其他男生相處，只是不希望妳年紀這麼小就在感情裡受到傷害，妳的人生還很長，一定會遇到值得妳眞心相愛的對象。所以現在更應該把時間用在充實自己，讓自己成爲更好的人，這樣才不會對不起媽媽對妳的栽培，也才更對得起未來的自己。」

「對不起……」千代的眼淚滴落在地板上，雖然我看了覺得好心疼，但爲了她好，我還是必須做出正確的事情。我將她摟在懷中，溫柔地撫摸她的頭髮，柔順的髮絲在我手指間滑過。這麼可愛的女孩子會有人追求是很正常的事情，但就是因爲她如此珍貴，我才更應該負起守護她的責任。

等千代的情緒平復之後，我遞給她早已加熱好的梅子飯糰，雖然好像有點冷掉了，但她還是吃得津津有味，彷彿從中感受到了媽媽對她的愛與付出。

只有母親對孩子的愛才是眞實的，她總有一天會明白這個道理。即使戀愛也同樣讓人沉醉，但是這是兩種完全無法比較的情感。

因爲戀愛會讓人分神，讓人沉淪，讓人想不顧一切，賭上人生的所有在對方身上，以爲從此能得到依靠和溫暖。

然後就在某一天一切都會突然結束，留下的只有心中一道深深的傷痕，就像那老舊時鐘上的痕跡一樣。

原本以爲上了高中，我害怕與人相處的個性能有所改變，但每次遇到需要與人合作的場合時，我仍舊感到恐懼。加上唸的是本地最好的高中，一想到身邊同學一個個都十分優秀，我甚至會懷疑自己眞的有資格念這間學校嗎，因此更加無法對人打開心房。

我拚命唸書，不只是因爲身處在這種充滿競爭的學校裡，更重要是讓自己有理由不融入大家。課間休息時我總是一個人在座位上看書，聽著其他同學嬉鬧的聲音，我有的時候也很羨慕他們，雖然有些同學會走過來對我說：「齋藤同學，別總是一個人嘛，過來一起玩呀。」但我總是僵在原地說不出話來，心中暗自害怕自己沒辦法跟上他們的話題。

最近的女高中生在流行什麼？喜歡哪個明星？哪裡有新開的店可以去逛？他們會不會一下子就看穿我是個無趣的人？這些顧慮讓我無法用輕鬆愉快的語調回答：「好呀，你們在聊什麼，也讓我加入吧。」

同樣的事發生幾次之後，就再也沒有人過來邀請我加入他們了。

這樣的獨處方式唯一的好處，大概就是我的成績總是名列前茅。但我從不因此感到驕傲，保持優異的成績不過是我在這間學校的生存方式，像是浮在水面上一樣，看似放鬆，實際上必須一直憋著氣，一旦稍微鬆懈下來，就會馬上沉入水裡。

雖然我不以成績爲意，但不表示其他人不會這樣想。

以前班上最常來找我搭話的人是白井奧香，當時的我很感激她有注意到毫不起眼的我，也非常羨慕她的生活，甚至到了有點崇拜的地步。

人長得漂亮，課業和運動也都十分優秀，在班上屬於中心人物，下課時身邊總是圍繞著一群朋友，她對每個人都很熱情，是那種活潑又善於社交的人，跟我完全相反。

我曾經以為她會成為我入學以來交到的第一個朋友，沒想到……

三月的時候學校舉辦了園遊會，在經過了熱烈的討論之後，大家決定賣法式甜點。雖然我依舊沒有勇氣參與討論，但我曾經跟著媽媽學做可麗露，所以也對這個決定感到開心。開班會詢問有誰有做法式點心時，我也鼓起勇氣舉起了手，但最終仍然被安排做佈置和清潔這種沒人想做的工作。

因為在班上沒有朋友，所以只能接受別人指派的工作，這也是理所當然的事情。

但可能是因為沒有人願意跟我一起做事的關係，佈置的部分只有我一個人負責，但也就表示我能夠以自己的意願來裝飾。一想到這，孤單的感覺似乎也沒那麼難受了。

家裡附近新開了一間甜點店，每次經過時都能聞到一股濃郁的香甜味，店內簡約的純白色牆壁，搭配海藍色的桌椅，每張桌子中央還放了一束洋桔梗，用優雅的高級花瓶裝著，整體給人一種時尚而浪漫的氣息，在我心中，那便是一間完美的甜點店該有的樣子。

於是在園遊會的前一天，我一放學就跑去附近的商店採買明天要用的材料，又順道去花店訂了好幾束花，有鬱金香、紫羅蘭、洋桔梗等充滿浪漫氣息的花卉，打算明天一早上學前去拿。準備回家時剛好經過那間甜點店，我駐足在門外看著店內的師傅們把餅乾放進烤箱，店裡的客人在藍白色調的環境裡愉快地聊著天，接著一盤盤的餅乾出爐，瀰漫著滿屋子的甜膩香氣。

我突然一時興起，又繞道去雜貨店買了一些材料。一回家便興奮地拉著媽媽的手說：「我們來做可麗露吧！」媽媽一臉驚訝地看著我，畢竟我們已經好久沒有一起做甜點了，她露出溫柔的表情答應了我。於是我們母女倆一邊準備材料，一邊悠閒聊著最近生活上的瑣事。我問了有關爸爸的事情，但媽媽並沒有說太多，只是靜靜地看著時鐘旁懸掛的那片屬於爸爸的金屬牌子，我們就這樣一起凝視著那牌子。卽使爸爸從未出現在我的生命裡，此時我卻也能感受到家庭的溫暖，彷彿他一直在我身邊一樣。

園遊會當天一早，從花店取了昨天預定的花朵後，我提著大包小包的材料，興奮地往學校的方向走去。一到教室就發現已經有不少人在著手準備了，以白井爲首，負責甜點製作的烘培組正忙碌地備好各項食材，烤箱也開始在預熱了。我雖然很羨慕她們能一起做甜點，但今天我也有該負責的任務，我將各式各樣的花朵依照種類分好放在桌上，接著充滿幹勁地開始佈置，從教室的牆壁到讓客人出入的門口，在我的努力下逐漸變成我心中想像的樣子，甚至有幾個同學發出了驚嘆的聲音，主動過來跟我說：「齋藤同學，妳佈置得好漂亮，看起來就好像是眞正的甜點店一樣呢！」

我第一次開心地對大家露出了笑容。

雖然大家都被安排了工作，但有些人負責的內容比較簡單，因此早就已經完成，在一旁聊天嘻鬧著，尤其是班上的男生們按捺不住想往外跑的衝動，拿著一顆籃球在教室裡丟來丟去。白井生氣地對他們吼著，卻沒有人聽進去。

我因為專心在自己的工作上，所以並沒有注意到周圍的嘈雜聲，突然有人朝著我的方向大叫著：「齋藤同學，小心！」我轉過頭去，看見籃球正往我的方向襲來，我下意識地蹲了下來，感覺到球從我的臉頰旁擦過，正當我慶幸自己閃過時，只聽見砰的一聲，整齊排列著花朵的桌子應聲倒地，殘破的花瓣緩慢地落在了我的面前。

大家紛紛跑過來查看，我聽見白井激動地罵著那些男生，也有一些同學過來關心我，但我只是蹲在地上，強忍著不讓淚水掉下來。闖禍的男生們怯生生地對我說聲：「對不起。」便一溜煙向外跑去。

我其實並不責怪他們，我責怪的是自己，因為得到其他人的讚美就得意忘形，忘記自己是個沒人要的累贅，竟然還露出那樣子開心的笑容，以為幸福終於降臨在我身上。

我開始清理滿地的花瓣，想挑選出一些還能用的花，但眼淚最終還是落了下來，模糊的視線讓我什麼都看不清，我又回到了只有我一個人的世界。

過了好久，我才發現身邊不是只有我一個人，有另一個人影也蹲在地上仔細地把沒被壓壞的花朵，小心翼翼地放回桌上。我趕緊擦乾眼淚，才看清是平常上課時坐我右前方的江川同學。

平常上課我並不會注意到班上的其他同學，但是我對江川有些許印象，他雖然不是那種成績優異的模範學生，平常也不會積極參與班級事務，簡單來說就是一個普通而不起眼的人，但是他總是能看見需要幫助的人，然後默默地一起幫忙。

這樣的人在班上屬於永遠不會被記住的人，甚至那些被幫助的人也只有當下說聲謝謝，隔天還是像沒發生事情一樣各自回到自己的圈子裡。

但是我記得他，因爲我也是不會被注意到的人。

不知道是他的善良本性，還是他心裡也把我認定成跟他一樣的同類，所以才和我一起蹲在地上收拾，我心裡有一種並肩作戰的感覺，即使彼此都沒有開口說話。

最終打破沉默的人是我。「你不跟其他人一起去嗎？」我看著那些闖禍的男生已經去逛園遊會了，擔心他因爲留下來幫助我而落單。

「沒關係，把這些清理乾淨不會花多少時間。」江川對我笑了一下，伸手把地上一支洋桔梗輕輕放回桌上。「齋藤同學不是還有其他工作要做嗎？妳先去忙吧，這裡交給我了。」

對於從小都只能依靠自己的我來說，這是第一次有人對我說：「交給我了。」這種話。

那些覺得這句話沒什麼的人，表示你們的人生過得很幸福。

除了這個小插曲以外，今年的園遊會算是辦得相當順利，我們賣的法式甜點大受好評。所有負責製作的同學都已經累癱在椅子上，但每個人都露出了滿足的笑容。

我雖然沒有直接參與製作甜點的部分，但有幫忙準備食材，也很努力地招呼客人。每當看見有人對著我佈置的環境感到驚嘆，或是仔細欣賞桌上擺放的花朵時，我都會幻想這是屬於我自己的店，每一個人都因爲我的付出而感到快樂，這種感覺讓我很自豪。

當我還沉浸在幻想中時，江川剛好跟其他男生逛完園遊會回來，白井拿著一盤沒賣完的檸檬塔遞向他們。聽說那是她專門去找專業甜點師傅學的，她眞的好厲害，我心中又湧起了對白井的崇拜和羨慕。

但可能是在逛園遊會的時候吃了不少東西，盤子裡的檸檬塔沒幾個人拿，於是我主動走過去拿了一個，酸酸甜甜的滋味加上酥脆的外皮，雖然我的讚美對白井來說應該無關緊要，但還是鼓起勇氣跟她說檸檬塔很好吃，白井對我笑了笑之後，就自己一個人到旁邊休息。看來忙了一整天，即使是再活躍的她也開始感到疲倦了。

我開始收拾器具和剩下的食材，一旁的男生不知道是不是因爲早些時候發生的事而感到愧疚，也紛紛主動過來幫忙。我和江川一起把沒用完的材料堆在一邊，有麵粉、牛奶、奶油、糖、雞蛋等等。我才發現原來還剩下這麼多食材，雖然每樣都只有一點點，但如果能夠帶回家的話，又可以再跟媽媽一起做可麗露了。我在心中默默回想食譜，一邊估計這些食材的量到底夠不夠，不知不覺就出了神。

「齋藤同學？」江川一臉疑惑地看著我，我才從自己的世界裡被拉回現實，並且因爲發呆的樣子被其他人看見了而感到丟臉。看我迷糊的樣子，他搞不好會以爲我是不是被剛剛的籃球砸到頭而神智不清。

「啊，眞是不好意思，稍微休息了一下。」我假裝用疲倦的語氣，好讓自己聽起來是因爲太累才恍神。

「妳今天也幫忙做很多甜點嗎？哪一個是妳做的？」

「不……我今天只有負責環境佈置和接待而已，沒有機會參與到製作。」我一說出口就後悔了，沒有機會參與到製作，不就表明了我其實很渴望能一起做甜點嗎？

以爲跟班上同學有些互動，就開始得意忘形了。他的心裡一定是這樣想。我害怕地閉上了雙眼。

但當我再次打開眼睛時，看見江川把剩餘的材料重新放回料理台上，並對著我說：「那要試看看嗎？」

「雖然沒有直接問過妳，但總感覺齋藤同學很會做甜點呢。」我完全想像不到平常有哪些行爲會讓他這麼覺得。對自己過度沒自信，就會容易懷疑別人的讚美，懷疑自己眞的有像別人說的那麼好嗎？

「但是……我看大家都準備要收了，園遊會也差不多要結束了。」我小聲地說出這些話，卽使我心裡已經渴望做甜點一整天了。

「沒關係啦，等等大家再一起收拾就好了，我們也好想吃齋藤同學做的甜點喔！」其他男生也圍了過來，不知不覺我身邊聚集了好多人。但神奇的是，我竟一點也不感到緊張或害怕。

就在這樣的氣氛下，我和大家一起做了在家跟媽媽練習好多次的可麗露。烤箱出爐的瞬間，每個人都在香氣中開心地笑著，而我這次也終於參與了大家的歡笑。

可能是因爲這無比的幸福，才讓我在園遊會結束後主動問江川下次要不要一起去家裡附近那間甜點店，他很高興地答應了。

現在想想，當初要是沒有邀請他就好了。

緊接在園遊會後的是這學期的期中考試，雖然因爲一起做可麗露的關係，跟班上的同學開始有了些互動，不再需要靠拼命唸書作爲在學校的生存方式，但我依然保持優秀的成績，公佈排名的那天，我看見在我底下，只以些微差距考了第二名的是白井。

但我仍然把她當成我追求的目標，所以跑到她的座位旁，露出大方的笑容說：「白井同學這次也考得很好呢，下次有機會要不要一起唸書？」

但她看都不看我一眼就蓋上書本，跑去跟其他人玩在一起。

我不斷懊惱著自己是不是說錯了話，但又不敢過去道歉，所以我跟江川說了這件事。

「妳不用擔心，她從國中的時候就是這樣。」江川不以爲意地對我說。

「你們從以前國中就認識了嗎？」

「是呀，我們唸的是同一間國中。不要看白井這麼開朗，她家裡管她管得很嚴，對她的成績也十分要求，所以白井心中其實一直背負著很大的壓力。」

知道這件事後我更能了解她爲什麼會有這種反應了，我自以爲善意的邀約，在她眼裡卻像是種勝利者的挑釁。

在園遊會的時候也是，我做的可麗露大受好評，而白井做的檸檬塔卻剩下一大半。明明自己也很努力，但最後受到矚目的卻是別人。我很能體會這種感覺。回想起以前孤立無援的時候，不也是白井主動對我釋出善意嗎？所以我決定這次換我要用我的方式給她鼓勵。

我一直記著園遊會時有跟江川約定好要一起去甜點店，所以打算去買那家店的甜點送給白井，當作是我那些魯莽的話惹她生氣的賠禮。江川也覺得這是個好主意，所以我們約好週末的時候一起去。

這是我第一次單獨跟男生出去，雖然心中想著：「這應該不算約會吧？」但還是偷偷用了媽媽的化妝品，費盡心思打扮自己。約好中午十二點見面，但我十一點就到約定的地點，隨著時間過去，我的心裡莫名地越來越緊張，心中暗自後悔不該在這種大熱天提早到，擔心妝容會不會因爲流汗而花掉，或是身上散發出汗臭味。但幸好見到江川的時候，他並沒有因爲這些小事而皺起眉頭。

相反地，他給我了一個溫暖的笑容，他就是這樣的一個人。

我們一起在甜點店裡吃著剛出爐的焦糖酥，一邊談論著彼此。我才知道原來江川來自顯赫的家族，家族成員個個不是擁有優秀的學歷，就是在企業裡擔任位高權重的職位，生活衣食無缺。但也因爲這樣，他的父母對他的要求極高，不允許任何玩樂，支配著他的交友圈。所以當他注意到我總是一個人的時候，馬上就能體會我的心情，雖然理由不同，但他的內心也曾經被囚禁而孤獨著。

「人家都說，這樣子長大的孩子會導致個性封閉，不願意與人交流，最終產生扭曲的心理。」江川悠閒地喝著黑咖啡，一派輕鬆地說道。「但我不想成爲那樣的人。」

「因爲家裡的約束，所以沒有人想跟我當朋友，但我很努力地想帶給每個人溫暖，一開始多少帶著討好的心態，覺得也許我這樣子做大家就會喜歡我。但漸漸地，我發現每個人其實都有各自的難題，但有些心情不是說出來大家就能理解的，這時候只需要一句真摯的關心，或許就會有人因爲我的溫暖而展開笑容也說不定。」

我想起當時他對我伸出援手的表情，我就是那個因爲他的笑容而被拯救的一分子。

「白井同學也是嗎？」

「我不知道是不是因爲我的關係，只知道以前的她幾乎從來沒有笑過，每次都在考試成績公佈時緊張地發抖，那時我就知道她也跟我是同樣的人，背負著來自家裡的沉重壓力。但即使擺脫不掉，也沒有人應該獨自孤單，所以我常常約她一起唸書，我們還約好要一起考上現在這間學校。」

江川直視著我的眼睛，彷彿看穿了我此刻內心的激動，究竟是怎樣的幸運和緣分，才能在一生中找到一個能夠拯救自己的人？

「放榜的那一刻，她也露出了跟妳做可麗露時一樣的開心笑容，我覺得這樣就足夠了。」

我不自覺地對他露出微笑，之前是白井，現在則是輪到我被江川拯救。

原本我只打算買那家店的檸檬塔，但又覺得他們的焦糖酥很好吃，也很想嚐看看可麗露的味道，所以乾脆三個都買，打算明天三個人一起分享。

隔天早上，我手上提著包裝好的甜點。要給白井的那份還特別繫上可愛的粉紅色蝴蝶結。但當我發現教室外站滿了人，每個人都好奇地朝著教室裡看時，我隱約感覺到事情不太對勁。

我從人群中擠到門口，看見幾個平常跟白井比較要好的同學臉色鐵青，紛紛低著頭，而白井則是趴在桌上，好像是在哭。江川站在她的面前，腳邊還有一本被揉爛的粉紅色筆記本，裡面的書頁散落了一地。

我立刻認出那是白井的筆記本。最近校園流行起交換日記，在日記上寫下自己的生活和情感，再跟其他人的日記做交換，成爲彼此之間聯絡感情的方式。我常常在課堂上看見白井和其他同學偷偷傳著這本粉紅色筆記本，雖然我很好奇裡面的內容，也很想加入，但那本筆記本從來沒有傳到我這裡過。

「爲什麼要在背地裡寫這種東西！」江川用一種我從沒聽過的憤怒語氣對白井吼著，白井沉默不語，門外圍觀的人也都安靜了下來，氣氛陷入一片寂靜，只有天花板上那台老舊的電風扇發出嗡嗡的聲響，風把地上的書頁吹向我這裡來，我彎下身撿起其中一頁。

「去死」、「婊子」、「醜八怪」書頁上寫滿了這些不堪入目的字眼，而這些詛咒的話全都圍繞著中間大大的四個字：齋藤智子。

過去的我不懂得怎麼融入群體而孤單一人，但被如此針對的霸凌還是第一次，而且霸凌者竟然是白井。

是因爲成績的事情而記恨嗎？還是因爲我做的可麗露受到大家的歡迎，而她做的檸檬塔卻沒什麼人吃而感到嫉妒？我拼命回想任何可能曾經傷害她的舉動或話語，但完全想像不到有什麼事情會讓白井如此痛恨我。

隨著回憶過往，我突然想起白井第一次主動跟我說話的樣子。雖然江川曾經說過，他認爲白井的開朗外向，只不過是不想讓大家看見內心的壓力而故作活潑，那樣的主動和笑容，也只是她在這個環境裡求生的方式罷了。

但即使是這樣，我仍因爲她當時有注意到渺小的我而感謝至今，想起在甜點店挑選要送給白井的禮物時苦惱了好久，不知道送什麼類型的甜點她才會喜歡，所以在準備離開時暗自在心裡下了決心，下次也要找白井一起來。

書頁上的文字依然醜陋骯髒，但那顆想跟白井做朋友的心卻沒未改變。我拿起那個繫著粉紅色蝴蝶結的盒子，走到白井的座位旁。

「白井同學，這是要送給妳的，很謝謝妳願意跟我交朋友。」我忍著不去想筆記本上罵人的字眼。「是檸檬塔喔！我看妳園遊會時有做檸檬塔，就猜想可能是妳很喜歡所以才特地去學的吧！」我用一種好像沒什麼事也這發生的輕鬆語氣說著。

但白井沒有任何反應，依然趴在桌上，彷彿沒聽見我說話一樣。

「雖然不知道你妳爲什麼這麼討厭我……但不管是有什麼誤會，都希望妳能告訴我，如果有造成妳不舒服的事情我願意跟妳道歉，因爲我真的很想要跟白井同學做好朋友。」

白井緩緩抬起頭來，看著我放在她桌上的檸檬塔。

「對不起……」雖然她沒有看著我，但聽到這句話對我來說已經足夠了。

於是我開心地繼續說著：「這是昨天我和江川同學一起去買的喔，下次也希望白井同學能加入我們，三個人一起喝下午茶。」

我原本想著白井會看向我，並且對我露出微笑。但她只是又把頭埋了下去。

我以爲事情到此就圓滿結束了，直到放學準備要回家時，才發現一個被揉爛，上面還有一個粉紅色蝴蝶結的盒子被丟在垃圾桶裡。

也差不多是那個時候，我從其他同學的竊竊私語中得知，白井喜歡江川同學。

「二戰前的日本積極發展軍事工業以及增強軍事實力，使得二戰期間的日本軍隊成爲當時世界上最強大的力量之一，並且對東亞地區及太平洋區域進行快速的擴張及殖民。」

「然而日軍在大規模占領各殖民地時，也進行了許多殘忍及野蠻的暴行，造成巨大的傷害和苦難。同學們，雖然我們身爲日本人，但仍然要以過去這段歷史作爲教訓。戰爭總是殘酷的，因此更需要從過去的錯誤中汲取教訓，致力維護和平及國際關係的和諧發展。」

昏昏欲睡的下午第一節就上歷史課，我努力撐著不讓自己睡著，試圖從枯燥乏味的課本中尋找樂趣，但卽使是課本裡的插圖，也都是淸一色的黑白戰爭照片，照片裡的軍人背著步槍，在一個荒涼的地方合力撐開一面太陽旗。底下的說明寫著：大日本帝國陸軍於塞班島之合影。

我趴在桌上，把歷史課本翻到下一頁，突然一張照片吸引了我的目光，那是一個銀色的金屬牌子。我一眼就認出這個東西，從那天家裡收到這個牌子後，媽媽就一直把它懸掛在家裡的時鐘旁。我看著照片底下的說明：二戰日本陸軍兵籍牌。

幾乎是一下課，我就衝到歷史老師所在的辦公室，老師訝異地看著氣喘吁吁的我，我迅速翻開課本，指著那張兵籍牌的圖片。

「老師，不好意思，我想問一下關於這張照片的事情。」

「啊，這是在二戰時期，日本軍隊所使用的兵籍牌，所謂的兵籍牌呢，簡單來說就是軍人的身分證，上面會寫著士兵的名字及所屬部隊番號，以便對戰場上的傷亡士兵作身分識別。」

「那……如果是戰死在戰場上，這個牌子會怎麼處理呢？」

「一般來說在確定士兵身分後，這個牌子就完成它的任務了，可能會由軍方處理掉，或是寄給死者的家屬作爲慰藉。齋藤同學，我都不知道妳對於這段歷史這麼有興趣呀！」歷史老師露出高興的笑容，可能是終於遇到了一個講到歷史時沒有露出不耐或是無聊表情的學生。

但我對這段歷史一點興趣也沒有。

「那是因爲……我們家也有一個這樣的牌子，是屬於我爸爸的。」

「原來如此，看來妳的父親過去也曾參與了這場大戰，並且不幸犧牲了。齋藤同學，聽到這個消息我感到很遺憾，但這也讓我們更應該牢記戰爭的殘酷。」

過去媽媽總是不太談論爸爸的事，不知道是因爲戰爭的關係，還是這只是她逃避悲傷的方式。總之我對父親的一切所知甚少，直到今天，我才了解爸爸沒有陪著我長大的原因。

我看著課本上的黑白照片，想像著爸爸曾經在世界的某處作戰著，在遭遇敵人攻擊時奮力抵抗，直到最後一顆子彈用完，才嚥下了最後一口氣。

雖然無從考證，但我相信在最後那一刻，他心裡想的一定是他的家庭，他的妻子，以及他的女兒。

我的眼睛因爲激動的情緒而逐漸濕潤，沉浸在對父親的想像中。因此我才沒注意到也在同一間辦公室，幫忙老師整理作業的白井。

可能是兵籍牌圖片的關係，下週的歷史課似乎沒那麼讓人想睡，我很認眞地聽講，一邊幻想著爸爸當時所在的戰場到底是什麼樣子，遇到了哪些同袍，又跟哪些敵人作戰呢？

突然老師停了下來。「白井同學，請說。」我轉頭看著白井舉起來手。

「老師，你之前說過二戰日軍曾經做了許多殘暴的事情，具體來說是哪些事呀？」

「這個嘛，像是南京大屠殺、珍珠港事件，以及日軍在太平洋的許多島嶼都曾關押著戰俘，並且造成許多俘虜死亡。」

「啊，那這麼說起來，當時的日本軍人，其實都是奪走許多無辜生命的殺人犯囉？」白井用一種假裝驚訝又充滿戲謔的語氣說道。我忍著不轉過去看她，卻仍感受到她那挑釁的眼神正望著我。

「我是不會用殺人犯來形容啦，畢竟當時的時空背景跟現在都不同，士兵也只是忠誠地執行國家交付的命令而已。」老師沒有預料到白井會問這個問題，似乎顯得有點手足無措。

「但不管怎麼樣，殺了人還是事實對吧？」白井大聲地說著，明明這麼沉重的話，她卻嘻皮笑臉地說了出口。

我知道這些話都是說給我聽的。我看著課本上的黑白照片，努力想把白井的話從我腦海中趕出去。但沒想到，黑白照片竟然漸漸地有了顏色，而且越來越鮮豔，最終染成整片的鮮紅色。我被眼前的影像嚇壞了，腦中響起的不再是父親英勇作戰的吶喊聲，而是無辜平民淒厲的尖叫聲，小孩和婦女無助地啜泣著，無數的哭喊聲一遍又一遍地迴盪在我身邊，並把我團團圍住。我覺得自己快要窒息了，於是用雙手摀住自己的耳朵，緊閉雙眼，奮力尖叫著，就像那些痛苦的聲音一樣。

當我再次張開眼睛的時候，才發現全班同學都在看著我，我看著課本上的照片，卻只看見黑和白兩種單調無聊的顏色。

「別理她。」下課後，江川馬上跑過來安慰我，我也跟他說了關於爸爸的事情。我其實沒有那麼在意白井在上課時說的那些話，也早就意識到我們不可能成爲朋友了。在她眼裡，我只不過是個沒自信的可憐蟲，並且用這一點來博取江川的同情和保護，但她卻忘記了以前的她也是這個樣子。

以白井在班上的人緣和影響力，一定會把這件事情大肆宣揚，讓班上的同學因爲同儕及輿論的壓力而不敢跟我做朋友，但我一點也不在乎，反正我本來就是一個人。

不，卽使是這樣，現在的我也不是一個人了，我還有江川。不管別人怎麼說，我知道他都會支持我，並且陪在我身邊，一想到這裡，我紛亂的心又重新安定下來。

果然如同我預料的，從那天開始，白井就會跟著幾個要好的朋友，有意無意地提起爸爸的事情，但我都裝作沒聽到，甚至當她們明目張膽地在班上模仿起我尖叫失態的模樣時，我也只是在腦海裡不斷想著江川的的安慰，以及他那帶給我無比力量的微笑。

平常我都是最早到學校的幾個同學之一，但那天我剛到教室時，發現班上已經來了一半的同學，白井也在他們其中。但我並沒有注意到她，因爲我所有的目光都放在我的座位上。

我原本擺放在座位上的東西散落一地，傾倒的桌子上著被人用粉筆寫著：殺人犯的女兒。所有的同學都在一旁靜靜圍觀，沒有人敢爲我打抱不平，更別說主動過來幫助我。卽使是這麼明顯的霸凌行爲，大家仍然選擇先顧全自己，而不是跳出來伸張正義，這就是人性。

我不發一語地收拾地上的東西，一邊等著江川抵達教室，我要跟他抱怨白井這些人有多惡劣，並且享受在他的安慰之中，可以的話，希望能倒在他的懷裡好好哭一場。

但當我把東西收拾乾淨後，發現江川還沒有出現，正當我納悶地環顧四周尋找他的身影時，才發現，原來他一直站在人群裡。

當我的目光對到他的雙眼時，他卻沒有露出溫暖的笑容，而是把頭別了過去，彷彿沒看見我一般。

我的淚水馬上就落了下來，白井興奮地大聲嘲笑起來。但我只是不停地哭泣，心中不斷嘶吼著：為什麼要拋下我一個人？

接下來的幾堂課我完全無心聽講，腦中一片空白。直到接近中午時，一個身材高佻的女人跟著班級導師走進教室，她身上滿是名牌貨，走起路來充滿上流社會的氣質，但她的表情既憤怒又高傲，導師站在她旁邊倒像是個不敢違抗命令的奴才。

「我們放心地把孩子交給學校，就是希望學校能帶給他優良的環境，結果你的班級居然有這種問題學生，還跟我兒子走得這麼近，要是影響了他的學業和未來，我看你們這些人怎麼負責！」

她的口吻和語氣跟江川描述他母親時一模一樣，所以她還沒走向江川時，我就已經知道她的身分了。

但是問題學生？難道是在說我嗎？

「我想您把事情想得太嚴重了，齋藤同學在班上成績相當優異，也十分乖巧，並不會給您的兒子帶來負面的影響。」雖然導師口中這麼說，但他一副卑躬屈膝的態度，還是讓他看起來是個不折不扣的奴才。

「那為什麼我昨天晚上會接到電話，說你的班上有個精神有異常的同學，會在上課時無故尖叫？而且我還聽說那位同學的家庭不是很健全，在這樣的環境中長大，你能難保不會對她的心理和人格造成偏差，進而影響我的孩子嗎？」江川站在他母親的身旁，依然不敢迎向我的目光，但我知道他屈服了，即使心裡很痛苦，即使他也在心中吶喊著想幫我出一口氣，但最終還是選擇放棄保護我。

白井心裡很明白，江川的家庭是他最大的弱點。所以她才用這最後一擊，狠狠擊潰了我。

但我仍停止不了心中的恨意。什麼我不想成為那樣的人，想帶給大家溫暖的那些話，只不過把自己當成英雄，在玩著解救公主的扮家家酒。到頭來，你唯一拯救的還是只有你自己。

沒有人會愛我，沒有人會保護我。在那一刻，我又重新認清了這一點。

但我心中真正痛恨的不是江川，也不是白井。

身為父母，保護孩子不是理所當然的嗎？那為什麼要在一開始就丟下了我？回想起小時候的成長經歷，不正是因為沒有爸爸而跟大家不一樣，所以才被排擠嘲笑，最終養成我這種不敢接近人的個性嗎？

你這個殺人犯！我的人生就因為你去打了那場愚蠢的仗，而徹徹底底毀了！

那天我一回到家，就用力扯下時鐘旁的兵籍牌，用全身的力氣狠狠砸在時鐘上，兵籍牌金屬的邊緣把木造的時鐘劃出了一道痕跡。

我心中的恨意就像這條痕跡一般深，而且永遠無法修復。

※

好天氣並沒有持續太久，天空又開始下起了小雨。山上的氣候本來就變化多端，我擔心這場雨很快就會變成暴雨，因此走到小木屋的外面，尋找著千代和老爺爺的身影。千代爬了一整天的山路，加上老爺爺年紀也大了，他們應該是不會跑太遠才對，然而當人群紛紛跑到小木屋內避雨時，我卻片尋不著他們的蹤跡。我開始緊張了起來，擔心千代是不是遇到什麼意外了，雨勢越來越大，小木屋外只剩下我一個人焦急地來回尋找，卻仍一無所獲。

屋內開始有人呼喊著要我進來躲雨，但發現我沒有回應時，大家也感覺到事情不對勁。幾個熱心的登山客拿了雨具朝我的方向跑來，聽到千代和老爺爺失蹤之後，大家也趕緊幫忙一起尋找。我穿上大家遞過來的雨衣，身體止不住地發抖，但並不是因爲全身濕透而感到寒冷，而是感到一種無助的恐懼。

那不僅僅是母親想保護自己孩子的本能，更多的是害怕再次面對失去所愛之人的心情。一路上我都緊緊牽著千代的手，沒想到卻因爲一時的疏忽，竟讓我可能永遠失去她。

衆人的搜索已經一個小時了，卻一點結果都沒有。大家打算往下山的方向找，一個老人和一個小孩應該是沒辦法走這麼遠，有可能是一時失足跌落山谷，雖然我很不願意這麼想，但還是隨著大家往下山的小徑走去。

隨著夜晚來臨，搜索行動變得更加困難，大家大聲呼喊著千代的名字，明亮的手電筒在山坡底下照射著，然而燈光所照之處卻只有一片荒蕪。有人提議報警，覺得這種事情讓警察來處理比較好，所以大家紛紛往小木屋的地方走去，打算等待警方的支援。

那群最早出來幫忙，遞給我雨具的登山客們一邊關掉手中的手電筒，一邊在我身旁安慰打氣。但我現在需要的不是這種沒意義的鼓勵，我一把搶過手電筒，往下山的小徑瘋狂地跑去，不顧後面衆人的呼喊，一遍又一遍地重覆尋找山坡下的每個角落，大雨讓地上的塵土逐漸變成濕滑的泥濘，我的鞋子和褲子都已骯髒不堪，但我仍不斷奔跑搜尋，直到在狹窄的小徑上摔了一跤，手電筒從我手裡飛了出去，掉落在山坡底下。前端的鏡片因爲撞擊而破碎，但強力的燈光仍持續向前照射著。

我掙扎著想爬起來，但雙腿卻不聽使喚。最後只好倒在地上，無助地等待救援。不但沒找到心愛的女兒，還讓自己也成爲援救的對象，我因爲自己的沒用而淚流滿面，淚水混合著污濁的雨水向山下流去，模糊的視線裡只看見前方手電筒，在一片黑暗之光不斷閃爍的黃色的亮光。

我在腦海裡回想著千代的每個身影，在百貨公司裡看見那頂黃色鬱金香帽子時興奮的表情，看著電視上介紹台灣高山時目不轉睛的的樣子，甚至在出發的前一週還特地去上社區活動中心開設的登山課程。千代專心地看著台上老師示範遇到山難時的緊急應變方法，當時的我心想著千代在我的保護之下怎麼可能會遇到危險，所以根本沒在聽，沒想到卻遇到這樣的事情……。

後方突然出現強勁的白色光芒，在小木屋的其他人等不到我回去，所以又拿著手電筒出來尋找我，但我完全不因獲救而感到開心，只是不斷流著眼淚，一邊看著前方閃爍的黃光，一邊祈禱奇蹟出現。

越來越多人趕了過來，數支手電筒把夜晚照耀成一片光亮。看著眼前無數的白色光芒，我才突然想起來，小木屋提供的緊急手電筒用的都是白色的光。我趕緊把眼淚擦乾，死命盯著那支掉落山坡的手電筒，雖然視線非常模糊，但我很確定前方閃爍的是黃色的光芒。

我不顧一切地向前爬去，整個人趴在山坡的邊緣，才清楚地看見手電筒的白光，照射在某個黃色的物體上，所以才看起來像是發出黃色的光。

那個黃色物體不斷揮舞者，我一眼就認出上面的鬱金香圖案。

我和千代身上都蓋著厚厚的毛毯，我的腳因爲跌倒而流血的地方也妥善地包紮好了，千代雖然受到不小的驚嚇，但所幸沒有受傷，最重要的是，她又回到我的身邊了。

救護人員合力把擔架扛到救護車上，擔架上的老爺爺右腳被器材所固定著，聽醫護人員說是骨折了，但並沒有太大的危險。我一邊心想太好了，一邊感到愧疚。自己的責任卻由其他人來照顧，還讓對方遭遇這樣的意外，事後得好好帶著千代去探望老爺爺才行。

根據千代的說法，他們出去散步沒多久就下起了雨，爲了避免滑倒，老爺爺一直牽著千代的手，但不斷變大的雨勢加上滿地的泥濘，還是讓他們不慎摔倒，順著山坡滑落至底下。

「不過這次能幸運找到人，都是多虧了小妹妹的機智喔！眞沒想到年紀這麼小就知道利用黃色這種亮色來求救，眞是了不起。」前來救援的救護人員及警察都對著千代誇獎道，千代害羞地低下頭去，但仍用得意的語氣回答：「這都是在登山課學到的喔！」

我看著身旁的女兒，心中感到無比驕傲。她未來一定能成爲優秀的人，交到許多好朋友，過著幸福快樂的人生。

而這一切，都是多虧了我給她的愛。

即使我的人生缺乏了許多我應該得到的陪伴和關懷，也從未被人重視過，但那些遺憾都已經不再重要了，將曾經的悲傷掩埋在深處，接下來的日子，是只屬於我和千代的幸福。

這才是身爲父母應該要有的樣子，我在心裡如此堅定地相信著。

齋藤千代

接到她的電話時，我剛好在整理公所專用的便條紙，我通常會把今天的代辦事項寫在紙上，並貼在辦公桌前最醒目的位置，好提醒自己還有哪些事情沒做完，這樣才能有效率地安排自己的工作，避免晚上還要留下來加班。

但有時候我也會在紙上寫下一些發洩情緒的字眼。像是從隔壁條巷子裡的居酒屋喝完酒的酒客，常會以搞不清楚回家的路爲理由來公所大吵大鬧時，我就會在紙上寫下：吵死了，白痴老頭。然後再揉成一團丟進垃圾桶裡。

跟她講完電話後我抬頭看了看時間，再二十分鐘就五點了。我決定把那份社區活動中心改建計畫的企劃書留到明天再來處理，匆匆收拾東西後跟同事打了招呼，就趕快往公車站的方向走去，擔心自己趕不上五點十五分的那班公車。

但在臨走前，我還是在那疊已經被我整理好，並放在一旁的便條紙上寫下：我恨那個女人。

從學生時期開始，我就發現自己很喜歡寫字。雖然沒辦法寫出多深奧的文章或道理，都是一些隻字片語，但是這些破碎的文字往往能記錄我最眞實的情感，更準確地來說，是吸收那些我不想要的情緒，透過筆跡將它們轉移到紙上，最後再一口氣丟掉。這麼做之後，我的心情通常會舒坦不少。

但有些情緒沒辦法這麼容易就消化掉，我只好一遍又一遍在紙上寫著相同的內容。

剛上公車後，她又打電話來，在擁擠的車上我急忙翻找，好不容易從包包裡拿出手機，電話卻已經掛掉了。

我會避免加班除了不想占用到自己的下班時間外，更主要是因爲她的緣故。

如果能夠逃離那個女人的魔掌，我願意一輩子都待在公所裡。

回到家後，我迅速放下手上的包包，準備躲進自己的房間，但還是晚了一步。

「千代，怎麼沒有接媽媽的電話呢？」她從廚房走出來，身上還帶著一股熟悉的味道，是混著淡淡梅子香氣的飯糰味。

「公車上人太多，不方便拿出手機。」

「原來是這樣，雖然媽媽很相信妳，但妳應該沒有再跟奇怪的人來往吧？」我知道她說的奇怪的人是誰。同單位的加藤在半年前來到我們公所，他是個剛畢業的大學生，來報到的第一天就頂著一頭金色長髮，搭配破爛的牛仔褲和皮革背心，一副搖滾樂團主唱的打扮，身上還戴著許多奇形怪狀的首飾，跟我身上的樸素的白襯衫和黑色長裙相比顯得格格不入，完全無法想像這樣的人卽將成爲我的同事。

他一定待不到三個月。我當時滿臉不屑地對著旁邊座位的由里子說道。

沒想到日子一下就過了半年，大家跟加藤比較熟識之後，才發現他跟外表完全不同，其實是個認眞嚴謹的人，做事很有效率，交辦給他的事情都能如期完成，是個可以依靠的同事。

知道不能以貌取人的道理了吧！當時由里子還露出戲謔的表情對我說。

為了慶祝加藤入職半年，我們決定去下班後去附近的居酒屋喝酒，那時剛好是準備一年一度的廟會慶典的時候，我正忙著跟商店街的店家們一一確認慶典活動的細節，所以叫其他人先過去居酒屋。為了不讓大家等太久，我在打完最後一通電話後，就匆匆把手機丟在一旁，趕緊拿著包包離開公所。

就是因為這樣才會沒接到電話！事後我解釋了無數次，但她始終不相信我。

喝完酒後大家又在店門口小聊一下，才各自解散。我往公車站的方向走去，擔心不知道這麼晚了還有沒有公車，突然身旁響起了加藤的聲音。

「齋藤前輩！您是準備去搭公車嗎？」

「是呀，你住的地方也是往這個方向嗎？」

「對呀，說起來，這好像是第一次下班後跟齋藤前輩一起走呢。」聽他這麼說，我不禁感到微微羞愧，加藤為了把手上的事情都處理完，每天都會加班一個小時左右，而我都是準時離開，因為要趕公車。

加藤的住處從公車站還要走兩個路口才會到，所以我們一起走到公車站後，他便笑著對我說：「齋藤前輩辛苦了，明天見囉。」

我發誓，我們兩個人的交談內容就只有這樣而已。

加藤走遠後沒多久，突然一道刺眼的強光朝我照射過來，我瞇著眼，看見一輛車停在我的面前。媽媽板著一張臉站在車旁，我知道她看見加藤了。

我吃著用微波爐加熱過的飯糰，一邊想著這些往事。蓬鬆的飯粒混合著醃漬梅子的酸甜味，是我從小吃到大的味道。記得小時候只要一回到家，媽媽都會買好梅子飯糰放在桌上，但我其實沒有那麼愛吃。

以前媽媽很常帶我到附近的社區活動中心上親子課程，某天我們一起散步回家時，發現商店街剛好在舉辦活動，只要在商店街消費就可以獲得抽獎卷，所以媽媽提議不如今天就在外面吃晚餐吧，於是便拉著我向商店街走去。但走到入口時，我發現路旁新開了一間小店，店門外擺了一個梅子飯糰圖案的招牌，招牌上有好多漂亮的燈，加上店內傳來陣陣白飯的香氣，我忍不住停下了腳步。媽媽注意到我一直盯著那間飯糰店，於是便問：「千代想吃飯糰嗎？」

我沒有說話，只是緊緊抓著媽媽的手，但眼神還是緊盯店外那個梅子飯糰招牌。

「不過這個地方應該不算是在商店街裡吧，這樣就沒有辦法拿抽獎卷了，我們下次再來吃吧！」說完便拉著我的手往前走，但我仍停在原地。

「我想吃看看。」我轉頭看著媽媽，伸出手指著飯糰店。媽媽愣了一下，接著便皺起眉頭，再次嘗試拉著我往前走，但我執意往飯糰店的方向走去，她露出了不敢置信的表情。

那天我們的晚餐就是一人一個飯糰，我吃著手上的梅子飯糰，酸酸甜甜的。其實這種酸甜的味道我並不是特別喜歡，但那天我卻感到很快樂。從那次之後，我再也沒說過要吃梅子飯糰，但媽媽卻以爲我很喜歡，所以每次都買那家的飯糰。

「居然不惜反對媽媽的意見，看來千代眞的很愛吃這家的飯糰呢！」那天之後她總是這樣跟街坊鄰居說，好讓大家覺得我只是因爲太愛吃所以才堅持自己的意見，而不是在反抗她。

很多年以後我才意識到，當時的快樂其實是來自於，那是我第一次自己做決定。

就在察覺到這件事的同時，我才發現原來我一直都被控制著。

媽媽看見加藤的那天，一路上開車回家都沒有說話，結果一回到家，她就聲淚俱下。

「媽媽爲了妳所做的一切都是爲了什麼？不就是希望妳能過幸福快樂的人生嗎？但妳卻不好好珍惜，居然這麼晚了還跟其他男人單獨在一起，而且還是那種看起來不三不四的男人，妳可能會覺得媽媽管太多，但是媽媽經歷的事情比妳多很多，一眼就能看出哪個人才是最適合妳的，以前就是因爲有媽媽的努力，避免妳受身邊不良的朋友所影響，才造就了現在的妳，妳怎麼就不明白呢？」

她說的這番話，我聽了完全沒感覺，也絲毫不覺得愧疚。

因爲一直以來只要我不順從她的意思，她就會有這樣的反應。一開始我還會哭著說對不起，但事後想想，我根本就沒有錯。

石村買花送我那次也是。

雖然因爲快要考高中了，所以留下來晚自習的人很多，但畢竟不是強迫性的，因此有些同學也會在放學後選擇回家唸書。跟我比較要好的幾個朋友放學後都會回家吃晚餐，然後在家複習功課。但我不想回家面對媽媽，所以謊稱班上的每個人都留在學校晚自習，不這麼做的話課業會跟不上大家，媽媽才勉強同意。

除了我以外，石村是另一個每天一定會留下來看書的同學，一開始我並沒有注意到他，但有一次我吃著媽媽為我準備的便當時，卻發現石村沒有吃晚餐，所以好奇地問他。

「石村同學，你肚子不會餓嗎？」

他嚇了一跳，然後臉一下就變得通紅。

「沒關係，我今天胃口比較差。」他邊說邊拼命用手捂著肚子，想壓住肚子發出的咕嚕聲。

「我今天也沒什麼食慾，不然你幫我吃一點吧！」說完我便把便當裡的菜分成兩份，一份放在便當盒的蓋子上遞給石村，他不好意思地接了過去，然後便狼吞虎嚥地吃了起來，沒兩三下就全部吃完，看來是真的餓壞了。

所以每次我看到他沒吃晚餐時，都會把我的便當分一半給他，我也不擔心自己會肚子餓，反正回家後通常都還有梅子飯糰可以吃。

就這樣過了好幾個月，我才知道他不吃晚餐的原因。

石村的爸爸長年外遇，幾乎都不回家裡，他的媽媽在這種精神折磨下常常丟下石村跑回娘家，每次臨走前都會在桌上放一些錢作為石村的生活費，但那些錢連一個禮拜的開支都不夠，所以石村才會經常餓肚子。

知道這件事之後，我便跟媽媽說最近胃口比較大，要她晚餐便當的量準備多一點，我甚至會向石村打聽他喜歡吃的東西，然後回家後跟媽媽說最近想吃這些食物，媽媽就會幫我準備。

妳的媽媽感覺比較像是媽媽。石村有一次吃著他最愛的炸豬排時，笑著對我說。

我不以為然地哼了一聲，然後繼續吃便當。

也因為晚餐我都會跟石村分享，所以他省下了每天晚餐的花費，雖然不多，但長時間下來也算是有存了一小筆錢。他突然提議要買禮物答謝我。

「不用了啦，這些錢你好好收著，不要再餓肚子了。」但他堅持不能白吃我的便當，我也不好再拒絕他的好意。

「你知道商店街的旁邊有一間花店嗎？那間是我們家開的喔，乾脆你去我們家的花店買一束花給我好了，也剛好可以看看那位你認為比較像真正的媽媽的人喔！」一想到他買花的錢，其實是用我們家每天的便當換來的，我就覺得好有趣。

於是他真的去了，聽說他在門外站了好久，買花時也扭扭捏捏說不出話來，最後是媽媽推薦他買玫瑰花，他才在買完花之後又一個人回到學校，把細心包裝好的玫瑰花偷偷塞在我的抽屜裡。

老實說，那是我第一次收到禮物，也是我第一次為別人付出而得到回報。我每天看著家裡擺放無數美麗的花朵，但唯有這朵玫瑰，才讓我感覺到花卽使被摘採下來了，也仍然保有生命，就像是我對石村的照顧，讓我第一次有了因爲被需要而活著的感覺。

我不知道那算不算戀愛，但那天晚上我們聊了好多，聊著彼此的家庭，最近的生活，學校的八卦，聊得好晚好晚，我知道那個時間點還沒回家，媽媽一定又要歇斯底里地發瘋，但我不在乎。

原本打算把玫瑰花偷偷藏在書包裡，然後找個小瓶子把它裝起來放在房間的書桌上，沒想到因爲裝的書太多，書包居然掉落在地上，裡面的東西四散一地，其中也包括了那朵玫瑰花。

——雖然我反對千代在這個年紀交男朋友，但畢竟是青春期的孩子，對戀愛感到好奇也是正常的，家長只需要跟孩子好好溝通就好了。

聽說她對外都是這麼說的。

那天我還來不及將地上的東西撿起來，她就一巴掌打在我臉頰上。

「不要臉的東西！原來妳每天留在學校是在跟其他男生約會，還敢說謊騙媽媽，妳把我爲妳所做的努力都當成什麼了？」她瘋了。當時的我無助地顫抖著，腦海裡不斷重複這句話。

她瘋了，因爲我違背了她，所以這個瘋女人要殺了我。

從那天開始，她就不讓我留在學校晚自習了，我也不敢再跟石村有任何往來，更確切地說，跟學校所有男生的相處都讓我膽顫心驚，深怕又被媽媽發現。

因爲她對我付出的愛實在太偉大了，所以禁止我擁有自己的愛。

「社區活動中心改建的事情有什麼進展嗎？」媽媽拉了一張椅子在我旁邊坐下。

「好像還沒決定最終要改建成什麼，所以週末會召開一個會議，讓大家討論一下，所有附近的居民都可以參與討論。」

「眞沒想到那個活動中心就這麼拆掉了，以前妳在那邊上了好多課程，學到好多東西，每次去上課都很開心呢。還記得妳以前在那邊上書法課，還參加比賽得獎的事情嗎？」媽媽滔滔不絕地講著以前的事情，我假裝有在聽，但心裡想的卻是另一件事情。

社區活動中心改建計畫。這個案子原本是由里子負責的，但當我得知這個消息後，馬上跟由里子說，希望能讓我來負責這個案子。

「啊？千代想接手嗎？我的話是沒問題啦，但妳怎麼會突然對這個案子有興趣呢？」

「因爲小的時候常常在活動中心上課，那裡有我許多寶貴的回憶，所以我希望能陪它到最後。」

「原來如此，那這個計畫就交給妳了。加油喔！」由里子把一疊整理好的文件放在我桌上，接著便很高興地下班了。

我看著她離去的身影，心中還是有一絲絲愧疚，畢竟我欺騙了她。

社區活動中心。那個讓我充滿痛苦回憶的地方，我會接手這個案子，是因爲我想親眼看見它消失的瞬間。

以往每年夏季的重頭戲，是由公所和商店街一起主辦的廟會慶典，雖然媽媽很討厭人多的地方，但每次到了慶典的時候，她還是會帶著我去逛逛，我們會買好多小吃，或是在套金魚的攤位待上一兩個小時，有的時候甚至老闆都要收攤了我卻還捨不得走。

但最讓我期待的是晚上的表演。在商店街口的廣場上，每年慶典都會架起一個好大的舞台，接著從八點開始，會接連上演好多不同的表演，有專業的舞團表演，也有由社區的叔叔阿姨組成的合唱團，年幼的我總是目不轉睛地看著台上的演出。

就在看完合唱團表演之後，我心滿意足地牽著媽媽的手準備回家，突然發現下一位表演者拿了好多可愛的動物玩偶走到台上，每個玩偶身上都連著好幾條細線，隨著表演者的手勢擺動，玩偶們居然像是活過來一般，做出各種有趣的動作。我看第一次看到這麼神奇的表演，驚訝地說不出話來，所以拉著媽媽的手又回到表演現場。

媽媽跟我說那個叫吊線玩偶，是一種透過操控手中的線來控制玩偶的表演。

我看著玩偶和表演者一起演了好多有趣的小短劇，最後表演在眾人的掌聲中結束，這也是今晚最後一個表演，隨著觀眾逐漸散場，我卻拉著媽媽的手快步往舞台跑去，表演玩偶秀的大哥哥正在收拾表演用的道具，看到我一臉好奇地在旁邊偷看時，他對我露出了親切的笑容。

「小妹妹，妳對玩偶表演有興趣嗎？」我用力地點了點頭。於是他拿了一張廣告單給我，也拿了一張給媽媽，雖然我還看不太懂上面的字，但我看到傳單上有好多在舞台上看見的玩偶。

「我接下來都會在社區的活動中心教玩偶表演課，歡迎妳們一起來玩喔！」我很興奮地說好，並且跟大哥哥勾勾手約定，最後才心滿意足地跟著媽媽回家。

於是下個週末一早，媽媽就帶我到社區活動中心報名玩偶課。結果才剛到就發現門口聚集了好多人，我原本以爲他們也是來報名玩偶課的，所以催促媽媽趕快進去報名，以免名額被搶光。但媽媽卻擠到人群裡去，我只好也跟了過去。

我們一走近才發現，原來是活動中心裡開設的書法課在舉行成果展。那是爲期一年的課程，主要是給像我這樣年紀的小朋友上的，主打在練習寫字的同時也能讓孩子學習漢字，所以吸引了不少家長幫孩子報名。而且聽說教授書法的老師是業界有名的人士，所以雖然只是孩童，但是展出的作品卻都頗有大人寫字的風範。

媽媽一邊欣賞著作品，一邊看著其他家長高興地和拿著作品的孩子們合照。我不禁在腦中幻想，不知道玩偶課會不會也有類似的發表會，到時候也要邀請媽媽來看，然後一起拿著玩偶在舞台上合照。一想到這，我就好期待能趕快上課，所以又拉著媽媽的手往報名櫃檯走去。

我掂起腳尖，努力將從表演玩偶的大哥哥手中接過的傳單放在櫃台上。

「您好，請問是要報名課程嗎？」櫃檯的小姐親切地對媽媽說。

「是的，請問一下這個課程是從什麼時候開始上的呢？以及費用是多少呢？」

「課程最快在下週就能開班，費用的話是五萬元，包含老師的授課費用，以及場地租借費用，但是上課用的玩偶需要另外在第一堂課時購買喔！因爲玩偶的種類衆多，老師希望能讓孩子自己挑選喜歡的玩偶，準備的玩偶種類有……」

「不好意思，您搞錯了，我想報名的是書法課。」媽媽指著門外的人群對著櫃檯小姐說道。

我用力拉著媽媽的褲管，大聲提醒媽媽我想報名的是玩偶課，而且我已經跟大哥哥約定好了，但是媽媽看都不看我一眼，而是滿心期待地看著外面那群書法課的孩子們。

我開始哭了起來，躺在地上拼命喊叫著，周圍的人全都看向我們這邊，櫃檯小姐也尷尬地看著我們，但媽媽仍然無動於衷，堅持要報名書法課程。

不知道過了多久，媽媽才把我抱了起來，手中拿著書法課程的繳費收據，我原本以爲她會安慰我，或是因爲我的無理取鬧而生氣，但相反地，她的臉上卻露出了微笑。

「千代的作品如果也能被展出的話，就太好了呢。」她的目光依然放在那些拿著作品的孩子身上。

我那時才明白，原來媽媽愛的不是我，而是她心目中想要的千代，而我的責任，就是成爲那樣子的人。

那些在台上奮力表演的玩偶之所以會吸引我的注意，或許是因爲它們跟我一樣，終其一生都被人掌控著。

除了玩偶課的事情以外，那個活動中心還讓我想起另一件事。

每天晚餐過後，我和媽媽都會待在客廳一起看「家庭設計師」，那是我們最喜歡的電視節目。內容是講述一些親子教育及家庭溝通等各方面的主題，其中西廂先生是我最喜歡的來賓，因爲他主張放任孩子自由發展，不要給予太多侷限，他對自己的孩子也是用這種態度教育。

但媽媽似乎很不喜歡他，尤其是發生了那件醜聞之後，每次講到西廂先生，媽媽總是毫不留情地批評。

「講好聽點是自由發展，但其實就是拋下孩子嘛，只想把時間精力放在自己身上，而不願意盡到父母的責任的人，居然還有臉在節目上侃侃而談。」報紙刊登西廂先生兒子吸毒的報導當天，媽媽用嫌惡的語氣不斷數落著，但她臉上卻是得意洋洋的樣子。

「孩子還小的時候就無情地拋下他，這樣的人一點做父母的資格都沒有。」

我知道媽媽在說的不是西廂先生。

小學放學的時候，我就注意到爲什麼有些同學是由爺爺奶奶接送上下學，而我卻不是。當然也有些同學的爺爺奶奶比較早就過世了，但大家也都會一起談論有爺爺奶奶的生活，像是小的時候爺爺曾經帶我去哪裡玩，或是奶奶常做我喜歡的菜給我吃等等的話題，但我卻沒有類似的記憶，當我回到家問起爺爺的事情時，媽媽只冷冷地回我一句。

「爺爺爲了自己的理想，所以不要媽媽和千代了，所以不用再想爺爺的事情了。」

看到媽媽板起臉的樣子，我知道必須順從才能討媽媽歡心，所以再也不敢問起這件事。

某一次的電視時間，我們正打算收看「家庭設計師」時，卻發現節目時間有所異動，那天播出的是特別節目：「台灣魅力探訪」。我不知道台灣在哪裡，但那裡的人好像跟我們日本人很友好，最近越來越多這種介紹台灣的旅遊節目出現。

那次的節目內容是介紹台灣的高山，媽媽從來沒帶我爬過山，所以當我看見電視裡壯闊的景色時，不禁沉醉其中，想像著在高聳的深山裡只有我一個人漫無目的地奔跑著，那是一種多麼美好的自由。

其實當時我心中在想的是，如果能在杳無人煙的深山裡自由地跑著，就算只剩我一個人也沒有關係，這樣就能逃離媽媽的掌控，並且終於能擁有自己的人生。

現在想想當然會覺得很荒謬，但對十歲的我來說，比起無人照顧，被死死地握在手中更讓我感到痛苦。

所以趁著跟媽媽去逛百貨公司的時候，我故意跑到販賣登山用品的櫃位，假裝對爬山很有興趣的樣子，一直緊盯著一頂有黃色鬱金香的帽子，因爲我知道媽媽喜歡花，所以或許她會因爲這頂帽子很可愛而買下它，然後找個時間安排登山的行程。

沒想到當店員走過來詢問是否有登山意願的時候，媽媽居然露出了不好意思的表情，並且拒絕了她。

爲什麼馬上就拒絕了呢？那瞬間緊張的表情，媽媽是在害怕嗎？

事情發展超出了我的預期，所以就在我們準備離開的時候，我緊緊抓著媽媽的手，眼神卻充滿期待地看著那頂鬱金香帽子，接著用一種苦苦哀求的聲音說：「媽媽，我們去爬山吧。」

這些年以來，我早已學會如何用討好媽媽和假裝可憐，來達到自己的目的。

於是媽媽真的買了那頂鬱金香帽子，並安排了下週去爬山。一想到即將能奔向自由，我就感到興奮不已。

在出發的前幾天，我們一起去了社區活動中心參加登山課程。與其說是課程，那堂課比較像是登山的安全講座。近年來參與登山活動的人數大增，導致發生山難的事件也越來越多，因此許多登山組織和各地區的公所合作，一起推廣安全的登山活動，以及發生意外時的應對措施。

我全神貫注地聽著台上老師的講解，媽媽卻在旁邊顯得興致缺缺。但當她看見我認眞上課的時候，還是很高興地稱讚我，臉上又再次浮現那種充滿驕傲的表情。但我只不過是在這堂課裡尋找任何有用的資訊，以完成我的自由計畫。

我的計畫基本上是趁著媽媽不注意的時候，逃到一個沒人能找到的地方，接著再假裝是在山裡走失，卻不記得自己住哪裡的可憐孩子，就這樣被送到孤兒院或是其他的安養家庭，從此過著嶄新的人生。

眞是愚蠢的計劃，每次我想起這件事時總是感到好笑。

最終這個計畫當然沒有成功，甚至還差點讓我的手中沾滿了罪惡的鮮血。

沒想到當天下起了小雨，讓我有點擔心影響到我的計畫，但所幸天氣一下就放晴了，我和媽媽跟著其他登山客一起往山頂的方向走去，一路上我興奮地四處亂跑，一方面是享受著期盼已久的自由時刻，一方面則是在試探媽媽對我的掌控程度。一開始媽媽還會緊緊將我牽著，但看著我開心的樣子，又很討其他人的歡心，於是漸漸讓我在她視線可見的範圍內活動。

但僅僅是這樣還不足以逃離她的控制，所以我一直在觀察身邊的人和環境，等待一個適當的時機讓我能夠全力奔跑，跑向自己想要的人生。

跟著我們一起登山的有：熱戀中的大學生情侶，帶著小孩子的年輕夫妻，參與公司舉辦的登山活動的上班族們，以及一對年邁的老夫婦。隨著我不斷在他們面前表現靈巧活潑的樣子，他們也都十分照顧喜愛我，因此媽媽便逐漸降低了戒心，這些人就這樣成為我計畫裡挑選的對象。

那對熱戀的情侶看起來年紀還輕，或許遇到意外時會嚇得手足無措。年輕夫婦光是照顧自己的孩子就費盡心力了，不可能有餘力再照顧另一個非親非故的小孩。因此這兩個選項都被我優先淘汰。

那群上班族更不用說了，每個人看起來雖然精力充沛，但其實都是被迫參與公司活動，大家都只想趕快爬完山，回到自己的生活裡。這樣的人遇到走失的小女孩，八成會當作沒看見趕緊下山離開。

只剩下那對老夫婦了，雖然他們看起來行動緩慢，但兩個人看起來都很慈祥，應該是不會丟下我不管，等我逃到媽媽能找到我的範圍後，只要謊報住家地址，請他們送我到市區裡，我再自己假裝走失尋求其他人幫助就可以了。

我開始等待合適的時機，終於就在我們到達山上的小木屋時，我看著媽媽擠在人群中等著辦理入住登記，我知道我的機會來了，於是我趁媽媽不注意走到小木屋外，摘了一朵剛盛開的鮮花，往那對老夫婦的方向走去，但我卻只看見老爺爺，於是便把那朵花送給了他。

「你看，外面開著好多漂亮的花喔！」我用稚嫩的童音加裝出來的天真語氣對著老爺爺說，他果然馬上露出和善的笑容，很高興地接過了那朵花，我知道他已經成功落入我的圈套了。

接著我馬上跑去找媽媽，趁她最忙碌的時候吵著要去外面玩，並且故意提高音量，讓所有人都注意到我，我知道媽媽最害怕這種場合，害怕自己的女兒在外表現不好，會讓人覺得是她這個做母親的沒有教育好。

把我的成就當成是自己的成就，把我犯的錯歸咎在不聽她的話，她就是這樣的一個人。

這招果然有效，老爺爺一聽見我的吵鬧聲，便提出了帶我出去走走的提議。媽媽雖然一開始猶豫不決，但我表現出準備大吵大鬧的樣子，加上一路上大家對我的疼愛讓她降低了對老爺爺的戒心，所以她最終還是同意了。

在那一刻，我真心相信我的計畫成功了，馬上就能迎向自由的人生。

我和老爺爺沿著山邊的小徑走著，小徑底下就是通往下山的路。一開始我還安分地牽著老爺爺的手，但隨著距離小木屋越來越遠，我便放開手往下山的方向跑去，老爺爺在後面不斷呼喊我，但我假裝沒聽見，全力朝著自由的道路奔跑著。

跑了一段時間後我停了下來，轉頭往後一看，發現已經看不見老爺爺的身影了。我突然緊張了起來，如果他看見我跑這麼快，自己又因爲年邁而追趕不上時，會不會掉頭去找其他人幫忙，這麼一來我很快就會被找到，期待已久的自由計畫也將宣告破滅。

我趕緊往回跑，希望能在老爺爺回小木屋之前追上他，結果剛過第一個轉彎處時，就看見老爺爺氣喘吁吁地朝我跑了過來，我頓時安下了心，不用擔心會被人發現，我的計畫又再次死灰復燃。

老爺爺好不容易趕到我身邊，一邊喘氣一邊說：

「小妹妹，妳要等等我呀，怎麼自己跑這麼快呢？」我主動拉著他的手，裝出不好意思的樣子，接著指向山坡下的方向。

「那是因爲下面有好多漂亮的花嘛，比山坡上的還漂亮喔！我帶你去看！」於是我們繼續往下山的方向走去。我打算等看見下山出口時，再一溜煙逃跑，這樣卽使老爺爺想回去找人幫忙，也得花好長一段時間才能走回山頂，到時候的我早就已經在市區裡奔向期待已久的自由了。

我蹲在山坡的邊上，盡量保持一段能讓老爺爺跟上的距離，等他慢慢走過來，避免他突然想往回走。就在老爺爺終於走到我身邊，並慢慢地放低身體，跟我一起蹲在地上時，他將手上拿著的登山杖放到一旁，另一隻手卻摸向了我的屁股。

我全身瞬間起了雞皮疙搭，身體無法動彈，因爲是第一次遇到這種事情，我完全不知道怎麼反應，連聲音都發不出來。媽媽從來沒有教過我怎麼面對危險，因爲她總是相信我在她的保護之下，是不會有任何問題的。

與其說是相信，不如說是她的內心不允許我遇到被騷擾這種事情，否則就像是玷污了她在我身上所付出的努力，即使這種事情根本不是我願意的。

老爺爺看我沒有反抗，便更大膽地摸向了我的身體。我開始哭了起來，原本以爲這樣就能讓他嚇得不敢再繼續，但老爺爺的眼神突然變得兇惡，又更加粗暴地想要撕開我身上的衣服。

在那一瞬間，我想起我規劃已久的計畫，還有過去那些被剝奪的自由。這些所有壓抑著我的過去在那一刻充滿我全身，我奮力掙扎，用全部的力量反抗著，像是想擺脫這些束縛著我的枷鎖一般。

最後我用力一扭，才終於掙脫了老爺爺的手，但老爺爺因爲我的掙扎而重心不穩，跌坐在山坡的邊緣，他伸出了手向我求救，但我只覺得噁心至極，用一種厭惡且充滿恨意的眼神看著他。

接著我用盡全力將他推下山坡。

接著我露出了微笑，這是我第一次感到如此暢快，我知道那是恨的感覺，而我享受在其中。

但就在他即將摔下山坡時，伸出的手卻勾到了我的衣角，我瞬間被一股強大的力量拉走，然後跟著那老頭一起跌落到山坡底下。

我的視線凌亂地變化著，最終在撞擊到山坡底下的碎石地後，我才終於停了下來。連續的碰撞讓我的眼前一片模糊，加上天色逐漸變暗，在一片漆黑中，我只看見老爺爺倒在我的前方不遠處，一動也不動。

我的身體也同樣動彈不得，全身每處都劇烈地疼痛著。周圍除了草叢裡傳來的陣陣蟲鳴聲之外，就只剩我的喘息聲，但我卻無法發出聲音求救，只能用盡全力將蜷曲的身體伸展開來，無助地平躺在地上。

但我卻絲毫不感覺害怕或無助，甚至覺得全身舒暢。一想到剛剛用力將那老頭推下去的感覺，就讓我再次沉浸在充滿恨意的快感裡。

我看著滿天的星空，雖然我的逃跑計劃至此應該是是徹底失敗了，但我卻感受到從未有過的自由，像是原本黯淡無光的一顆星星，在這個夜晚突然變得閃耀，照亮了無比黑暗的天空。

反抗的滋味使我的內心興奮無比，我一點也不擔心倒在地上的老頭傷勢如何，就算他因此摔死了我也毫不感到愧疚或後悔。就在這一刻我才意識到逃跑是有極限的，世界再大也無法逃向真正的自由，唯有抵抗才能真正消滅壓住自己的痛苦，而抵抗的勇氣及力量，則是來自足夠的仇恨。

休息了一段時間後，我的身體不再那麼僵硬，我嘗試要爬起來，大腿卻感到一陣撕裂的疼痛，我的右腳流了好多的血，連要站立起來都很勉強，更別說爬上山坡找人求救了。我重新躺回地上，靜靜地數著天空中的每顆星星，等待被人發現。

突然有一顆星星從天空中跌落下來，發出了強烈的光芒，把我照得眼睛都睜不開。我瞇著眼想看清它掉落的位置，才發現那是一支手電筒，我在小木屋時有看到這種手電筒擺在角落，上面還寫著「緊急用」。

我知道是有人來救我了，所以拼命揮著手，希望上面救援的人能看見，但山坡底下實在太黑了，即使是有人仔細往下看，也很難注意到我。

我看著手電筒的亮光，才突然想起在登山課時有學過，黃色的物體更能吸引搜救者的注意，所以趕緊摘下頭上的黃色鬱金香帽子，拿在手中拼命揮舞。直到吵雜的人聲離我越來越近，越來越多的白光往我的方向照過來時，我才筋疲力盡地放下手。

在搜救人員檢查我的傷勢時，他們也發現了倒在一旁的老爺爺，雖然只是暈過去而已，但是右邊大腿嚴重骨折，已經沒辦法自己行走了。所以我們分別躺在各自的擔架上，由搜救人員抬上山坡，我斜眼看著那老頭，我眞希望他就這麼摔死。他緊閉著雙眼，臉上一副安祥的表情，誰都想像不到他其實是個變態的死老頭。

我並不打算告訴任何人這件事，因爲我知道沒有人會相信我。我躺在地上看星星的時候，我就想過這一點了。

沒有人會相信我，尤其是媽媽。

我的逃跑計劃雖然失敗了，但是我的內心卻堅強許多，我清楚明白那不是一種健康的成長，而是在束縛及恨意的壓力下，所形成的畸形怪物。

但我一點也不介意，反正我從來就不覺得在這個世界上，依靠單純的善良就能存活下去，我內心的怪物雖然醜陋，但是它卻能保護我不受欺負，與其交出眞心被人傷害，不如把自己武裝起來，讓所有的痛苦都由他人承受。

登山的意外已經過了兩週，原本以爲事情會就這樣落幕，但週末一大早，我才剛從房間出來時，就看見客廳桌上放了一盒好大的水果禮盒，上面還擺放著我們家的花作爲裝飾，我一看就知道那是媽媽裝飾的，但爲什麼要特地費盡心思，別人送來的探望禮物直接打開來吃不就好了嗎？

自從我爬山受傷的事情在社區傳開後，許多商店街的店家送來了慰問的禮品，所以我才會以爲那個禮盒應該是別人送來的。

正當我準備拆開時，媽媽從廚房走了出來。

「哎呀千代，妳在做什麼，媽媽好不容易包裝好的。」她脫下圍裙，並且換上外出用的外套。

「這不是別人送給我的禮物嗎？」

「不是啦，這是媽媽早上特地去買的，我們今天一起去醫院探望爬山時那個老爺爺吧。」

媽媽戴上她最寶貝的項鍊，還噴了香水，我平常都沒看她這麼用心打扮。但我絲毫不在意這些細節，因爲當我聽完她的話時，腦袋瞬間一片空白。

探望那個變態老頭？

「媽媽一直覺得很過意不去，人家是好心幫忙我照顧妳的，沒想到卻遇到這樣的意外，不去探望一下怎麼好意思呢，千代妳等一下也記得要好好跟老爺爺道歉喔！」

還要跟他道歉？

「來，這個禮盒交給千代拿著，妳等等親手送給老爺爺，他一定會很高興的！」

砰！

當我回過神來時，禮盒已經被我重重摔在地上，裡面的水果掉落一地，裝飾用的花也都被壓壞了。媽媽正準備出門，聽到聲響後急忙轉過頭來，看著一地的水果和我充滿怨恨的眼神。

「千代！妳在做什麼！」她大聲驚呼了起來，隨卽衝過來把地上的水果一一放回禮盒，口中還一邊低聲碎唸著：「這個禮盒可是很貴的呢……」

媽媽似乎只把我的行爲理解成小孩子的調皮，所以完全沒有詢問我這麼做的原因。收拾好之後，她的臉上又恢復了和善的笑容，催促我趕緊準備出門。

我看著那個虛僞的表情，那個想掩蓋一切，假裝什麼事情都很好的笑容，我受不了她這種自欺欺人的態度。

所以卽使知道她不會相信我，但我還是把爬山時被騷擾的事情告訴媽媽。

媽媽聽完後，呆立在原地好幾分鐘，接著衝過來抱住我，一邊痛哭一邊向我道歉，不斷說著自己有多麼自責，責怪自己沒有好好保護我。

如果她當時是這樣的反應就好了。

她聽完我被騷擾的事情之後，面無表情地看著我。我能理解她因爲震驚，一時之間說不出話來，但我永遠也無法原諒她接下來做的事情。

她居然露出跟剛剛一模一樣的笑容，那個假裝若無其事的噁心笑容。

「如果眞的不想出門跟媽媽說一聲就好了呀，不用特地想這種奇怪的理由啦。」我知道她不會相信我，但是她居然認爲這只是我不想出門所編出來的藉口。

「我沒有說謊！」我開始大哭起來，內心感到無比失望，連最應該保護我的人，在這一刻竟然選擇假裝沒看見我的痛苦。

「不要再哭了！」媽媽突然大吼一聲，但是她的臉上還是掛著那副笑容，她現在的樣子讓我想到那些在台上表演的玩偶，不論如何被操弄，都永遠只能保持一樣的表情，我開始害怕了起來。

「在媽媽的保護之下，千代是不可能遇到這種事情的！所以以後不准再提，也不准跟其他人說這件事！」她將禮盒用力甩進垃圾桶，接著獨自走回房間，留下我一個人在客廳流著淚。

我剛剛想起那些玩偶時，才突然明白媽媽爲什麼會有這樣的反應。

我就是她的玩偶。在她眼中我必須要是最完美的，因爲我所有的完美都是她造就的，如果有一點點髒污，那就是我對不起她，卽使那不是我的錯。

但現在的我早已不完美了，我的身上有著抹去不掉的醜陋污痕。

※

公所的工作內容除了社區內的行政事務以外，還包含了組織社區活動，協助民衆處理緊急事件等等，總之都跟當地居民的生活息息相關，所以做久了也大概知道這個社區裡住著哪些人。

但有一群人是我們無法及時掌握的，那些因爲讀書或是工作而搬過來的外地人。他們除了會來申請租屋補助的相關文件以外，基本上不會出現在公所，也不太參與社區活動，可能他們心裡認爲自己只不過是這個地方的過客，等畢業了或是找到更好的工作後，便會不留痕跡地離開，彷彿他們的到來和離去，都跟這個社區毫無關係。

所以當警察向由里子詢問那條新街道上的住戶訊息時，她只能找出屋主的聯絡方式，但大家都知道那個屋主早就已經退休去享受人生了，他買這裡的房子都是用來出租給別人。尤其是讀附近大學的學生，往往不願意住在老舊但人情味濃厚的舊街道區，而是優先選擇近幾年剛規劃好的新街區。

——聽說是自殺。由里子對著才剛到的我悄悄地說道。

警方禮貌地向我們道謝後便離開了，不過不代表這件事就跟我們無關了，通常遇到這種警方出面調查的事件，公所都會派遣人員前往協助，像是維護現場秩序或是聯絡相關機構等等。

原本是由里子和加藤要去事發現場的，但由里子忙著幫警方查詢相關資料，所以就由我跟加藤兩個人一起過去。

那是一棟嶄新的獨棟公寓，一樓大門用純白色的油漆粉刷過，給人一種簡約整齊的感覺，在入口處的角落還規劃了一座小花園，裏頭擺放著一張小桌椅，讓人可以悠閒地享受寧靜的午後。但現在那個地方站滿了警察和調查人員，原本充滿生氣的草地被踐踏成一片凌亂。

我和加藤擠過圍觀的群衆和來採訪的新聞媒體，好不容易到了大門口前，向負責管制人員進出的警員出示證件後，我們便往樓上走去。

「齋藤前輩，妳不害怕嗎？」剛走過二樓的樓梯轉角，走在我後面的加藤突然對我說。

「害怕什麼？你說屍體嗎？」

「對呀，其實我最害怕這類事情了。」我聽得出來他聲音裡些微的顫抖，但我沒有回應他。我們就這樣保持沉默，最終走到事發的那一戶門前。

「死人有什麼好怕的，活著的人才可怕。」在推開門的那一刻，我用加藤聽不見的音量輕聲說道。

在現場指揮的警官叫做小林健太郎，是本地派出所的所長，雖然身爲所長，但他卻給人一種散漫隨便的感覺，之前商店街發生竊盜案的時候就跟他合作過了，結果開著警車的他居然把徒步奔跑的嫌犯給跟丟了，最後還是由所內的幾位年輕警員在大街上圍捕，才順利將嫌犯逮捕。所以我對他負責的案件總是很不放心，但至少不用擔心這次案件的當事人會像上次一樣跑掉了。

「啊，公所的人來了。」小林走過來跟我們打招呼，接著便向我們說明案件內容。

「死者是就讀附近女子大學的學生，被發現時已經死亡了，死因初判是這個。」他指著放在桌面上的一包夾鏈袋，裡面裝著許多白色的藥丸。

「安眠藥。吃了一百多顆後還剩下這麼多，從死者準備的量來看，可以判斷她的死意相當堅決。」小林拿起那包夾鏈袋，在我面前掂了掂，裡面看起來初估還剩下三百多顆的量。

我以前一直不懂爲什麼要選擇吃安眠藥自殺，甚至擔心過那些需要吃安眠藥才能睡得著的人，會不會吃一吃就不小心死掉了。後來才知道要吃到致死的劑量，必須要吃上百顆才行。我想像著那些自殺的人努力吞著藥片的模樣，即使生命即將到了盡頭，也還是得經歷這般痛苦的過程。

但這些人都是經歷了比吞藥更痛苦的事，才會選擇結束自己的生命。

小林帶著我們走向死者的房間，那裡也是死者吞下安眠藥的地點。

「死者目前還在房間裡，雖然已經蓋上白布了，但還是請兩位做好心理準備。」說完便推開房門，我感受到加藤在我身後不斷發抖著。

房間內的佈置跟我想像的女大學生房間差不多，柔和的牆壁上掛滿了照片，書架上擺放著各式書籍，床上堆滿了可愛的玩偶和抱枕，若不是這個房間的主人此刻正被白布包覆著躺在房間中央，這個房間整體倒是給人一種溫馨且充滿活力的感覺。

房間的一角放了張書桌，桌上散落著各種化妝品，還放了一台筆記型電腦。小林走到電腦前，隨便在鍵盤上敲了一下，整個螢幕就亮了起來。

我湊上前看著亮起的螢幕，才發現上面顯示的是死者的個人部落格。

「從死者部落格的文章內容來看，我們認爲是因爲感情因素才選擇輕生。」小林將筆記型電腦推到我的面前，我點開了第一篇文章。

十二月二十五日

今天是我們共度的第一個聖誕節，你送了我一個精緻的小瓶子，裡面裝著白色的雲霧。唸理工的你總是喜歡自己動手做這種小禮物送我，雖然簡單，但我卻能真實地感受到你的用心，那對我來說才是真正無價的寶物。

你叮嚀我千萬不能打開瓶子，否則裡面的雲就會消失。瓶中的雲霧在小小的空瓶裡緩緩流動著，一旦失去玻璃瓶的保護，裡面的東西就會馬上煙消雲散，只剩下一具空殼。

瓶子保護了雲霧，就像是你保護我一樣。

看起來沒什麼特別的，就是一個初戀女孩的日記而已，第二篇也是差不多的內容，但在第三篇之後，裡面內容開始有了變化。

二月二十八日

瓶身出現了一道細細的裂縫。

不知道是不是之前整理東西時不小心撞到的，雖然沒有破掉，但我總感覺裡面的雲霧似乎越來越少，我想跟你說這件事情，但是我害怕你不會回應我。

就像是我不知道裂縫怎麼來的一樣，我也不知道為什麼你變得越來越遙遠，問候的訊息越來越少，回覆的字句也越來越短。我感覺到心中也多了一道淺淺的裂縫，而且它一天天變深，裡面裝載的東西也一天天在減少……

七月十五日

我找不到你。

不論是電話，訊息，甚至跑去你的宿舍樓下等你，卻都沒有你的消息。我在陰暗的宿舍門口蹲著哭了好久，才終於等到你的回覆。

你說跟朋友出去了，所以才沒有注意到我的訊息，但當我跟你說我現在的心情有多麼難受害怕，一個人在路邊哭泣時，你卻只叫我趕快回去，不要再等了。

所以我又一個人走回家，然後趴在床上大哭一場。

我將頁面滑到最後一篇文章，時間正是死者輕生的那一晚。

九月十八日

瓶子破掉了。

不是因為之前的裂縫所導致，而是被我用力往地上摔才破掉的。我原本以為東西都是一點一點損壞的，忘記了一次猛烈的力道也能將一切摧毀殆盡。

當我知道其實你在跟我交往之前，早就已經有對象了的這件事後，我的心就像是被一股強大的力量給撞擊而變得支離破碎，那股痛楚在我身體裡久久不能散去，我知道我必須把它給釋放出來，所以用力把你送我的禮物給砸了。

瓶子破掉的那一刻，裡頭裝著的雲霧隨即消散，只留下一地的碎玻璃。因為原本堅固的保護消失了，所以被保護的東西也不得不消失。

沒有人明白我此刻心中的折磨，也不再有人保護我了。

而現在失去保護的我，也即將要消失了……

我稍微搜索了環境，才發現死者的腳邊的確有一些殘留的玻璃碎片，我猜她是在打破瓶子後就開始服藥，接著倒在地上不省人事。

雖然是場悲劇，但現在的她終於解脫了。死亡會不會其實也是救贖的一種，拯救那些永遠帶著傷，傷痕永遠好不了的可憐人。

加藤突然哇地一聲叫了起來，接著整個人癱軟在地上，看起來像是快要吐出來了。他從進房間開始便一直靠在牆壁上發抖，眞是沒用。

小林趕緊攙扶他離開房間，此時房間內只剩下我和一個已經消逝的生命，我看著她臉上覆蓋的白布，猜想著白布下的表情，應該會是一抹舒坦的微笑吧。

在發生了那件事之後，我就再也沒有那樣微笑過了。

我也曾經就讀同一間女子大學。其實我的成績完全可以去更好的學校，但媽媽不准我去離她太遠的地方，更不允許我就讀男女混合的學校。所以我只好選擇了離家裡最近的女子大學。

但那個時候的我已經開始學會反抗，即使沒辦法正面衝突，也會盡量在媽媽背後找尋自己想要的自由。

然而在這種處處受到限制的環境裡，我根本沒辦法好好享受大學生活，所以我想盡辦法說服媽媽讓我參加學校的啦啦隊社團。我們學校的啦啦隊在當地算是小有名氣，出去比賽的成績也不錯，只是晚上必須留在學校練習。因爲練習的時間往往會到晚上十點，所以媽媽起初不同意我參加，但我拿了許多學校啦啦隊比賽的照片及得獎影片給她看後，她又露出了那個幫我報名書法班時一模一樣的虛榮表情，再加上我跟她再三保證社團練習只會有學校的同學，不會接觸到外校的男生，她才勉強同意。

但她不知道的是，我從來沒去過啦啦隊的集社。社團只不過是我用來當作晚回家的藉口罷了，我幾乎是每天一下課，就會跑去位於商店街最尾端的月葉。月葉是一間日式酒吧，由於地點離學校很近，加上價格也相當實惠，因此晚上總是吸引了許多我們學校的學生光顧。剛開學時系上的學姐們爲我們這些新生舉辦了歡迎晚會，晚會結束後有人提議喝酒續攤，所以大家就去了月葉。

我從來沒有去過像酒吧這種地方，因爲我還不到能喝酒的年齡，所以只點了一杯可樂。但是看著其他人在酒吧裡熱烈地聊天，享受著與每個人的的互動，整個空間充滿了活力和歡快的氣氛，這些都是我從未感受過的。

從那次起，我就常常對媽媽謊稱要社團練習，所以必須在學校待到很晚，但其實我都是偸偸跑去月葉。

有時候找不到朋友陪我一起去，我就會獨自前往。點一杯可樂，看著店內的其他人自由地暢談著生活的大小事，在這種思想奔放的環境裡，我卽使獨自一人卻也不會感覺孤單。

而且如果只有我一個人去，衫崎就會倒一杯酒，坐到我身旁陪我聊天。衫崎是月葉的調酒師，我第一次來的時候就注意到他了，他一身整齊的黑色西裝，舉手投足間都展現了自信和優雅，總是滿臉笑容，很熱情地招呼每個人。我甚至覺得月葉會有這麼融洽的氣氛，都是因爲有衫崎的關係。

——不讓每個來月葉的客人感覺到孤單，這是我的原則。第一次主動坐到我身邊時，他是這麼對我說的。

所以漸漸地我開始不約其他朋友，而是一個人去月葉，然後一整晚享受在衫崎的陪伴之中。

差不多過了一個月，我們就陷入了熱戀。

那是我第一次戀愛，也是第一次感受到有人真的在乎我的一切，認真傾聽我說的話，鼓勵我做想做的事，我第一次有身爲人的感覺。

當時的我眞心覺得，身旁的這個男人就是我的全世界。

衫崎雖然已經三十二歲了，但卻仍保有二十歲的活力及熱情，他帶我去了好多地方，我們在郊區的小山丘上看夜景，在廢棄的工廠裡探險，在河堤旁聊著彼此的一切。

我最喜歡的地方是商店街旁的小木橋。從橋上往河面上看過去，可以看到整條商店街的倒影，就好像整個城市顚倒過來一樣，讓人分不清河裡的倒影會不會其實才是現實。我們站在橋上緊緊依靠著彼此，我和衫崎說了關於自己的一切，包含媽媽對我的控制，還有我對自由的渴望。他靜靜地聽著，並凝視著我的雙眼，他的眼神中有一種迷人的成熟。

我們在橋上擁吻著，我感覺他厚實的身體緊貼著我，他的手扶在我的腰際，我的身體隨著他的呼吸起伏著，突然之間，他的呼吸變得急促，原本溫柔的雙手也變得狂野，在我的身上不斷游走著，最後摸向了我的胸部。

那一瞬間，我突然想起了小時候被老爺爺騷擾的感覺，一股噁心的抗拒感讓我不由自主地推開了他。

衫崎驚訝地看著我，我愧疚地低下了頭。

「對不起……我還沒有準備好。」我向他道歉。明明我是這麼愛他，但仍無法鼓起勇氣給他我的一切。

我流下了眼淚，我原本以爲衫崎會因此惱羞而離去，但他只是再次抱住了我，用他的溫柔無聲地安慰著我。

※

「千代，跟妳說個大新聞！」就在處理自殺案件後的隔週，我一早剛到公所時，由里子便匆匆跑到我的座位旁。

「那個警官小林，聽說被革職了。」

「啊，發生什麼事了嗎？」

「好像是上週的自殺案件，警方搜集完現場證物回警局清點後，發現安眠藥居然跟在現場清點的數量不一樣，足足少了一百多顆呢！」

「我早就覺得那種傢伙根本就靠不住，那種人當警官眞是讓人不放心。」我不屑地批評小林。

「就是呀，連安眠藥都會搞丟，那可是被管制的藥物呢……加藤！跟你說個大消息！」由里子興奮地朝著剛到公所的加藤跑去，有時候眞不知道她是眞的那麼討厭小林警官，還是單純喜歡八卦而已，我看著她的身影暗自偷笑著。

杉崎不但陪我度過了無數孤單的夜晚，也介紹許多他的朋友給我認識。他的朋友看起來都很時髦，完全不像是三十幾歲的人，大家聊著時下流行的話題，雖然我不懂他們談論的內容，但是身爲這群人的一員，讓我覺得驕傲又滿足。

大二那一年的夏季，我和杉崎約好一起去逛廟會慶典。我已經好幾年沒逛廟會了，自從媽媽強迫我去上書法課而不是玩偶課之後，廟會就不再那麼吸引我了。

但這次不一樣，因爲有杉崎保護著我。我曾經和他說過小時候看到玩偶表演的事情，於是我們一起走到表演舞台。

沒想到過了這麼多年，當年的玩偶表演居然仍在每一年的廟會慶典裡出現，只是表演者不再是小時候的那個大哥哥，而是許多沒見過的年輕面孔，我猜他們應該是當年在社區活動中心上玩偶課所培養出來的表演者。

我們欣賞著演出，台上的玩偶隨著表演者的操作流暢地動了起來。小時候我曾覺得自己跟那些被操弄的玩偶一樣，只能依照媽媽的意思活下去，但現在的我已經被杉崎解救出來了，即使沒有人控制，也能自由自在地開心舞動著。

看完表演後，慶典也差不多到了尾聲。就在我們準備離開的時候，剛好遇見了衫崎的那群朋友們，他們手上提著好多酒，朝著我們走過來。

「喂，衫崎，一起來喝酒吧，你的小女朋友也一起來吧！」

「我還不能喝酒啦，我明年才滿二十歲。」我急忙對著衫崎和他的朋友說。

「有什麼關係，只喝一點點就好了嘛。」衫崎拿了一瓶啤酒在我面前晃了晃，我從來沒喝過酒，但每次看那些在月葉喝酒的人好像都很快樂，讓我心中對於酒精產生了好奇。

「試看看吧！」衫崎打開了手上的啤酒並遞給了我，因爲抗拒不了心中的誘惑，所以我接過來喝了一口。

好苦！我差點吐了出來，怎麼會有人想喝這種東西。

但衫崎和他的朋友們卻喝得很開心，大家都歡樂地大笑著，就像每次我在月葉裡感受到的氣氛一樣，所以我又多喝了幾口啤酒，雖然還是很苦，但心情似乎放鬆了起來，我感覺自己也沉浸在這片歡笑之中，而這是屬於我自己的世界。

可能是第一次喝酒的關係，喝完第一瓶啤酒後我就開始感到頭暈，因此一個人走到旁邊坐著休息，衫崎注意到我走到一旁，於是也跟了過來。

「妳還好嗎？千代。」他可能以爲我心情不好，所以又遞給我一瓶啤酒，我想拒絕他，但又怕壞了這麼好的氣氛，所以將啤酒接了過來，做個樣子喝了兩口。

「我沒事，我只是覺得這樣的感覺很好，我很喜歡。」我將頭靠在衫崎的肩膀上，他伸出手環著我的腰，另一隻拿著啤酒的手對我做出乾杯的手勢，我用力地喝了一大口，卻驚訝地發覺一點也不苦，而是充滿冰涼甘甜的味道，我一口氣把啤酒喝完，接著緊緊抱住衫崎，我們在草地上激烈地擁吻了起來。

頭暈的感覺越來越強烈，眼前也變得模糊。雖然是第一次喝酒，但我知道這是酒醉的感覺，於是想起身回家休息，但衫崎卻越來越激動，他的身體又像之前一樣急促地起伏著，我拍著他的身體示意他，但他卻開始解開我身上的扣子。

「不要……」我用盡力氣拒絕著他，但卻只能發出微弱的聲音，頭暈的感覺越來越強烈，我感覺到我身上的衣褲一件件被脫下，我開始哭了起來。

衫崎的朋友發現了我們，於是紛紛跑了過來。我以爲他們看見我流淚的樣子後會阻止衫崎，但他們竟然興奮地叫囂著，接著將我團團包圍。

我閉上雙眼，眼前浮現了剛剛的玩偶表演，但這次在台上的不是那些動物玩偶，而是我。有好多人站在我的背後，媽媽，老爺爺，衫崎，他們輪流操控著我，然後再狠心將我丟棄，就跟那些表演完就被丟棄在地上的骯髒玩偶一樣。

我像個玩偶一樣躺在草地上，讓那些包圍著我的人一次又一次地進入我的世界，直到我的內心終於被掠奪一空後，他們才心滿意足地離開。

從那時候開始，我就常常分不清我究竟是活著，還是早就已經死了。

※

今天跟由里子把自殺事件的資料全部整理完，準備明天交給警方，所以比較晚回到家。媽媽照慣例又開始問東問西，想打探我是不是又跟其他男人亂來，我跟她說最近社區發生了自殺案件，所以才留得比較晚一點。

媽媽聽完整件事情後只說：「雖然很可憐，但只能說是活該。要是像我們千代一樣不跟其他男人亂來，就不會發生這種悲劇了。」

「就是說呀。」我對她笑了笑，她也對我露出微笑，我走到廚房倒了杯水，也倒了一杯給媽媽，接著便走進房間。

關上房門的那一刻，我的臉上一直都掛著笑容。

我打開音響，放了我最喜歡的那張專輯，然後隨著音樂起舞。我從未感覺如此快樂，我開始翻出所有東西，有小時候收藏的娃娃，偷藏起來不被媽媽發現的男同學的情書，自己用毛線一針一線縫製的玩偶，還有好多零碎的雜物。我沉浸在過去的回憶裡好長一段時間，才起身從這群雜物裡翻出一個夾鏈袋。

接著我把袋子打開，將偷來的一百多顆安眠藥全部倒在桌上。

我躺在地上，就像是那個死去的女大學生一樣，然後將右手伸向一旁的桌子，但抓到的不是藥丸，而是正在震動的手機。

我打開手機，發現是由里子傳來的訊息。

——今天很感謝千代幫我一起整理資料喔，得好好報答妳才行，明天見囉！

我將手機丟到一旁，嚎啕大哭了起來。

哭到沒力氣之後，我從地上爬了起來，決定將我的計畫延後一天。

在離開這個世界之前，我想至少跟由里子說聲再見。

我們三個人一起吃著由里子帶來的鯛魚燒，聽她分享最近大大小小的八卦，通常這種時候我都只會應個幾聲敷衍她，但今天的我很認眞地在聽，興奮地追問每個細節，一起抱怨上個禮拜又來鬧事的酒醉大叔，聊到加藤剛來時我們以爲他是不良少年的事而哈哈大笑。

我稱讚由里子帶來的鯛魚燒很好吃，還給她一個大大的擁抱。

她露出驚訝的表情，但並沒有察覺到任何異樣，只是笑著說：「感覺今天的千代好熱情！」

我們拿著鯛魚燒到處分給其他人吃，連一些難搞又固執的老人家，我也耐心地一步一步教導他們申請老人補助，離去時還多塞了兩個鯛魚燒讓他們帶回家給孫子吃，他們在門口笑呵呵地向我禮貌地揮手，這是我第一次看見這些人這麼開心的樣子。

這個世界本來有這麼美好嗎？

還是因爲要離開了，所以可以自私地只選擇看見生活中美好的部分嗎？

我決定不去思考這個問題，而是把握剩下的時間好好享受這世界的美好，我主動去關心以前沒有交集的同事，一起幫忙處理枯燥繁雜的文書作業，甚至連以前因爲外語能力不好，而總是避免接洽的外國遊客，我也拿出最眞誠的態度，努力協助他們處理在日本遇到的難題。

再一個小時就要下班了，我對於人生的最後一天非常滿意，那是我從未感受過的充實。所以即使那個台灣旅客來公所時，我已經把東西都收拾好了，我還是重新打開電腦，用最熱情的笑容拿起最後一個鯛魚燒遞給他。

「您好，請問有什麼能夠幫助您的呢？」

小島先生

昭和十九年五月十四日

整整好幾十個小時的時間，我和其他士兵們擠在一間狹小的船艙裡，空氣中瀰漫著難聞的汗臭味。我試圖往艙門靠近，努力伸長脖子好讓我能夠吸到門縫間吹進來的新鮮空氣，我感覺到一股鹹味衝進我的鼻腔中，那是一種我最熟悉，卻也最感到陌生的氣味。大海的味道。

對於擠在這密不透風的船艙裡的士兵們來說，這味道並沒有什麼特別的。長年的戰爭使我們不得不離鄉背井，從一個陌生的地方被運送到另一個陌生的地方，經過殘酷的戰鬥和廝殺後，幸運存活下來的人，就有資格進入下個破舊的船艙裡，接著被運往另一個未知的地點。

「喂！喂！」我聽見身旁傳來一個聲音，我轉過頭去，看見一個高瘦的年輕人也正看著我。

「這位置真不錯，嘿嘿。」他咧嘴笑了笑，「幾百個大男人擠在這破舊的鬼地方，要不是有這小小的縫隙，恐怕還沒跟美國人打得你死我活，自己人就要先死一半了！」

我看著他趴在艙門上，滿足地吸著門外傳來的空氣，不禁也笑了出來。

「看你的樣子，應該也只是個二十幾歲的小夥子吧。」他對著我說道。

「嗯，上個月剛滿二十三歲。」

「哦，那我們同年，真巧。」他又對我笑了笑，「我生日剛過沒幾天，就看見軍隊在徵兵的公告。當時憑著一股熱血，想都沒想就從軍了，離開了熟悉的大阪，隻身一人踏上了這艘船。」

「哦，你是從大阪來的？」

「是呀，你呢？」

「台灣。」

「哦！台灣呀。」他突然露出感興趣的表情，「雖然我這輩子還沒去過，不過我一直很想去台灣看看，聽說那裡的水果又甜又好吃，氣候也很溫暖，是個令人嚮往的地方。」

他奮力地把手從人海中抽了出來，伸向了我，「我叫小島義夫，你呢？」

「田村健一。你也可以叫我劉建生，那是我原本的漢名。」我的手從好幾個人頭上越過，在人群之中勉強握住他的手。

「不管你是用日本名字還是漢名，既然我們上了同一艘船，從今天開始我們就是共患難的夥伴啦！」小島爽朗地說著，「等這場戰爭打完，我去台灣的時候，你可要好好招待我呀！同樣的，你如果有來大阪，也一定要知會我一聲，在我們那裡呀，有一條很美的河川，我常常跟幾個朋友拿著啤酒，坐在河畔吹著微風，感受這混亂時代裡難得的悠閒。哪天一定要帶你來體會體會，肯定讓你快樂得都不想回台灣了，哈哈哈！」

小島笑到一半，原本背後倚靠著的艙門突然打開，他整個人差點跌了出去，好在他的手還握在我的手上。我自己也因爲這股力量而向前傾，接著臉上感受到一股清涼的海風。由於長期處於陰暗的地方，使我重新暴露在陽光底下的時候幾乎什麼都看不見，但當我勉強可以看清眼前的這座島嶼時，我知道這趟旅程已經到達目的地了。

走出艙外後，我看著我剛認識的夥伴以一種誇張的方式伸展著身體，彷彿剛從牢獄裡被釋放出來一般地興高采烈。我從他的身後望過去，除了一望無際的藍天，以及島上密集的叢林之外，我還看見了沙灘上密布的刺鐵絲網，更遠處似乎還有幾台被摧毀的兩棲坦克被棄置著。我隱約感覺到，出了牢籠之後，接下來要面對的就是地獄。

我們一邊與其他士兵排著隊等待下船，一邊檢查自己身上的裝備。戰鬥步槍、小刀、頭盔、兵籍牌……我伸手摸向放置兵籍牌的口袋，但除了感覺到自己的手指穿過一個窟窿之外，就沒別的東西了，我趕緊將口袋掏出。

裡頭是空的。

我瞪著口袋上的破洞，迅速轉身回到船艙裡，開始慌亂地尋找著。小島看見了我的舉動，也跟了過來。

「怎麼回事？」

「我的兵籍牌不見了！」

「我去裡面一點的地方找找。」

我們在這狹小的空間裡拼命走動著，最後終於在艙門後的角落旁發現了兵籍牌，我迅速將它撿起，猜想著可能是剛剛開門時遺落的。正當我們準備出去時，艙外傳來一個宏亮而嚴厲的聲音。

「誰還在船艙裡面！快出來！」

我們趕緊跑了出來，看見指揮官站在我們面前。

「你們兩個在裡面幹什麼？」

「報告，我剛剛發現我的兵籍牌不見了，所以我又回去找。」

指揮官的眼光瞄向小島。

「報告，我是去幫他找的！」小島也注視著指揮官。

指揮官看著我手中的兵籍牌，突然露出一個古怪的笑容。

「奉勸你最好緊緊抓著那東西，因爲它可能是唯一一條能讓你回到家的路。」指揮官詭異地對我們笑著。

「歡迎來到塞班島。」

昭和十九年五月二十日

今天我和小島負責陣地的防禦建設。事實上，在這座島上除了不斷的挖戰壕及鋪設鐵絲網外，好像也沒別的事情可做了。

「我聽說啊。」稍作休息時，小島對我說道，「自從中途島那場戰役後，我們日本的海軍受到很大的挫敗，估計敵軍的下個目標就是這裡了。」

我靠在一棵棕梠樹下靜靜地看著他，沒有說話。

「每天做著這些事情，雖然無聊，不過在這種局面下，也沒什麼好抱怨的。」他說完之後，一副若有所思的樣子，望向遠方的海。

「不知道再這樣打下去，我們眞的贏得了嗎？」小島突然說道。

「那是當然的啊，只是遭遇幾場挫敗而已，要對日本軍隊有信心啊！」

「是嗎……」小島轉頭看向我，「其實，我覺得就算輸了也沒什麼不好，至少戰爭結束了嘛！」

「喂！喂！喂！這種話要是被齋藤聽見了，你不當場被抓去槍斃才怪呢！」一個聲音從我們身後響起。

一名帶著眼鏡的士兵從我身後的棕梠樹旁走出來，瞇著眼看著小島。

「你這傢伙是誰啊？」小島用嚴肅的口氣問道。

「啊，別緊張，別緊張，我不會把你剛剛那句話告訴齋藤的，哈哈哈，只是跟你開個玩笑罷了。」那名士兵奸詐地笑了起來。齋藤就是第一天在船上斥責我和小島的指揮官，我們的主要工作都是由他所指派的。

「我是山田，你們呢？」那士兵帶著不懷好意的笑容看著我們。

「我是田村，他是小島。」我接著問，「你也是負責這一區的防禦建設嗎？」

「啊，是的。」山田說道，「我也是一樣得做這些無聊的工作，不過我們這裡其實已經算不錯的了。」他坐到我們身旁，「聽說被派到海灘的那些傢伙，工作量是我們的好幾倍，在這種炎熱的天氣下，連喝一口水的時間都沒有呢！」

時間差不多接近中午了，我們三個便一起走回營區內，遠遠就看見齋藤站在營區口，嚴密監督部下們是否有準時歸隊。我和小島停下腳步，向齋藤行禮。

「指揮官好！」齋藤對我們點了點頭，並且舉手還禮，但當他看見在我們身旁的山田時，臉色突然緊張了起來。

「你好啊，齋藤。」山田嘻皮笑臉地從齋藤身邊走過，絲毫沒有停下腳步的意思。齋藤勉強擠出笑容，對山田點個頭，便趕緊把視線移開。

「喂！山田，你這樣子不好吧。」就在我們離開後，小島驚慌地說道。

「哈哈，瞧你們怕的。」山田大笑起來。「別緊張，齋藤不會對我怎麼樣的。」他頑皮地對我們眨了眨眼。

「爲什麼？」我好奇地問道。

「因爲啊，嘿嘿。」他突然露出詭詐的表情。「我可是知道一些你們不知道的事情喔，關於齋藤的。」說完他又哈哈大笑起來，獨自往營帳走過去。

當天晚上，我和小島溜出營區，圍在剛剛升起的火堆旁，想著今天下午發生的事情。

「喂，你不覺得山田那傢伙有點奇怪嗎？」小島突然說道。

「嗯，看來他與齋藤之間一定有什麼祕密。」

「看他那態度，眞讓人不爽。」小島哼了一聲。

「算啦，別想了，我們把自己該做的事做好就行了，管他們做什麼。」

「哎，這麼說也是。」小島說完後便站了起來，拍拍褲子上的塵土，「回去休息吧，明天還有一堆事情要做呢。」

我們沿著營區外的小路走回去，正準備進營帳時，突然看見一道黑影從遠處竄出。

「噓！」小島迅速地拉著我蹲下。遠方那身影逐漸向我們走近，並往營區口移動，經過我們身邊時，我和小島都看見了他的臉。

「是山田！」我用眼神示意小島。他對我點了點頭，雙眼緊盯著山田的背影，接著突然起身，悄悄地跟了過去。

我趕緊跟上，輕輕拉住小島的衣服。「喂！這樣不好吧。」

「哼，我一定要搞淸楚這傢伙在搞什麼鬼。」小島的腳步越來越快，眼神緊緊盯著山田。

深夜在叢林中行走本來就不是件容易的事，加上又要跟蹤山田，我和小島屏氣凝神地快速追著。幸好今晚正好是滿月，月光透過棕梠葉之間的縫隙照亮叢林間的小路，我們才不至於把人給追丟。最後我和小島終於穿過這片棕梠樹叢林，映入我們眼簾的是一整片漆黑的海。

「我們走到海邊了。」小島喘著氣說道。

「那傢伙這種時候跑到海邊來做什——」話說到一半，我和小島的神經都緊繃了起來，因為我們聽見身後的樹林中，傳來奔跑的腳步聲。

「還有其他人！」我和小島對望了一眼，接著趕緊躲到旁邊的樹叢裡。我感覺到我的心跳急遽加快，小島的額頭上也滲出了好幾顆汗珠。

突然一個身影從我們身旁穿梭而過，我們從樹叢的隙縫間清楚地看見了那個人的臉孔。是齋藤。

「哼，果然是他。」小島的表情突然嚴肅了起來。

山田這時也注意到朝他跑來的齋藤，他朝齋藤揮了揮手。齋藤也發現了山田，於是便往他的方向走去。

「走，我們靠近一點。」小島拉著我，開始往旁邊移動。

我們繞回叢林中，在樹木的遮蔽下慢慢往他們的方向前進著，蹲低身體在叢林中行走，實在是很辛苦的一件事，一不小心就會撞上粗壯的樹幹，不過此刻我集中所有精神，絲毫不敢鬆懈，要是被指揮官發現我們深夜偷偷跑出營區外，還偷聽他們對話！眞不知道會受到怎樣的懲罰。

小島走到一顆大石頭的後面停下，我趕緊跟了上去。從這塊石頭看過去，剛好能淸楚看見山田和齋藤，齋藤似乎很不滿，但表情又努力壓抑著。

「這麼說來，你是不願意囉？」我聽見山田的聲音。

「我已經給你夠多的特權了！這跟我們當初講好的不一樣啊！」齋藤憤怒地說道。

「但是我不想只是當個小兵，你懂嗎？齋藤。」山田瞇著眼對齋藤笑著，「像你一樣能對其他人發號司令，大家看到你還要敬禮，多威風啊，是吧？」

「可是，我也沒有那個權力馬上就給你一個職位——」

「是嗎？看來你是想讓所有人都知道，你這指揮官的位置究竟是怎麼得到的？」山田露出狡詐的笑容。

齋藤突然僵住了，雙眼睜得大大地瞪著山田，我看見他的身影微微顫抖著。

「好了，我知道了，拜託你千萬別說出去。」齋藤一臉慘白，胸膛隨著急遽的呼吸而快速起伏著。

山田滿意地點點頭，「很好，我就知道你一定會答應的，那就交給你辦囉，哈哈哈。」說完他便一邊笑著，一邊往營區的方向走去。

齋藤看著山田離去的背影，身體仍不斷顫抖著，接著他跌坐在沙灘上，等待情緒平復下來。我和小島一動也不動地看著齋藤，緊張地連氣都不敢喘一下，不知道等了多久，齋藤才終於起身，走回我們身後的叢林裡。

我和小島這時才放鬆下來，兩個人不斷喘著氣，小島突然緊緊握住我的手。

「田村，我們似乎聽見不得了的事了。」

「嗯，看來齋藤有什麼把柄在山田手上，我們必須查個清楚。」

「先別衝動行事，我們掌握的資訊太少了，現在貿然行動的話，恐怕吃虧的反而是我們。」

「不過這就說明了山田爲什麼敢對齋藤這麼沒禮貌，以及齋藤害怕山田的原因。」

我們陷入了沉默，彼此都在思考著整件事情，直到遠方的天空開始明亮起來，我們才起身沿著叢林走回營區。

「山田可不是簡單的角色，我們以後得多多注意這傢伙。」回到營帳後，小島表情凝重地對我說。

昭和十九年六月十三日

今天仍是炎熱的一天，吃過中飯之後，士兵們都躲在棕梠樹下休息。在這座南方的小島上，有著數不盡的棕梠樹，巨大的葉子迎著海風輕輕飄動著。

不只一次，我在心中暗自幻想，等到戰爭結束之後，或許可以回到這裡度個假，不用挖戰壕，也不怕砲彈會突然飛過來，可以躺在棕梠樹下一整天……

「喂！田村，你這傢伙在傻笑什麼啊？」小島悠閒地朝我走來。

「沒什麼啦。」我爲我的失態感到不好意思，「我只是在想，就像你之前說的，不管哪邊獲得勝利，能結束戰爭才是最好的吧……」

「對吧，到時候我們就能回家了。」小島露出笑容。

「嗯。希望我們都能早日回家。」正當我打算重新沉浸在熱帶小島渡假的幻想中時，一個聲音把我硬生生拉回了現實。

「田村！西岸那邊的無線電設備好像出了點問題，你去檢查一下，如果壞掉了記得回來通報。」齋藤指揮官對我喊道。

「啊……美好的下午時光結束了。」我在心中暗自抱怨著，接著離開棕梠樹下，往海岸邊走去。

「喂！我跟你一起去吧。」小島邊說邊跟了過來。

「不用了，你不是也有事情要做嗎？」我朝他揮了揮手，「去檢查一下而已，我一個人就夠啦。」

我用一種輕鬆的步伐漫步在海灘上，腦中仍充滿著渡假的幻想。心中暗自竊喜剛才偷偷把步槍卸下放在棕梠樹旁，否則扛著一把槍，再怎樣輕鬆的心情也會讓人感到沉重。一到海岸邊後，我就看見一整片的廣闊的大海，層層堆疊的浪在我面前靜靜飄動著，最後衝上陸地，再慢慢退回無止境的藍。

「無線電是在……」我開始在海灘上搜尋，最後在一塊大石頭旁邊發現了放置無線電設備的小屋，我故意沿著海走過去，讓海水淹過我的腳踝，隨著海浪感受一次次的清涼，夏天的暑意全消。

我滿足地走進小屋內，拿起無線電話筒，卻只聽一陣滋…滋…的聲音。

「喂，這裡是西海岸邊，營區內有聽見嗎？」

沒有回應。

「喂！請問有聽見嗎，這裡是西海岸邊，營區內如果有聽見的話請回答！」

仍舊沒有回應。

「果然壞掉了。」我心想，把話筒重新掛上，「得回去通報指揮官才行。」於是我走出小屋，前腳才剛踏上沙灘，腳上立刻感到一股燒燙，我下意識地把腳收回來，抬頭望向天空。

「今天的太陽眞的很毒啊……」

我走回小屋裡，心中還沉浸在剛剛行走在海中的清涼，於是我靠在牆邊，把小屋的門打開，讓清涼的海風能吹進來。

我看著眼前的海景，慢慢閉上了眼。

當時的我完全想不到，再次睜開眼睛時，看見的會是如同地獄般的景象。

不知過了多久，我從睡夢中清醒。

「居然睡著了啊，眞糟糕。」我慢慢起身，心中暗暗想著自己到底睡了多久，「太陽還是一樣在頭頂上，應該沒過多久吧。」我自言自語著。

「對了，得趕緊回營區通報才行。」於是我跨出小屋，準備重回那片滾燙的沙灘。

砰！

原本應該平靜的海灘突然揚起巨大的沙，我被突如其來的震動震得跌坐在地上，我趕緊重新爬了起來，並迅速衝到岸邊。

我看見了十幾艘船艦，有些和我當初來時乘坐的那艘很像，或許是同一台也說不定。

但下一秒，我看見了船上的星條旗。

我本能地衝回小屋內，抓起無線電。「喂！喂！西海岸遭受敵人襲擊，請營區立刻前來支援！」

話筒內只傳來滋……滋……的聲音。

「可惡！」我扔下話筒，用最快的速度跑向營區，接著我看見更多的砲彈從遠方射過來，巨大的聲響把駐守在西海岸邊的部隊引了過來，不過太遲了。在密集砲火的掩護下，美軍的運輸艦已經順利停靠在岸邊，無數的敵軍從船內蜂湧而出。我立刻找了一棵樹作爲掩護，伸手抓向我的步槍，但卻什麼也沒抓到。

我的槍放在棕梠樹下！我現在身上什麼武器都沒有！

其他守軍在海灘上與敵人進行激烈的戰鬥，但由於事發突然，加上敵軍在數量上占有優勢，海灘上漸漸堆滿了我軍的屍體及殘破的旭日軍旗，剩下的守軍不得已只好退到叢林裡。我看見一個個受傷的士兵們痛苦地哀號著，鮮血不斷從他們的手臂上及身上流出，其餘的人仍在奮力抵擋敵人的攻勢，但死亡的數量越來越多，哀號聲也越來越響亮……

「都是我的錯！」我害怕地不停顫抖，看著許多人因爲我沒能及時通報，而一個個犧牲時，我便感到雙腳無力，整個人癱軟在地上，聽著砲火的轟隆聲，以及不絕於耳的哭喊聲……

海灘這時已經完全淪陷了，守在叢林裡的部隊也所剩不多。敵軍開始走入叢林，如果叢林也被占領了，那營區等於是陷入了包圍之中，到時便再也沒有反攻的機會了。心中雖然這麼想，但是我的雙腳卻不聽使喚，我奮力揮動雙臂向前爬去，把周圍的樹叢弄得沙沙作響，一個美國士兵發現了我，他立刻取起手中的步槍，並瞄準了我。

砰！

我感覺到左手臂上傳來一陣劇痛，鮮紅的血滾滾流出，土壤的顏色被染成詭異的黑紅色。我看著他重新拿起步槍，我知道這次他不會再射偏了，我閉起了雙眼。

砰！

這次沒有感覺到疼痛，我以為我已經死了，但卻感覺到左手臂的鮮血仍不斷流出，受傷的感覺是如此地真實。我重新睜開緊閉的眼，看著那名美國士兵倒在我的面前，腦漿不斷地從他額頭中心湧出。

接著我看見了小島。

「喂！田村，你沒事吧！」小島衝到我身邊來，手中緊抓著一把步槍。

「你中彈了！先別動！」他拿著一塊布綁住我的左手臂，好讓血能止住。

「幸好我馬上就趕來了。」小島不斷喘著氣，「原本營區內還很平靜，突然一個全身是血的士兵衝了進來，說敵人從西海岸登陸了，我一聽到這個消息，又看見你的槍留在剛剛那棵樹旁，所以沒等指揮官的命令就馬上衝過來了。」他快速地說道，「我一直在找你的身影，還擔心你是不是死了呢，想說就算是死了至少也要找到屍體才行，就這樣一邊殺敵一邊找，這敵軍數量還眞是多，一路上我不知殺了多少人才終於找到你這傢伙。」

我在小島的攙扶下坐了起來，看見齋藤指揮官率領營區內的部隊開始進行反攻，逐漸把敵軍逼回海灘上，叢林裡佈滿了我方軍隊，而海灘上的美國士兵沒有任何掩蔽物，只能不斷逃竄，任由我軍攻擊，最後在猛烈的反擊下，成功擊退了來犯的敵人。我看著沙灘上無數的屍體，鮮血灑滿了整片海灘，心中只有無盡的恐懼及罪惡感，並沒有因爲自己獲救而感到好過一些。

「站得起來嗎？」小島扶著我。

「嗯，我可以自己走了。」我用微弱的聲音回答他。

齋藤指揮官開始指揮大家清理戰場，把受傷的弟兄們帶回營區內治療，接著命人將陣亡的弟兄一一埋葬，並將他們的兵籍牌取回，以告知其家人戰死沙場的消息。不過在某種意義上，他們也算是終於能回到家了吧，我心中突然浮現齋藤指揮官當初對我過說的那句話。

戰場清理得差不多之後，大家各自退回崗位上，齋藤指揮官也返回了營區。我在小島的攙扶下，一步一步地緩慢行走著，有好幾次差點跌倒，所以卽使我的雙腳根本沒受傷，小島仍不敢大意地陪著我。事實上，讓我步履蹣跚的原因並不是身體上的傷害，而是內心巨大的愧疚，以及事後歸咎起責任，面對未知懲罰的恐懼感。

「田村，當時究竟發生了什麼事？」小島問道，「怎麼營區這邊完全沒有收到敵人襲擊的消息？」

我心一沉，沒想到第一個追究起責任的人會是小島。

「西海岸的無線電……是壞的。」該來的總是躲不掉，我將事情的經過通通告訴了小島。

小島用一種不敢置信的表情看著我，「你在搞什麼啊！這麼重要的事情，居然沒有先回營區通報！」

我把頭別過去，身體因爲害怕而又開始顫抖起來。

「還害得自己差點送命！」小島繼續說道，「這責任要是算下來……恐怕是重罪吧。」我看見小島凝重的表情。

我的雙腳劇烈地發抖著，幾乎就要跌坐在地上。小島趕緊過來攙扶著我。左手臂上的傷口又開始滲出血來，不過此刻的我已經感覺不到任何疼痛了。

「你這次受到的教訓也夠大的了，我也只能盡量在齋藤面前幫你求情了，只是……」小島嘆了口氣。我們心裡都很清楚，犯下這種錯誤，害得好幾名弟兄平白犧牲，根本不是求情就能解決的事情。要是弄得不好，搞不好小島自己也會被牽連……

我的腳步因恐懼而慢了下來，小島走在我的前面，不時回頭觀望我。然而當他再次轉頭確認我是否需要攙扶時，他突然僵住了。我抬起頭看著他，但他的眼神並沒有與我交會，而是緊盯著我身後更遠的地方。

「安靜！」他壓低了聲音，「海灘上還有人！」

我迅速轉過頭，尋找著小島口中的人影，原先我只看見放置無線電設備的小屋和幾塊突起的岩石，哪裡還有其他人的身影，正當我以爲小島看錯時，小屋旁的那塊大石頭突然竄出了某個身影。

「那似乎是一名士兵。」我瞇起了眼，「我看見他的頭盔和步槍……」

小島這時已經從隨身背包裡拿出了軍用望遠鏡，就在他放下望遠鏡後，他用一種極爲嚴肅的表情看著我。

「你說對了，田村。而且很不幸地。」我看見他的表情突然變得緊繃，「那是一名美國士兵！」

我們下意識地握緊步槍，小島壓低了身體，慢慢朝原本的路走回去。我的雙腳此刻已經不再發抖了，我一面緊盯著海灘上那名士兵，一面跟在小島的身後前進。就在準備離開叢林進入海灘時，小島突然往右轉，他頭也不回地對我打手勢，示意我跟著他。我看著他繞過小屋，才意識到他打算繞到岩石後面，給對方一個出奇不意的攻擊。

我們繞過小屋後，小島緊貼著岩石緩慢地向前移動，他的左手緊握著槍管，右手貼在板機上。就在他即將走出岩石後的區域時，他轉頭看向了我，從他的表情中我看見了些許猶豫。但我仍朝他點了點頭，並抓起我的步槍。他輕輕吸了一口氣之後，整個人便跳了出去。

「不准動！把槍放下！」他大聲吼著，並且迅速地把槍舉起，瞄準了那名美國士兵。

我趕緊衝了上去，同樣也舉起我的步槍。那名士兵轉過身來，正當我心中想著只要他有任何意圖我就馬上開槍時，他突然跪倒在地上，大聲哭了起來。

我跟小島都愣了一下，那名士兵手上的步槍從他手中滑落在一旁，我們看見槍已經不在他手上後，緊張的感覺頓時消了一半，但仍然不敢大意，尤其是我，已經十分了解在戰場上太過鬆懈的後果，一想到這，我的心又瞬間糾結了起來。

小島用槍抵著他的胸膛，嚴厲地看著他。「站起來！把手舉高！」他命令著，但那名士兵並沒有起身，仍舊癱坐在地上，不停地哭泣和發抖著。

「這傢伙聽不懂日語。」小島皺起了眉頭，「眞是麻煩，不過至少他目前在我們的掌控之中。」他伸出手指，往上指了指，示意那士兵站起來，在他終於弄懂我們的意思之後，我和小島便一前一後地押著他返回營區內。一路上我和小島都沉默不語，那名士兵仍在不停哭泣，我看著他慘白的臉龐，一副稚氣未脫的模樣，估計也只是個二十來歲的年輕人，獨自離開家鄉上前線作戰，結果現在成爲敵方的俘虜，任誰都會感到害怕吧，我在心中暗自同情著他。

齋藤指揮官命人將那美國士兵囚禁起來，據說這次的攻擊引起了上級的注意，齋藤指揮官正爲此事展開調查，想盡早弄清整件事情的所有細節。「必要時把那傢伙抓來審問一番！」他用銳利的眼神瞄向那美國大兵。

我假裝什麼事情都沒發生一樣，一如往常地做著自己該做的事，但心中早已忐忑不安到極點，他們會不會發現整件事都是因爲我的疏忽才造成這麼嚴重的傷亡？一想到這我就冷汗直流。

我回到營帳中，卡在左手臂中的子彈經過醫療處理後已經取出來了，不過傷口用繃帶包紮著，我看著手上的傷勢，心中百感交集。當時要不是小島及時出現，我恐怕早已成爲了沙灘上的亡魂，但一想到我即將面對的責任及懲罰，反而覺得不如當時就這樣命喪敵軍手中，起碼還死得痛快些。

就在這時，我聽見了我的名字。

「田村健一！田村健一是哪位！」一名傳令兵衝進營帳內，大聲喊著。我急忙站起來，喘著氣地舉起我的手。

「我……我就是！請問有什麼事嗎？」

「齋藤指揮官有事情要找你，快點過去！」

我的心臟幾乎要停了，雖然該來的總是逃不掉，但我沒想到會這麼快！即使做好了心理準備，實際面對時卻仍令人恐懼。我又感到一陣暈眩，雙手撐著營帳，才勉強走出帳外，一出來，便看見小島站在我的面前。

「小島，你也接到同樣的命令嗎？」

小島點了點頭，「走吧。」他伸出手握住我的肩膀，接著我們便一起往齋藤所在的主營帳走去。一路上小島什麼話都沒說，只是把手按在我肩頭上。走沒多久，便看見齋藤指揮官站在營帳外，臉上一副凝重的樣子。

「哦，田村，小島，你們來啦。」他走向我們，我緊張地看著他踏出的每一步，猜想著下一秒他就會拔槍對著我，甚至會直接對我開槍也說不定。

齋藤指揮官在距離我們一步的地方停下腳步，不過他並沒有拔出手槍。

「啊，這件事還眞是棘手，最早迎敵的那群士兵都戰死在沙灘上了，我們根本找不到任何目擊者。」他皺起了眉頭，雙眼直直地看著我們，「我們也審問了你們抓回來的美國大兵，不過那傢伙嚇得全身發抖，什麼話都問不出來，只是不停地哭。我想既然你們是第一個發現他的，彼此年紀又相仿，也許你們能從他那問出什麼東西來也不一定，這事就交給你們了。」

齋藤指揮官說完後對我們笑了笑，拍拍我們的肩膀後就離開了。

我大大地鬆了一口氣，跌坐在地上，不停地喘著。小島似乎也很驚訝，他露出微笑看著我，「眞是嚇了我們一跳呢。」

我勉強擠出笑容，不過我知道這件事不管瞞得再久，遲早還是會被發現的，逃過了這次，下次就不一定了，我的心情又開始沉重了起來。

「先別想那麼多啦，走吧，我們去瞧瞧那個美國士兵。」小島把我扶起，我們朝著囚禁俘虜的戰俘營前進。戰俘營地處偏僻，位在叢林深處，營區外用竹籬笆圍著，地面鋪著茅草，設施極爲簡陋。正當我們通過營區守軍的檢查，準備尋找那美國大兵時，身後傳來了熟悉的聲音。

「我還以爲齋藤會派什麼人過來呢，原來是你們啊，好久不見啦。」我和小島轉過身去，看見一名士兵笑瞇瞇地看著我們，不過他身上的衣服和其他守軍都不同，似乎擁有較高的位階。

我和小島看了數秒才認出來眼前這個人，「山田！」我們同時叫道，「你怎麼會在這！」

「因爲我升官啦！」山田嘿嘿地笑了兩聲，「從一般的士兵升爲戰俘營看守所的所長，我跟你們講，這裡的生活可悠閒呢，我正閒得發慌時你們就來了，眞是太好了，哈哈哈！」

我和小島都沒有說話，我們很清楚他那所長的位置是用什麼手段得到的，不過此刻沒空去管山田那傢伙了，我們朝關押著美國大兵的房間走去。

那年輕的士兵一個人蜷曲在角落，用一種警戒的眼神看著我們，我看見他那件單薄的軍服變得破爛不堪，身上隱約顯露出幾條鮮紅的血痕。看來齋藤給了他不少苦頭吃，不過遭受如此拷問，居然沒能從他口中問出什麼來，看著眼前這位瘦弱的士兵，又回想起當初他在海灘上那副怯懦的模樣，我不禁感到詫異。

小島走到他旁邊蹲下，試著用平緩的語氣問道，「你叫什麼名字？」

美國大兵轉頭望向小島，戒備的眼神似乎和緩了一點，取而代之的是疑惑的神情。

「名字……名字，你的。」我想到他畢竟不懂日文，所以我用簡單的英文問著，又用手指了指他。

他把頭轉向我，一句話都不說。

小島皺起了眉頭，「唉，算啦，看來這傢伙是不會跟敵人說半句話的。」他起身往門外走去，我注視著那美國大兵數秒，不過最後仍選擇放棄，轉身跟著小島的腳步準備離開。

「比爾，我叫……比爾。」突然，那美國大兵的聲音從我們身後傳來。

我跟小島同時停下腳步，轉頭瞪大眼睛盯著比爾看，接著小島大笑了起來，「好傢伙，我們還以為你不會講話了呢！」我也笑了起來。比爾似乎感覺到我們並沒有惡意，也勉強露出微笑。

我看著蹲坐在地上的比爾，又看著他身上的傷痕，心中莫名有些愧疚。同樣二十出頭的年輕男孩，只因爲所屬的陣營不同，竟然連給予一個溫暖的微笑彷彿都是種罪過。

我們之後又去審問了比爾好幾次，不過依然沒能問出什麼。小島對於他幾乎快感到不耐煩了，好幾次都差點衝動想去拿刺刀來拷問他，不過都被我阻止了。我也說不上什麼阻止他的理由，大概是因爲對於也被困在戰爭中的年輕人，出於內心的一點同情和憐憫吧。

不過除了審問他之外，我們三個人也會用簡單的英文勉強聊個幾句。小島原本對比爾充滿敵意，不過幾次閒聊下來，他也發現到比爾似乎是可以談得來的人，於是對他的態度也逐漸變得友善，衝去拿刺刀的次數也越來越少了。

最重要的是，從那次美軍突襲到現在，已經過好幾個禮拜了，營區內的氣氛也逐漸平緩了下來，這對我來說是好事，至少我不用再提心吊膽地過每一天了。

直到有一天，一艘巨大的軍艦停進了塞班島的軍港中。

昭和十九年七月一日

我不知道那個帶頭的人是誰，但是看著齋藤對他畢恭畢敬的樣子，加上他的軍服上別著好多勳章，看起來至少是將軍級別的人物。從那艘巨大軍艦來到塞班島後，這位將軍就一直停留在此，部隊的指揮權也從齋藤移交到他手上，除了修補美軍突襲所造成的傷害外，同時他也帶領大家加強軍事建設和防禦。

但每個人都在私下議論著，說他會來塞班島其實是因爲想調查這次被美軍攻擊的主因，並且找出究竟是誰該爲此負責。

我原本平靜下來的心又再次紛亂起來，沒想到這件事會引起軍中高層這麼大的注意，這也就表示戰犯所受到的懲罰一定會更加嚴厲。

甚至要以死謝罪。我時常顫抖地想著最糟糕的情況。

小島也注意到我的害怕，但他什麼也幫不了我，只能在平日戰備時多鼓勵我，或是找我去海岸邊散散心，好讓我不要胡思亂想。

而我們最常聚在一起的場合，是在審問比爾的時候。

雖然齋藤給我們的指令是審問，但不知不覺我們跟比爾之間越來越像是朋友。一開始還會質問他美軍突襲的目的究竟是什麼，或是敵方的軍事人數和部署情況。但最後想了想，進攻敵方的基地本來就是合情合理的一件事，哪有什麼特別的目的可言。

最後我們最常問比爾的問題是：你想念你的家人嗎？

當然想！他總是對我們咧嘴一笑，那個笑容不需要透過翻譯官的幫助，我和小島便能完全感受到他的思念。

因爲我們都是在時代的巨浪中，努力抓著飄在海上的木頭不讓自己掉下去的無名小卒，而遠在家鄉的親人就是那根讓我們緊抓不放的浮木。

昭和十九年七月三日

三萬名士兵頂著酷暑，在這座大平洋中的小島上集結。

將軍站在最前面，旁邊緊跟著的是齋藤。兩人一臉嚴肅，將軍手上拿著一張紙，雖然看不清上面寫著什麼內容，但看起來是有重要的事情要宣佈。

完了，這一天終究還是到來了。我絕望地這麼想著。

我看向齋藤，但他並沒有看向我，而是直直地盯著前方。我突然想到，或許將軍此次前來根本不是爲了這件事情，會不會其實是我白擔心了？

正當我還在思考時，將軍開口說話了。

「此次遭受美軍偷襲，使我方蒙受巨大損失。」他的聲音大聲而宏亮，「但所幸有各位的英勇奮戰，我們才能擊退敵人，成功守住塞班島。」

「關於這次事件的細節，我們目前還在釐清當中，務必要弄清楚爲何美軍能如此輕易襲擊我方，並且加強相對應的防線！這也是我此次前來的目的。」我心中剛剛燃起的渺小希望瞬間熄滅。

「根據現場戰鬥人員的描述，我們大致掌握了當時的情況。雖然大家的說法有些微差距，但是許多人都提到了同一個名字。」將軍說完後看向了齋藤。

「田村健一，出列！」齋藤大聲喊道，周圍的人都朝我的方向看了過來。我感覺眼前一陣漆黑，全身止不住地顫抖著。

我搖搖晃晃地走向集結場中央，途中還一度快要昏倒，最後是靠其他同袍攙扶才勉強走到將軍面前。這場集結的目的，就是在所有人面前宣判我就是害眾多弟兄犧牲的兇手，並接受最嚴厲的懲罰作為犯錯的代價。

我在將軍面前站定，等待死刑的到來。將軍用銳利的眼神打量著我，接著站了起來。

「在戰鬥最混亂，我軍辛苦抵禦敵方攻擊的時候，許多人都看見一個英勇的士兵不顧自身安危向前衝鋒，一路上單槍匹馬幹掉了好幾個敵人，大家的士氣也因此受到鼓舞，並且更加奮力擊退來犯，最終才順利擊退美軍。」

我知道他說的人是小島。小島為了找尋我的蹤跡，在齋藤還沒下令反擊時就自己先往西海灘跑去，也因此及時救了我，但既然是要表揚小島，為什麼要叫我出來？

將軍緊接著說，「雖然大家在倉促之中沒有看清這位士兵的身分，但我跟齋藤確認過後，他證實了當時有派一名士兵去西海灘確認無線電設備，因此在美軍突襲的前期他便身處最險惡的戰鬥之中，但他毫無畏懼，仍然帶著眾弟兄殺出一條血路。而這個人，就是站在各位前方的田村同志！」緊接著將軍用力地拍起手來，所有人都跟著鼓掌。

我完全搞不清楚發生了什麼事，所以只是呆呆地站在原地。當我意識到將軍不但不知道我才是讓美軍有機可趁的罪魁禍首，甚至還以爲是我拯救了大家時，將軍已經拿了一枚勳章朝我走來。

「軍方高層已經決定，要將金鵄勳章授予英勇的田村同志！這枚勳章是頒發給在戰場上立下戰功的優秀將士，田村同志不以自身安全爲第一考量，而是無私地爲整個日本軍隊做出貢獻，田村同志的表現，絕對有資格擁有這枚勳章！」

我正準備開口，告訴將軍他把我和小島搞錯了的時候，我腦中突然閃過一個念頭。既然將軍已經認定當時那個人就是我，而且齋藤也證明了的確有我派我到西海灘，如果我就這麼將錯就錯，不但能得到代表榮譽的勳章，更重要的是，我就再也不用擔心會被究責了！

我朝小島的方向看過去，他正露出一臉疑惑的表情看著我，似乎也認爲我跟他感到同樣困惑，但我心中已經做出決定了。

雖然很對不起他，但這都是爲了能夠好好活下去，最終回到熟悉的家鄉……

我走上前，挺著胸膛從將軍手中接過金鵄勳章，在向將軍行過禮後，我轉身面向其他士兵。

「雖然當時也感到害怕，但我不敢退縮，深怕一旦後退就會害更多弟兄陣亡！爲了和我一起出生入死的同袍，爲了大日本帝國，即使美軍再次攻擊我們，我也會義無反顧地迎敵，決不退縮！」

底下爆出一陣熱烈的鼓掌及叫好聲，我緊握著勳章，滿臉笑容地享受在衆人的愛戴中，但當我的視線掃過小島時，他沒有拍手也沒有露出微笑，而是一臉冷漠地看著我。

昭和十九年七月五日

經過兩天英雄式的對待後，我慢慢從這種虛榮的感覺中清醒過來，提醒自己這裡仍是戰場，能活著回家才是唯一值得慶祝的事情。

我跟小島從那次集結之後就沒說過話了，雖然還是有共事的時候，但他都遠遠避著我，或是趕緊把手邊的事情完成後便匆匆離開，彷彿一刻也不想跟我同處。

連審問比爾的時候也是，原本我們三個人像是朋友一般，會一起聊著各自家鄉的生活，但這幾天小島都面色嚴肅地審問比爾一些敵軍的細節，像是美軍的部署情況，或是暗號代碼等等，甚至有一次還拿著上膛的步槍指著比爾，脅迫他展示美軍打暗號的手法及內容，比爾被嚇得只好拿著我們遞給他的手電筒，顫抖地示範美軍之間用來溝通的手勢，但都只是一些基本的指令而已，畢竟以比爾的階級，是不會有機會得知任何軍中機密的。

小島不耐煩地搶過手電筒，頭也不回地離開了。

我一開始還因爲我爲了保全自己，搶了屬於小島的榮譽而感到愧疚，但逐漸地我也對他這種態度感到不耐煩。我只不過是想活下去罷了，又不是做了什麼傷天害理的事情，大家都是爲了早點結束戰爭，能回去與家人團聚而在這裡戰鬥著，那枚金鵄勳章究竟屬於誰有這麼重要嗎？

換作是小島，他也一定會爲了活下去而奪取不屬於他的榮譽。

這可是戰爭，不要再像個孩子一樣鬧脾氣了！我看著他離去的背影，在背後氣憤地罵著。

昭和十九年七月六日

自從跟小島沒有互動之後，我才發現原來小島是我在這唯一的朋友。現在的我突然變得孤身一人，每天只能專注在任務上，像個痲木的戰爭機器。

我這幾天都會在夜間訓練結束後，一個人偷偷溜到西海灘。望著遼闊的大海，回想著那場驚心動魄的戰鬥，不免懷疑自己究竟爲誰，又是爲何而戰？

眞的好想快點結束戰爭，甚至覺得就算日本打輸了也無所謂。我只想回到台灣，跟家人一起當個平凡的人民，過著平凡的人生。

正當我沉浸在幻想戰爭結束後的美滿生活時，我感覺到有人從我身後走近，我抓緊了手上的步槍，迅速轉過身查看，卻發現是山田笑嘻嘻地朝我走來，手上還拿了兩瓶酒。

「這麼晚了還在站哨呀，田村。」我聽得出來他語氣裡的戲謔，而且我對這個人本來就沒什麼好感，於是打算轉頭離開，但山田卻將手中的一瓶酒舉到我的面前。

「這是上次美軍倉惶逃竄後，我在他們的營地裡搜刮來的。雖然說我還是比較喜歡日本的清酒，但偶爾喝喝來自西洋的威士忌也不錯。」我將瓶蓋旋開，一股麥芽香氣緩緩地從瓶中流淌出來，我忍不住喝了一口，自從參與戰爭後，這是我第一次有機會喝到酒。

山田拉我坐了下來，既然都喝了他的酒，我也不好意思直接離開，於是便跟他一起坐在地上。

「你現在可是軍中的大英雄囉！每個人到現在都還是常常提起那場戰鬥，畢竟死了這麼多弟兄，不是說忘就能馬上忘記的。」山田拿起手中的酒，對我做出乾杯的手勢，我勉強將酒瓶湊了過去，心中卻感到不安。死了那麼多弟兄……都是我的錯，大家卻把我當成英雄一般尊敬。

「話說，最近好像很少看到你跟小島走在一起，你們兩個不是關係很好嗎？」

「有嗎？我看是你想多了吧，山田。」我還在為那場戰鬥而感到愧疚時，山田偏偏在這時候提起小島的名字，我的心情瞬間緊繃了起來。

「哈哈哈，是這樣嗎，那可能真的是我多慮了。不過呀，只要平常多用心觀察周遭的一切，往往會發現一些其他人都不知道的祕密喔。」山田灌了一大口酒，接著轉過頭對我露出不懷好意的笑容，「在那場戰鬥中真正拯救大家的英雄，其實是小島對吧？」

酒瓶差點從我手中掉落，我震驚地看著山田那狡猾又得意的表情。

不可能！這傢伙是怎麼知道的！我甚至沒有試圖為自己辯解，而是一句話也說不出來。山田看我的樣子就知道他猜對了，我想起他脅迫齋藤時的嘴臉，難道我也要跟齋藤一樣，被山田抓住把柄，然後從此過上被他挾持的日子嗎？

不！我不要這樣子活下去！我再次握緊了手中的步槍。必要的話乾脆殺了這傢伙……然後再假裝成槍械走火的意外，反正在這戰場上人命是如此廉價，因爲意外而死了一個人，根本不會有人在意。更何況齋藤也飽受山田的威脅，知道他的死訊後，應該會覺得鬆一口氣吧，搞不好還會私底下感謝我呢。

正當我腦中飛快地計畫要殺了山田時，他突然大笑了起來。

「哈哈哈！瞧你害怕成這樣！你放心好了，我是不會跟別人說的。」山田收起了臉上的笑容，「其實我完全能夠理解你這麼做的原因，你只是爲了活下去而已，不是嗎？在這個戰場上，大家都在努力地存活著，堅持活過今天，然後迎接可能隨時犧牲的明天。即使是齋藤也一樣，那時候都被你們看見了對吧？」我知道山田說的是脅迫齋藤的那一晚，但我沒有承認也沒有否認，只是屏著氣聽他繼續說著。

「我和齋藤在來到這座島之前就認識了，我們都曾被派往中國的戰場。某次在占領一座村莊後，我們逐戶搜查每間民房，確認還有沒有殘存的中國軍隊潛伏在裡面，沒想到卻在某戶有錢人家中找到了不少的黃金及珠寶。依規定是要繳交上去的，但當時已經很晚了，所以我和齋藤決定先回到駐紮的營地，打算明天一早再向指揮官報告。」山田用力灌了一口威士忌。

「沒想到隔天我們帶著指揮官一起到那戶人家時，卻發現黃金和珠寶竟不翼而飛，我們還因此被臭罵了一頓。那天夜裡，我越想越不甘心，於是獨自一人回到那戶民宅，想再次找尋寶物的蹤跡，沒想到卻聽見屋內傳來齋藤和指揮官的笑聲，我透過門縫網內偷看時，發現他們居然在瓜分當時我們看見的那些金銀財寶！原來那晚齋藤背著我偷偷跑去找指揮官，並且兩人約定好要一起私吞這些財產。但在殘酷的戰場上，有再多的財富都不如保住一條小命來得珍貴，所以齋藤和指揮官達成協議，由指揮官獨吞全部的財物，然後動用軍方內部的關係讓齋藤得到一個指揮官的位置。所以齋藤才以新任指揮官的身分，和我還有你們幾位一起被派到這座島上。」

我聽得目瞪口呆，沒想到還有這樣的內幕！

「在齋藤上戰場之前，他的老婆才剛生了孩子，因此他每天都在努力地活下去，期盼著回到日本與家人團聚的那一天。你和小島一定都覺得我是壞人，因爲我拿這件事要脅齋藤，但在殘酷的戰場上，根本沒有好人與壞人之分，善良和道德在槍砲面前完全不堪一擊！努力活下去才是最重要的！好好記住了，田村。」說完山田便站了起來，往營地的方向走去。

是因爲察覺到我跟小島最近的關係變了，所以才故意跟我說這些嗎？告訴我不要因爲這種事情感到愧疚，因爲一切卑劣的行爲，只要是爲了在戰場上活下來，都是會被理解和原諒的。

昭和十九年七月八日

今天是個悠閒的一天。自從上次遭受攻擊後，我們加強了西海岸的防守，也不斷針對敵方來犯的情況做模擬演練，但齋藤擔心敵方也有可能從東海岸進攻，因此選定了今天安排東海岸的防守訓練，部隊裡大部分的人都必須參加，只留下了少數人駐守營地。

我就是那少數人之一。我沿著海岸線緩緩走著，享受在難得的寧靜裡。我看見山田在不遠處眺望其他在營地的人，這大概是他在這個地方生存的方式，小心而仔細地觀察週遭的一切，一有不對便馬上做出對自己最有利的行為，或許也是因為這樣，我被小島救了一命的事情才都被他看在眼裡。

真是卑鄙的小人！雖然我明白這不過是一種求生之道罷了，但我還是很看不起山田。

既然今天事情不多，乾脆去找比爾聊聊好了。自從小島跟我關係變得冰冷後，我一直很希望能有個朋友陪我聊聊，即使是敵軍的人也無所謂。

我和比爾雖然是敵對關係，但長久相處下來都對彼此都有了一定的認識，加上年紀相近，且同樣被捲入無情的戰爭中，讓我們逐漸培養起超越陣營的友誼。我拿著山田送我的威士忌，往關押比爾的牢房走去。

比爾看到我來，露出了燦爛的笑容。畢竟在這座充滿敵軍的島上，能有個朋友是多麼讓人開心的事。我拿了軍用水壺裝威士忌遞給他，他興奮地馬上喝了一大口，看他這麼高興的樣子，我也跟著灌了一口。

雖然比爾的日文沒有半點進步，我也完全聽不懂他說的話，但我們仍比手畫腳地聊得十分盡興，他問我怎麼沒看到小島，因為以往我們都是一起來的。我只跟他說小島被派去參加東海岸的防禦訓練了，並沒有提到我們已經不再是朋友了。

沒多久威士忌就被喝到見底，我們兩個都醉倒在地上，雖然關押俘虜的牢房一點也不舒適，但我卻一點也不覺得難受，反而有一種躺在家中溫暖床上的感覺。

我將眼睛閉上，小睡了一下子。再次睜開眼睛時，發現比爾已經站了起來並看著我，雙手做出想要上廁所的手勢，但外面的天色已經逐漸暗了下來，於是我將腰際間的手電筒遞給了他，比爾對我露出一個感激的表情後，便走到外頭去。

明明看過比爾用手電筒打暗號的樣子，我卻還是做了這麼愚蠢的事。

一陣巨大的爆炸聲使我驚醒，酒醉馬上醒了一大半。我急忙衝到外面去，卻發現整座營區都陷入了火海。無數的士兵正從遠方登陸，十幾艘艦艇停靠在西海灘旁，每一艘船上都掛著星條旗。

我看見比爾站在星條旗的下方，周圍的人紛紛尊敬地向他行禮，但他面無表情，只是專注地盯著眼前的戰場，像個身經百戰的戰士一般。

這時我才明白原來一切都在他的計畫之中，故意被我和小島俘虜，在陰暗的牢房裡默默等待時機，從我口中得知主力部隊都駐紮在東海岸的時候，趁機跑出去用手電筒向美軍打暗號，最終才導致了這場襲擊。

居然把敵軍當成朋友，原來小看了這場戰爭的人是我。又再一次因為我的魯莽及疏忽導致部隊遭到攻擊，我痛苦地癱在地上，被不斷湧上的罪惡感所淹沒。眼看敵軍即將突破我方的防守時，我忽然聽見齋藤的聲音。

「全員反擊！」他大吼著，原本一片漆黑的營地突然亮了起來，在收到遭受攻擊的信息後，待在東海岸訓練的主力部隊用最短的時間趕回來，並已完成防守的姿態，準備迎擊敵軍。

隨著一陣槍聲響起，原本還在海灘上衝鋒的美軍紛紛倒下，沒被擊中的士兵躲在附近的掩體旁，與我軍開始了激烈的戰鬥，我很想加入這場反擊，但發現原本放在一旁的步槍不見了，我猜是比爾在離開牢房時順手拿走的。

雖然齋藤已經用最快的速度趕來救援，卻還是遲了一步。美軍的主力部隊已經順利登上了海灘，並且完成了防禦掩體，其他大型火炮也正從運輸艦艇上被運送下來，巨大的炮管不偏不倚地對著我軍的營地。

無數的砲彈從遠方發射過來，營地瞬間燃起了熊熊烈火。原本士氣高昂的我方部隊，此刻卻響起了痛苦的哀號聲，我看見許多熟悉的同袍倒在地上，還沒倒下的人仍然在奮力抵抗，但眼神中卻充滿了恐懼及絕望。

我迅速站了起來，在混亂的營地裡尋找小島的蹤跡，但在無數的死傷者中卻完全沒有他的蹤影，只看見齋藤仍坐鎮指揮，不斷大聲吼叫著，但他的臉色卻越來越蒼白，手也不自覺地發抖著。

在幾次猛烈的進攻後，我軍設立的最後一道防禦陣地最終還是被突破了，此時營地裡已經失去了三分之二的人員，剩下的人躲在營帳後面，仍然不懈地奮戰著，即使獲勝的機率越來越渺茫……

突然齋藤像是想到什麼一樣衝到主帳中，原本大家還一頭霧水，最後才想起主帳裡有用來跟其他基地聯絡用的無線電設備，只要能聯絡上附近的部隊，或許能趕在我方全軍覆沒之前提供援兵，雖然不知道能不能聯絡到有力的援助，但這是現在唯一的希望了！

眾人圍在齋藤所在的主帳周圍，拼死守護這僅存的據點。時間一分一秒經過，存活下來的人數也逐漸減少，卻不減大家誓死抵抗的決心，所以即使美軍的砲火再猛烈，卻始終無法再往前一步。

過了大約半小時，齋藤終於從主帳出來，倖存下來的弟兄熱烈地歡呼著，迫不及待想聽齋藤宣布援軍什麼時候能過來，然而卻只看見齋藤把槍丟在一旁，手中緊抓著一個大箱子，以及他個人的所有物品。大家還來不及開口，齋藤便迅速地往營地後方，東海岸的方向狂奔而去。

指揮官逃跑了。再強烈的意志在看到這一幕時也終於被瓦解，有人失望地癱坐在地上，也有人跟著齋藤的方向跑過去，不知道是要去追他，還是也想跟著他一起逃跑。

我的內心雖然憤怒，但也明白大勢已去。更何況現在的我連把槍都沒有，與其在這成爲無謂的犧牲，不如想盡辦法逃跑，努力讓自己存活下來。

齋藤也只是想活下來見他在日本的家人而已，我也是一樣，所以我也跟著往東海岸的地方跑去。才剛到海灘，就看見一艘我軍的巡洋艦停靠在岸邊，但上面早已擠滿了人。船艦發出了巨大的船笛聲，眼看卽將就要啟航了，齋藤一邊大喊著一邊拔足狂奔，想在最後一刻跳上船，然而卻突然被一隻手給拉住。

「山田！你這個王八蛋，給我放手！」齋藤轉過頭去，瞪大的雙眼裡佈滿血絲，那是一種充滿恐懼及狂怒的眼神。山田用力抓著齋藤，想把他拉到身後，好讓自己能登上船艦。他看見齋藤那幾近發狂的眼神不但不害怕，還囂張地向齋藤吼著，「你給我後退！像你這種用盡骯髒手段，苟且偷生的人渣，根本沒資格活著回日本！讓我上去！難道你不怕我把你的祕密公諸於世嗎！」

齋藤二話不說，掏出腰際間的手槍，朝山田的頭上開了一槍。山田無力地倒在地上，任由混亂的人群隨意踐踏著。齋藤在船艦的甲板上冷眼看著山田的屍體，並露出了一抹勝利的微笑。

我還來不及對齋藤殺死山田這件事做出任何反應，就看見好幾架敵軍的轟炸機飛過上空，接著發出一陣巨大的爆炸聲，眼前擠滿士兵的巡洋艦瞬間陷入火海，在驚恐的尖叫及啜泣聲中，整艘戰艦最終沉沒在我的面前。

爆炸時四散的碎片擊中了我，雖然只有傷到腿部而不至於危及性命，但我痛苦地倒在地上，看著血肉模糊的雙腿，我知道我註定命喪於此。

我思念著遙遠的那座島嶼，島上有我最熟悉的景色及街道。在台灣的家人及朋友們，此刻是不是都在盼著我打贏這場仗，並帶著榮耀回到家鄉？

我緊緊握著口袋裡的金屬兵籍牌，想起剛到塞班島第一天時齋藤對我說的話，也是在那一天，我跟小島成爲了朋友。我的眼淚不受控制地流了下來，但並不是因爲死亡將至，而是對於我所做的一切感到羞恥而愧疚，內心的悔恨超越了對死亡的恐懼。

隨著營地被美軍攻占，大量的敵軍也逐步包圍了東海岸。我躺在地上動彈不得，只能在這殘酷的戰場上無助地流著淚。在這悲慘的時代，人的生命實在太渺小了，此刻的我只希望能用生命最後的一點時間彌補自己的罪孽及過錯，讓我不至於對自己的這懦弱的人生感到可悲。

好想再見小島一面，想親自跟他懺悔，並將我奪走的榮譽歸還給他。

一個金屬的撞擊聲從我耳邊響起，我轉過頭去，發現是一枚美軍的手榴彈，而且上面的引信已經被拔掉了。根據過去的訓練，我知道這類的手榴彈在拔掉引信後約五秒就會爆炸，沒有時間讓我躲避了，於是我閉上了眼睛，等待人生結束的瞬間。

突然一股力量把我往旁邊拉，我驚訝地睜開了眼睛，看見一個熟悉的身影撲向了我。

是小島！此時的他整個人貼在地面上，然而他趴著的地方卻是剛剛那顆手榴彈掉落的位置。

一陣塵土飛揚。我還來不及阻止小島，就看見他滿身鮮血地倒在地上。

我不知所措地顫抖著，但卻不是被眼前的景象所嚇到，而是不敢相信小島竟然再一次爲了我挺身而出，只是這一次，他獻出了自己的生命。

硝煙和死亡圍繞著我們，戰場上似乎失去了所有聲音，每一秒都像是漫長的永恆。就在我如此卑劣地背叛他之後，小島卻仍無私地保護了我，我跪在他的面前，看著只剩一絲氣息的小島，我像個孩子一般痛哭著，口中不斷道歉。

對不起……對不起……對不起……

你不是也有家人等著你回去嗎？在戰場上最重要的不是活下去嗎？

我覺得自己像個慌亂逃竄的骯髒老鼠，用盡一切辦法只為了保全自己的性命，但即使是面對這樣自私的我，小島卻還是義無反顧地拯救了我。

他是真正的英雄。我掏出那枚金鵄勳章，流著眼淚將它遞給了小島，他才是真正有資格擁有這枚勳章的人。

小島的眼神中閃爍著生命最後的光芒，他伸手將勳章推還給我。

「要平安回去……回到台灣……」他說完後露出最後的微笑，鬆開了緊握著我的手，我知道這是我們共度的最後一刻。

我用力抓著勳章，勳章的稜角刺進了掌心的肉而開始流出鮮血，但肉體的疼痛卻遠不如愧疚及羞恥帶給我的痛苦。

我跪在地上好長一段時間，彷彿這場戰鬥跟我毫無相關，整個戰場上只剩下我和小島兩個人，就像我們當初一起踏上這座小島一樣。

我的腦中想著過去的種種往事，小島對我的付出，以及我對他的背叛。直到一枚美軍的砲彈在我身旁炸開，我才暈了過去，眼前陷入了一片黑暗。

昭和十九年七月九日

他們都說美國人會殘暴地對待戰俘。

雖然不知道是眞是假，但現在的我已經對死亡無所畏懼了。我躺在一個簡陋的戰地醫院裡，身上包裹著無數的繃帶，在我身邊還有許多被美軍俘虜的日本傷兵，大家都惶惶不安地猜測自己未來的命運。聽說許多日本士兵不願意落入美國人的手中，所以選擇結束自己的生命，以保有最後的尊嚴。但像我們這種在戰場上受了傷，被敵軍所俘虜的傷兵，卻連結束自己生命的機會都沒有，眞是可悲至極。

但我知道自己能活下來的機率其實相當渺茫。在這裡，大約有三分之二的傷兵最後會因爲傷口細菌感染而死亡，每一天都有人被推出病房。我看著自己的身體，雖然看起來有得到良好的救治，但傷口已經明顯潰爛。負責照顧我的是一個美國醫生，雖然他很和善地幫我檢查傷口，讓我想到在牢房裡的比爾，但看著他凝重的表情，我知道自己離死亡不遠了。

我想起小島最後對我說的話，又想起剛見面時曾經約好戰爭結束後，要邀請彼此到各自的家鄉看一看，但最終我們都沒能實現承諾。

但卽使是這樣，不代表我們之間的連結就這樣結束了。

我跟那位美國醫生要了這本日記本以及一支筆，將在這座島上發生的事情記錄下來。並且把部分書頁挖空，將那枚金鵄勳章藏了進去。

如果我的後代子孫有機會讀到這本日記的話，接下來的內容是寫給你們的。

這本日記是用來紀念一位偉大的戰士，他所展現出來的勇敢及無私，值得擁有最高的榮譽。然而我卻因爲自己的懦弱及自私奪走了屬於他的勳章。但即使如此，他仍選擇犧牲生命保護自己的夥伴，當我看著用骯髒手段得來的這枚金鵄勳章時，我心中深刻地明白這是不屬於我的東西。

這枚勳章眞正的主人是小島，但我再也沒有機會親手將勳章歸還給他了。因此我寫下了這段故事，希望未來看見這本日記的我的後代，能夠帶著這枚勳章到日本找到小島的家人，並歸還屬於他的榮譽。如此才能眞正表達我對小島的懺悔，以及對他無盡的感謝及尊重。

劉建生

昭和十九年七月九日 於塞班島

謊言之必要

「小郁與阿倫是從小到大的知心好友，然而隨著時間的推移，兩人走向了不同的人生道路。小郁選擇進入大企業磨練，最終成爲了公司的高層。而阿倫一畢業後選擇自行創業，沒想到遇到市場不景氣，不僅沒賺到錢，還背了一大筆負債，無奈之下只好尋求小郁的協助。念在多年情誼上，小郁慷慨地借給阿倫一萬元，幫助他度過難關。請問上述例子中，小郁對阿倫的付出符不符合人際關係中的友誼道德？」

※

記得在學生時期學過，以前的台北曾經是座湖泊，隨著湖水逐漸退去，才形成現在盆地的樣貌。在大學畢業的那一年，身邊的同學們紛紛選擇到台北工作，讓我更加覺得這個地方即使到了現代也仍然像座湖，四面八方的河流從不同的山上奔流下來，最終匯集於這個繁榮的城市裡。

出社會後這種想法依然沒有改變，但時常會想像這座湖底下是不是有一個巨大的塞子，當那些懷抱著理想的人們爭先恐後地想融入這座湖，他們卻不知道底下的塞子將會在某天突然被拔起，把那些天眞的憧憬無情地沖掉，最終什麼也沒有留下。

凌晨兩點走出辦公室時，我想到的就是這個比喻。雖然加班是常有的事，剛進這間公司時也常常忙到兩三點才走，但這次跟以往不一樣。

我獨自一人走出公司大廳，白天奔流不息的馬路上此時卻一片寂靜，我抬頭望向天空，凌晨的台北市除了路燈以外只剩下少數招牌仍亮著，而「藍岸水產」便是其中之一。

畢業後我便加入了這間公司，但我對水產業其實一點興趣也沒有，純粹只是因爲離家近，加上藍岸是第一間錄取我的公司，我便想都沒想就去了。

我一直以來都是這樣，不會特別想追求最好，也沒有什麼理想或抱負，簡單來說就是個普通人。

就跟這世界上絕大部分人一樣，不特別優秀但也不特別差，生活之中存在著偶爾的快樂和偶爾的悲傷，當個不知名的小人物努力過著每一天，我從未因爲這樣的自己感到羞恥。成功和卓越，那都是少數人才有機會得到的幸福，而我並不屬於那些人。

「藍岸水產」表面上雖然是水產業，但實際上只負責批發的部分，並沒有自己的捕撈漁船，也不從事人工養殖。總體而言就是用低價跟各大漁業商批貨進來，然後用更高的價格賣給各大餐廳及飯店，轉取中間的價差。所以我每天的工作就是處理大量的訂單，或是跟著專業人員一起巡視每件貨品的狀況。

因爲是水產批發，所以非常要求貨品的新鮮度，也因此少不了大型的冷凍儲存設備。公司裡除了我們這種待在辦公室處理文書的職員外，還有一群專業的技師，他們的工作是確保所有的冷凍設備都能正常運作，避免產品發生變質，吳哥便是其中一員。

吳哥從年輕時就在這裡工作，資歷已經超過三十年了。第一次見到他時覺得他是個和善的大叔，跟公司裡每個人的關係都不錯，不知道是不是因爲年紀的關係，他在工作上的表現並不是非常突出，但因爲待在公司的年資夠久，所以也不至於會被開除。

我常常跟著吳哥去巡視各種設備，並且認眞聽著他的解說。但比起機台的專業知識，吳哥更常把時間花在介紹每個單位的人。

「年輕的時候就是要多認識一點人，累積自己的人脈，對未來才有幫助。」吳哥以一副過來人的語氣對我這麼說，但我其實對這種說法嗤之以鼻。

想要得到更好的發展，不是應該靠自己的努力和貢獻，去爭取加薪或升遷的機會嗎？如果因爲認識某個人而靠關係得到這些好處，不就像是在作弊一樣嗎？雖然許多人都鼓吹著在職場上培養人脈是很重要的事，但我覺得這根本是沒有能力的人才需要的東西。

雖然我自己也沒什麼遠大的抱負，但我十分認同付出與收獲成正比這個道理，付出一百分的人就該得到一百分的回報，而我雖然只付出了五十分，但我對於得到五十分的收穫感到滿足，然而有些人明明只付出五十分，卻想靠旁門左道得到一百分的獎勵，我對於這些人感到十分不齒。

「這就是現實。」吳哥似乎看出我眼神中的不屑，但他只是拍了拍我的肩膀，這麼對我說著。

藍岸的老闆是個標準的暴發戶，腦滿肥腸的長相搭配土氣十足的奢華打扮，講話大聲粗魯，整體來說就是個缺乏文化的低俗人，我們都在私底下偷偷稱呼他土豪。

這間公司原本是土豪的叔叔一手創立的，沒想到事業雖越做越成功，人卻因此過勞猝死。多年埋心於工作的他根本無暇建立家庭，因此在過世之後找不到人繼承藍岸，最終只好交由他唯一的侄子管理，才會變成現在這個局面。

土豪不但對公司經營一竅不通，還很喜歡把錢花在一些好大喜功的事情上面，不論在什麼場合都要求盛大的排場，並且找了一大堆漂亮的模特兒爲公司拍攝宣傳廣告，試圖給人一種藍岸水產已經躋身一流大企業的感覺，但我們對這間公司的情況都心知肚明。

因爲錢都花在打廣告上，所以分配給公司營運的預算簡直少得可憐，尤其在工程技術方面。土豪一直很看不起吳哥這種從事技術相關的人員，因爲他們總是滿頭大汗地維修機台，把全身都弄得髒兮兮，不符合他心中一流公司的形象。比起眞正支撐起公司的技術人才，那些穿著筆挺西裝，伶牙俐齒討人喜歡的業務們更容易受到土豪的青睞。

每當設備發生故障時，由於沒有足夠的經費，吳哥他們只好把壞掉的零件想辦法東補西湊，勉強湊合著繼續使用。也因爲這樣，設備發生故障的頻率越來越高，讓土豪覺得是因爲吳哥他們沒有好好把問題解決掉，才導致機器一直故障，因此更加厭惡這些專業技師，形成一種惡性循環。

「不行了，這次眞的沒辦法了。」某天早上，我才剛處理完今天的第一筆訂單，就看見吳哥滿頭大汗地走進辦公室，手上拿著一個彎曲的老舊銅管。我認出那是大型冰箱所使用的冷凝盤管，讓冷媒能在裡頭流動以吸收及釋放熱量，是整個冷凍設備裡最重要的裝置。但當吳哥將它放在桌上時，我才看見上面坑坑疤疤的修補痕跡，尾端的部分甚至已經斷成兩截。

「從兩個月前我就說過必須要換一個新的冷凝管，但老闆一直不願意撥經費下來，還不斷逼迫我們想辦法修補。這下可好了，整個銅管都斷掉了，這次我非得說服他花錢把整組換新才行！」吳哥忿忿不平地碎念著，一邊往土豪的辦公室走去。

結果只過了半個小時，我就看見吳哥灰頭土臉地走了出來，辦公室的大家不用問也知道發生了什麼事。

吳哥默不作聲地抱起那個破爛的銅管，準備走出辦公室時剛好跟我對到眼，他露出一個無奈的苦笑。

「我在這間公司付出了這麼多年，卻仍然要受這種氣。」說完他便獨自往機房的方向走去。

當他提到付出這兩個字時，我腦海中突然浮現了一個名字。

※

「我們來看下一題，小郁與阿倫是從小到大的好友……這題應該沒有人答錯吧？」老師在講台上講解著考卷的題目。

公民與道德是每個台灣學生在求學階段必上的課程，但很少人會花心思在這門課上，因爲除了一些跟社會制度與經濟相關的內容稍有難度以外，其他都是用一般常理就可以判斷的問題。

像是在路上偶然拾獲金錢，是否應該占爲己有？或是傳統狩獵行爲與動物保護原則相衝突時，政府是否應該直接禁止原住民繼續狩獵？這種不用想也知道答案的問題，只要憑著社會上的道德標準去選擇，就一定能拿到分數。

所以當全班只有小賴舉起手時，我感到十分意外。小賴的本名叫賴品文，但高中時我們都叫他麵包，因爲他中午從不吃學校販賣的便當，而是從家裡帶一個麵包到學校當作午餐，我們常因爲他如此愛吃麵包而調侃他，但他從不因此生氣或惱羞，依然跟大家融洽地相處著。

直到我們知道麵包是他每天能負擔的唯一食物後，我們就不再這麼叫他了。

小賴家在過去其實曾是地方望族，經過前幾代的努力留下了不少的財產和土地，但這些財富傳到小賴的爸爸手上後，卻在短短幾年就被揮霍殆盡，他不但嗜賭酗酒，甚至還拿不少錢在外面養其他女人，導致小賴連基本的生活費都有困難。

——難道你媽媽從來不會說什麼嗎？我們曾這樣問過小賴，但他只是苦笑著搖頭。

——沒有用的，沒有人會聽我媽媽說的話。

好多年後我才知道，小賴的媽媽是個童養媳。所以在整個家族裡的地位非常低，也不被允許外出工作，所有的收入來源只能依靠丈夫的施捨。有時候小賴的爸爸在外喝了酒回家發酒瘋時，她只能默默承受所有的暴力對待，因爲只要一反抗，這週的生活費就沒有著落了。

「其實我很喜歡有麵包吃的日子，因爲那表示媽媽有跟爸爸拿到錢，而且沒有被揍。」小賴曾笑著這麼對我們說，那是一種我無法想像的生活。

但卽使在這種困難的環境中成長，小賴卻付出比別人多好幾倍的努力唸書，因此他在班上的成績一直都是名列前茅，不像我的成績永遠不高不低，就是一個中段班的普通學生而已。

所以這種不用思考的題目他居然會答錯，雖然他整張考卷只錯這一題而已，而我卻錯了十幾題，但我還是在下課時跑去找他討論題目，順便請教他考卷上的其他難題。

「眞是可惜，你差這題就能拿到滿分了，而且還是這麼簡單的題目。」我趁機偷偷取笑他一下，但他也不惱怒，而是一派輕鬆地把考卷丟在一旁。

「我當然知道這題答案是什麼，我只是不認同罷了。」

「題目看起來沒問題呀，有什麼好不認同的。」我不解地問道。

小賴把題目中的付出這兩字圈了起來。

「這段描述的的行爲根本不算是付出，頂多算是幫助而已。」他指著考卷上的題目，「題目前面說了，小郁已經當到企業的高層，既然如此，這區區的一萬元對他來說根本不算什麼，只是在自己仍有盈餘的情況下幫助對方度過難關，還遠遠談不上是付出。」

「那不然你覺得怎樣的行爲算是付出呢？」我不認同他的這番說詞，更何況這只不過是一道題目而已，沒必要想這麼多吧？所以我不服氣地繼續問道。

小賴從抽屜裡拿出一個袋子，裡頭裝著他要拿來當作午餐的麵包，然而他卻將麵包遞給了我。

「肚子會餓嗎？要不要吃？」我對於他的行爲一頭霧水，但他看起來不像是在開玩笑。

「這個時間點都接近中午了，肚子是開始有點餓了……但如果你把麵包給我，你中午不就沒東西吃了嗎？」

「是呀，如果我把這個麵包給你，那麼我今天就要餓肚子了。要是我手上有一大袋麵包，我會很樂意跟你分享，因爲即使我給你一塊麵包，我手中仍然有足夠的食物能塡飽肚子，我不會有所損失，或是損失的程度輕微到不會對我造成影響。」

「但現在我的手上只有一塊麵包，我卻仍願意把這唯一的麵包給你，讓自己餓肚子。」

「即使自己會有所失去，但依然選擇給予他人幫助，這樣的行爲才能算是眞正的付出。」

他拿著麵包並向我遞出的右手一直都沒有放下，我聽著他這番奇怪的理論，最後還是沒有收下。雖然小賴的心意讓我很感動，但一般人是不會這麼做的吧？

所謂的一般人，就是不會特別去做壞事，但有的時候還是會爲了自己的利益而選擇去做明知不該做的事情。

明明知道在車道上停車會阻礙交通，甚至可能會造成事故，但仍在心裡跟自己說，只是停一下買個東西而已，沒有這麼嚴重吧？不至於影響到其他人吧？

會對於需要幫助的人伸出援手，會主動詢問他人是否需要幫忙，但真的在路上遇到別人被搶劫或是綁架時，絕大部分的人還是會躲得遠遠地吧？如果我挺身而出而受傷，甚至賠上了性命怎麼辦？

我是個好人，但我沒有好到那種地步，沒有那麼強烈的正義和勇氣，也沒有超凡的能力。這種人就是所謂的一般人，而且在這個社會裡占了絕大部分的比例。

「這僅僅是我自己的體認而已，我也知道對考試題目來說，這只是種毫無意義的自我解釋。」小賴把麵包重新收到塑膠袋裡，「但是呀，雨澈。我一直覺得要是能夠做到無私地爲他人付出一切，那眞的是一件很偉大的事情呢。」

當時還懵懂無知的我不明白小賴的意思，但他說的這句話卻在我未來的人生中不斷浮現。

※

「今天會把大家找來，是要宣佈一個好消息。」某天一早剛到公司的時候，就收到了緊急通知。土豪要求每個人立刻到大會議室裡集合，平常不太管公司營運的他，今天居然把大家集合起來，想必是有大事發生了。

「多虧了我優秀的業務們，以及大量宣傳所帶來的成效，我們接到了有史以來最大的訂單！看來這些拿去打廣告的錢果然沒有白費。」站在我後面的吳哥不屑地嗤了一聲。

「台北政商名流的聚會首選：帝景大酒店，跟我們下了上百萬的訂單！並指定我們作爲他們餐廳的海鮮供應商。這不但能爲我們帶來大量的收入，還能讓藍岸的名聲從此在各大頂級飯店裡流傳，以後其他的批發商都要看我的臉色啦，哈哈哈！」土豪得意地笑著，雖然我一直不認同他把錢砸在華而不實的宣傳活動上，但沒想到他眞的招攬到如此難得的生意機會，我還是在心裡不得不佩服他。

「好了！這場會議就到這裡，大家趕快去工作吧！我們還有很多事情要忙呢！」土豪又開始露出那副頤指氣使的模樣，大家趕緊離開會議室回到自己的座位上。我開始著手整理帝景大酒店的訂單內容。

不愧是知名飯店，對於每一樣商品都附上詳細的需求說明，並且對於我們提供的食材都有著十分嚴格的要求，我不敢馬虎，深怕有一點閃失就會釀成大錯。

一一核對完對方提出的需求清單後，接下來就是去清點實際的商品數量，以及檢查每種海鮮品是否都符合帝景那邊要求的規範，但當我往冷凍庫的方向走過去時，才發現門口擠滿了人。

我直覺不妙，趕緊奮力擠過人群，好不容易進入庫房內，就看見吳哥拿著上次那個破舊的冷凝管，用力地往地上摔。

哐啷！破爛的冷凝管瞬間裂成好幾塊，我撿起其中一塊碎片仔細端詳。通常這種金屬設備不可能因爲這樣一摔就碎裂，但這個冷凝管經過太多次修補，早已變得脆弱不堪。吳哥顫抖地蹲坐在地上，雙手緊緊抱著頭，我還來不及問他發生什麼事，土豪就已經帶著公司高層趕了過來。

「這裡到底發生了什麼事？再兩週就要出貨給帝景酒店了，大家還不快點準備！那個誰！還蹲在地上幹什麼！」土豪氣沖沖地對著吳哥吼著，但吳哥卻毫無反應。一旁的業務神色緊張地跑到土豪旁邊，顫抖地說明狀況。

「剛剛經過人員排查發現，冰在冷凍櫃裡的食材全都腐壞了！找來負責的技師檢查後，發現是冷凝管破裂導致冷媒外洩，所以冷凍庫無法發揮冷凍效果，使得那些必須低溫保存的海鮮商品全都暴露在室溫下，才造成食材腐敗。」

果然是那個冷凝管導致的問題！但我沒想到居然會引起這麼大的損失，這些腐敗的海鮮不但要全數銷毀，更慘的是如此一來便沒有足夠的貨品能出給帝景酒店，這不僅僅是少賺一筆而已，更會賠上整個藍岸的聲譽。

也難怪吳哥會有這種反應，畢竟設備的維護都是由他負責。但大家都知道他很早就提出更換冷凝管的需求，也不斷警告若不及時更換將會有很嚴重的後果，然而土豪卻一次次拒絕提供經費，才導致那個破舊的冷凝管修了又修，最後面臨完全破裂的下場。

真要說起來，這一切的責任都是土豪要背負吧？吳哥已經盡他最大的努力阻止這樁慘事發生了。

我等著看土豪懊悔不已的樣子，雖然沒有人樂見這種事情發生，但如果能因此讓土豪知道技術部門跟業務宣傳一樣重要，或許對他來說是一個很好的教訓。

土豪聽完業務的說明後愣在原地好幾秒，接著他走向吳哥，並且跟著蹲了下來，我以爲他是打算扶起吳哥並向他表示歉意，但土豪只是把地上的碎片一一撿起來，接著用力砸向吳哥。

「沒用的東西！連這種東西都修不好，眞是廢物！」土豪對著吳哥破口大罵，似乎完全不認爲是自己的責任，「這次造成的損失全部都算在你頭上！我看你要怎麼賠！」

眞是太過分了！我在心中暗自罵著。連承認錯誤都做不到嗎？居然把一切都怪罪在早已發現問題並試圖挽救的人身上。

雖然我在心中忿恨不平，卻沒有勇氣開口幫吳哥說話，我看向一旁的行政同仁、會計小姐、那些西裝筆挺的業務們、甚至是每天跟著吳哥一起工作的技師們。但大家都低著頭，沒有一個人願意挺身而出。

此情此景眞是令人感到悲哀。在無理而霸道的勢力面前，是非對錯也好，同事之間的情誼也好，都在這一刻輕易屈服，只因爲害怕自己也成爲被針對的對象。眞是可悲又可恨！我緊握拳頭，身體因爲氣憤而不斷顫抖著。

就在這時候，人群中突然響起了一個聲音。

「吳哥早就跟你說過這個冷凝器很老舊！需要經費去更換！但你卻從不聽他的意見，現在釀成這麼大的災禍，你怎麼可以把所有的錯都推到吳哥身上！」

現場陷入緊繃的沉默，當我還在尋找是誰站出來爲正義發聲時，卻發現在場的每個人都瞪大眼睛看著我，我才意識到那個挺身而出的人就是我。

我不知道當時會這麼做是爲了正義，還是爲了平日這麼照顧我的吳哥。但我無法眼睜睜地看著這樣不公平的事情在我面前發生，這大概是我人生中最勇敢的一次。

土豪氣得講不出話來，當他準備將砲火轉移到我身上時，站在我旁邊的林先生說話了。

「雨澈說的這件事我也能作證，我常常看見吳哥抱著那個冷凝管在辦公室裡辛苦地來回奔波，就是爲了說服老闆撥經費做更換，也常看他憂心忡忡地擔心機器會不會有天發生故障，造成公司的損失，所以我也不認爲這是吳哥一個人的責任！」

我其實跟林先生沒有太多交集，他是個已經有家庭的中年男子，在公司不太跟大家打成一片，下班也會直接回家而不參與其他飯局，但平常相處起來感覺是個溫和的人，沒想到他會願意跳出來和我站在同一陣線。

更讓我驚訝的是，不只林先生，銷售部門的皓瑋，櫃檯的黃小姐，甚至連負責清掃的陳阿姨都對土豪的行爲感到不滿，在越來越大聲的騷動及抗議聲中，大家逐漸向土豪逼近。

土豪一見情況不對，不得不收起他囂張的氣焰，慌張地交代祕書處理剩下的殘局後，便灰頭土臉地逃跑了。

現場瞬間響起了熱烈的歡呼聲，不只是因爲終於一吐對土豪的怨氣，更在這身不由己的職場之中，勇敢反抗並爭取到正義及公平，對我們來說，這是一場平凡上班族的偉大勝利。

吳哥在衆人的攙扶下站了起來，激動地流著淚並不斷跟大家道謝著。即使被土豪百般刁難，嘗試過無數次都無功而返，卻仍為了做出正確的決定而從未放棄，雖然最後仍是令人遺憾的結果，但吳哥的這種精神使我們勇於堅持做對的事，才成功凝聚大家的力量，是我們該向他道謝才對。

正當我這麼想的時候，突然好幾雙手從我背後拍了過來。

「真不愧是年輕人，竟然敢第一個站出來發難，我們其他人都是因為你的勇氣，才願意挺身而出的。」我這才意識到自己的一番話竟然引起這麼大的迴響，面對大家的熱情和興奮，我卻呆呆地站在原地，一句話也說不出來。

過去的我總是隱藏在其他人背後，當著不知名的平凡人，這是我第一次為了自己心中的正義發聲，並成為了他人心中特別的存在。

雖然我們成功避免了土豪把所有責任都推到吳哥身上，但不代表這件事情就這樣結束了。設備故障仍然造成公司慘重的損失，帝景酒店下的訂單眼看就要跳票了，我們卻束手無策。這對我們公司的商譽無疑是一次毀滅性的打擊。

但即使如此，辦公室內卻毫無愁雲慘霧的氣氛，每一個人都堅守在自己的崗位上，並一起想辦法度過眼前的難關，從手握大權的高階主管，到剛入職的新手職員，大家都積極地拋出自己的想法和意見。我第一次在藍岸感受到這麼強烈的團結，所有的隔閡和階級似乎都不復存在，解決眼前的難題成了公司每一個人此刻最重要的使命。

正當我因爲辦公室內前所未有的團結而感到熱血沸騰時，一位身穿黑色套裝的女子突然走到我身邊，我一轉過頭才發現是平常跟在土豪身邊的祕書。

「老闆請你去他的辦公室一趟。」她的聲音冷酷不帶任何情感，伸出了右手比著土豪辦公室的方向，我看見土豪站在門口盯著我看，吳哥站在他的身旁，一副手足無措的樣子。我心中微微有不祥的預感。

「坐吧。」土豪請我們坐在他辦公室的高級沙發上，祕書還端了茶水和點心過來。雖然不知道土豪打算跟我們談什麼，但我絲毫不敢鬆懈，一旦他又要把責任強推到其他人身上時，我隨時做好反擊的準備。

但土豪竟說了出乎我意料之外的話。

「前幾天發生的事情，眞是不好意思，一切都是我的責任。」土豪站了起來，對我和吳哥深深一鞠躬。我們一時不知道該怎麼回應，畢竟從未想過那個驕傲又目中無人的土豪，竟然會低頭道歉！

「如果當初我有聽取建議並及早更換老舊的零件，或許就能避免這次的慘劇了。我除了在心中深刻地檢討之外，也要感謝吳哥平常堅守崗位，同時也對這位年輕人當天敢於發聲的勇氣感到十分欽佩。」

我的名字是劉雨澈，我在心中暗自嘀咕著。雖然土豪連我的名字都記不住，但看他如此誠懇地道歉，而且也肯定了過去吳哥不厭其煩的勸說，我當下竟然有股莫名的感動，沒想到大家團結一心的力量竟能造成這麼大的改變。

「不過呢……」土豪話鋒一轉，「現在最重要的不是追究責任，而是得趕緊想辦法解決眼前的難題。」他微笑著看著我們，「我知道這幾天大家都為了這件事費盡了心思，但現在不需要各位勞心了，因為我已經想出一個完美的解決方法。」

眞沒想到土豪居然已經想到對策了！我迫不急待地想聽他繼續講下去。

看見我們被他挑起了興趣，土豪得意地繼續說著。

「根據財務部門的統計，這次因設備無法保溫而腐敗的商品總共三百公斤，剩餘保存良好的商品還有八百公斤，而帝景酒店下的訂單數量為九百公斤。如此一來即使把剩餘庫存全部出給帝景，也都還足足少了一百公斤的量。」我微微點了點頭，這跟我們其他人統計的數量是一致的，大家也正是為了這缺少的一百公斤而傷透了腦筋。

「但據我所知呢，像帝景這種大酒店，為了避免突然有客人緊急訂桌造成食材備貨不足的情況，通常會跟批發商一次下訂一個禮拜或是一個月的分量，然後根據每日的需求慢慢把這些食材消耗完畢。」

土豪突然瞇起了眼，「由於食材是一次下訂，所以批發商也會一次性地把商品準備好，而同一批商品所使用的製程及保存方法也會是一致的，所以如果這批商品有任何的問題，理應是九百公斤都會出現同樣的問題。相反地，如果到貨後的幾天都沒有任何異狀，但某天突然發現有食材腐敗的情況發生時，帝景那邊就會認為是他們的儲藏設備發生問題，或是廚房的環境衛生不佳導致食材被污染，而不會把矛頭指向我們。即使他們懷疑我們，我們也有紀錄能證明這一批商品的生產條件是一致的，不可能有部分食材良好而部分食材腐敗的情況發生。」

我聽得頭皮發麻，暗自希望土豪接下不要說出我心中所想的事情。

「所以！」土豪露出了不懷好意的笑容，「我們只要把那好的八百公斤全部拆封，接著把一百公斤有問題的食材偷偷混進去後再重新包裝，如此一來就會產生這一批貨有少部分食材異常的情況，但根據我剛剛的說明，帝景是不可能，也沒有任何證據能指控是我們這邊的問題，這一次的危機就能順利過關了！」

眞是不要臉的東西！虧我還滿心期待他會提出什麼好方案，沒想到是這種卑鄙的手段，爲了撇清自己的責任，不惜抹黑客戶的廚房人員，甚至枉顧酒店客人的食品安全。

明明知道這是充滿惡意的計畫，卻還得意洋洋地高談闊論，這就是邪惡之人的嘴臉。

我看了吳哥一眼，他也因爲土豪的詭計而氣得微微顫抖，正當我準備站起來大聲斥責土豪時，他又開口繼續說道。

「但這件事必須依靠大家的幫忙才能完成，絕對不能有任何一個人走漏了風聲。現在公司上下團結一心，都是多虧了兩位的號召，因此我希望你們能協助我一起執行這個計畫，同時也帶領其他人拯救這間公司！」

開什麼玩笑！如此卑鄙的詭計居然要我們也一起當共犯，還說什麼拯救這間公司，難道別人的公司就不重要嗎？

「但這樣不就是造假嗎！難道你要我們跟客戶說謊嗎！」我忍不住開口反駁，但土豪一副輕視的眼神看著我，似乎是把我當成涉世未深的小孩子。

「我在這個領域經營了這麼多年，也學到了很多你這種菜鳥不懂的事情。雖然這麼做的確有道德上的瑕疵，但有時候爲了大局，必須說一些不得不說的謊，年輕人，這就是現實，你遲早要接受這一點的。」

這就是現實。我想起吳哥當時也是這麼對我說的，但這次的情況完全不同，即使受到現實的阻礙，也不能對了自己的利益，而對錯誤的事情輕易低頭。

跟這種人是沒什麼好說的了。我站了起來，看都不看土豪一眼就準備轉身離開。吳哥也起身跟在我身後，這時土豪的表情突然變得十分陰沉。

「如果呀，這次的事情無法順利解決，對藍岸水產所造成的傷害將是不可挽回的，甚至可能面臨公司倒閉的情況，即使我很不願意，但也必須資遣所有的員工……我想這是我們雙方都不願意看到的結果。」

誰鳥你呀！我絲毫不受這番話動搖，大力推開辦公室的門，氣沖沖地離開。但吳哥抓著辦公室的門把呆立在原地，直到我發現他沒有跟上而呼喚他時，他才默默地關上了門。

「太過分了，沒想到他居然會想出這麼惡毒的計畫。」

「是呀，而且還要求每個人都配合他，這樣我們不也成了共犯嗎？」

「我絕不同意這種事情，也堅持不參與他的陰謀！」

我一回到辦公室就和其他人說了土豪的詭計，大家聽完之後都憤怒不已，紛紛激動地表示不願意協助。我看著眾人的反應，欣慰地想著至少大家都還是明事理的人，這次我們一定要抗爭到底，絕不向這種卑劣的行為屈服。

「那我們該怎麼做，直接跟公家機關檢舉土豪嗎？」等大家情緒冷靜下來後，林先生首先提出疑問。

「不行，既然土豪還沒有行動，也就不構成犯罪事實，更何況我們手上還沒有任何證據，如此貿然行動只會讓事情變得更糟。」發言的是銷售部的皓瑋。我跟他算是同期進入公司的，原本他跟我一樣待在行政部門，但剛好遇到銷售部缺人手，於是他就被調了過去。

——我待在哪都無所謂，反正我只打算在這間公司待個一兩年，等存夠了錢，我就打算離職去國外唸書。當時他離開行政部時輕鬆地對我這麼說。

但即使沒有在這間公司久留的打算，他也仍想盡辦法協助公司度過難關，此時更是勇於站出來抵抗土豪不正義的陰謀，讓我對眾人的團結更添了不少信心。

除了林先生和皓瑋之外，一直力挺著我們的還有櫃檯的黃小姐，此刻也拖著緩慢的步伐朝我們走了過來，打算一起參與這場討論。大家趕緊拉了張椅子讓她坐下，深怕稍有閃失，會傷到她肚子裡的胎兒。

——妳不打算請假在家休息嗎？從知道她懷孕的那一天起，我不只一次這樣問過黃小姐，但她總是對我微微一笑。

——我也想過待在家裡休息，但整個櫃檯就只有我一個人，一想到我要是沒來上班，不知道會給大家帶來多少不便，我就不敢隨意請假了。

——妳沒有跟土豪說需要更多人手嗎？

黃小姐苦笑了一聲。

——我跟他提過很多次了，但他對我說，櫃檯這種低階的工作只需要一個人就夠了，幹嘛要多花錢再請一個？

我能理解黃小姐從一開始就很支持我們的原因，畢竟她也是土豪惡行的受害者之一。

「有什麼我能幫上忙的，請務必告訴我。」黃小姐的聲音既微弱又小聲，但眼神卻堅定且充滿力量。

在那一瞬間，我真的相信我們能做出一些改變，證明善良和正直才是唯一可行的道路。

這場討論一直持續到五點半，眼看就快到六點的下班時間，大家決定先告一段落，回家好好休息，明天再想辦法對抗土豪的詭計。

正當我準備回到自己座位上時，吳哥突然湊到我身旁。

「走，陪我去外面透透氣。」吳哥拉著我往外頭走去。下午剛下過一陣大雨，空氣中充滿著雨後的清涼，陽光照在地上的水灘上，整條街道都閃耀著金黃色的光芒。我突然覺得這樣的景色就像是我們現在面對的情況，風雨雖大，只要堅持撐過去，總會看到這片雨後的美景。

當我還沉浸在感動之中時，吳哥卻說了這樣的話。

「雨澈，你有想過這樣做眞的好嗎？」

我不明白他的意思，「當然呀，難道要眼睜睜地看著這些腐敗的海鮮送到別人的餐桌上嗎？」

「我明白你的意思，但你覺得我們有機會阻止這場陰謀發生嗎？」

「當然有機會！你看大家都對這件事如此地義憤塡膺，也展現了前所未有的團結，我不擔心我們的行動會以失敗收場。」

吳哥笑了起來，但不知道是不是我的錯覺，總覺得他的笑聲充滿了無奈。

「我也不擔心大家的抵抗會失敗，我擔心的是……萬一成功了呢？」

「這樣不是很好嗎！我們就能阻止有問題的食材外流，不但守護了消費者的安全，也證明了正直和誠信才是做人做事的唯一標準呀！」吳哥看見我開始變得激動，便不再說話。

我看了看手錶，已經五點五十分了，差不多該回去幫忙大家把辦公室的燈都關掉，做最後的收拾，但吳哥攔住了我。

「沒關係，你先回去吧，今天多虧你再次凝聚大家的勇氣，想必你身心靈也承受了不少壓力，我們來收就好了，你早點回去休息吧。」

我其實並沒有因爲這件事感到疲累，反而覺得全身充滿力量，但眼看時間已經接近六點，大家應該都收拾得差不多了，我便跟吳哥道別，一面想著明天怎麼跟土豪攤牌，一面往回家的方向走去。

同樣的地點，氣氛卻截然不同。

即使擠滿了藍岸水產的全體員工，整間大會議室卻悄然無聲，就算是那些還不知道土豪陰謀的職員，也都明顯感受到現場氣氛緊繃，大家都忐忑不安地等待接下來發生的事情。

土豪站在最前方的講台上，眼神冷酷地盯著台下的大家。

「從發生這件不幸的事情到現在已經過了一週，這也就表示，距離交貨給帝景酒店的期限已經沒剩幾天了。」台下一片令人窒息的沉默。

「雖然此事件是由於工程部負責的設備發生損壞所造成的，但身爲藍岸水產的負責人，這個過錯我難辭其咎。」什麼難辭其咎！明明從頭到尾都是你一個人的錯！我氣憤地小聲碎念著。

「因此我這幾天也跟各位一樣絞盡了腦汁想辦法，最終總算讓我想出一個完美的解決方法！」台下開始議論紛紛，有些人露出了驚訝的表情，也有些人互相交頭接耳，猜想土豪到底想出什麼方法。只有我們這些早已知道內情的人無動於衷。

——只要土豪一公佈他的詭計，我們就馬上跳出來抗議，在全體員工面前指責土豪的惡行，並帶領大家一起拒絕這個卑劣的提案。

這是我們大家昨天想好的劇本，現在只差一個合適的時機。

台下的騷動漸漸平息後，土豪接著說。

「今天會召開這場會議，是因爲這個計畫需要每個人配合才能順利執行。」緊接著他身後的投影幕突然亮了起來，上面顯示的內容正如我們在土豪辦公室討論的一樣。

「從上面的圖表大家可以看到，目前我們保存良好的庫存有八百公斤，損壞的商品有三百公斤，而要出貨給客戶的數量則是九百公斤，以目前的情況來看，足足少了一百公斤。」

「因此我打算把好的這八百公斤重新拆封，再將一百公斤腐敗的商品混入其中湊成九百公斤，再重新做包裝。我們只要私底下偷偷完成混裝的任務，再拿那八百公斤的生產證明給客戶看，對方便會相信這九百公斤的貨品都是良好的。」

台下瞬間爆發不滿的抗議聲，跟我們料想的反應一樣。

「當然我知道有些人會擔心這腐敗的商品會造成酒店客人食用後身體不適，事跡也會因此敗露，但大家不用擔心，只要大部分的客人都沒有發生不適的情況，我們便可以把責任歸咎給酒店餐廳的衛生，對方也沒有任何證據可以證明是我們的問題。」

眞是無可救藥！大家擔心的是這樣的做法會使多少人的生命安全受到損害，才不是害怕這場詭計會被揭穿！

「安靜！」土豪突然大吼了一聲，現場又再次鴉雀無聲。

「我知道很多人對這樣的做法有道德上的疑慮……但爲了公司的經營和生存，這是不得不爲的做法，我希望大家能以大局爲重，幫助藍岸度過這次的難關，拜託了。」土豪說完後向大家深深一鞠躬。

雖然我沒預料到他願意將姿態放這麼低，但我才不會因此心軟。

「那麼……針對這個方案，有人有任何意見嗎？」

就是現在！

「我拒絕配合這個不負責任的計畫！」我大步衝向台前，「這一週大家都很努力地幫忙想辦法，雖然至今仍然找不到兩全其美的補救方法，卻沒有一個人提出這麼惡毒的陰謀，你要大家怎麼心甘情願地做出這種違背良心的事情！」

眾人也跟著鼓譟了起來，讓我更增添了不少信心。只要大家堅決抵抗，即使土豪身爲老闆，也沒有權力逼迫大家配合他。

土豪冷冷地看著我，似乎對於我會有這樣的反應不感到意外。

「我明白了，我也不是容不下反對意見的人，只要有人對於這個方案有疑慮，我一定會盡力解決。」

不知道是不是我的錯覺，但眼前的土豪看起來竟一副胸有成竹的樣子。

「不過呢，公司也不可能因爲少數人的反對而取消對策，不如這樣吧，剛好今天大家都在場，我們就舉手表決，只要多數人都反對這個計畫，那我也會尊重大家的意見。」

我在心中暗自竊喜，難道他沒察覺現場大家憤怒的氣氛嗎？居然還提出要投票表決，大家一定都會選擇支持我。畢竟明理的人都知道什麼才是正確的決定，土豪長期輕視每一位在藍岸認眞工作的員工，才會以爲大家都跟他一樣愚蠢無知，今天終於要嚐到傲慢自大的苦果了。

「那麼，不願意配合這個方案的同仁請舉起手。」

現場超過七成的人都舉起了手。雖然人數比我預期的還少一些，但仍舊是一面倒的情況。我一邊高舉著右手，一邊滿心歡喜地轉頭望向吳哥和其他一起反抗的夥伴們。

他們依然站在我的身後，只是沒有一個人舉起手來。

我還沒搞清楚發生了什麼事，吳哥便大步走過了我身邊，甚至看都沒看我一眼。

「不好意思，請問我可以說幾句話嗎？」吳哥對著台上的土豪說道。

「當然可以，吳哥是我們公司裡非常資深的老員工，想必能爲此刻的困境提出有用的見解，請上台來吧！」

吳哥緩緩地走上了前方的講台，緊張地盯著台下所有人看。我不知道他打算說些什麼，但目前的情況已經完全對我方有利了，實在沒必要多此一舉。

「那個……大家好，我是負責工程部的技師，我姓吳。這次的災難雖然是因爲設備久未更換所導致的，但既然是在我管轄的工作區域內，我身爲工程部門的一員不能說完全沒有責任，這一點必須先跟各位道歉。」

爲什麼要道歉呀！那並不是你的錯呀！正當我準備衝上台時，身後的皓瑋拉住了我。

「其實早在今天之前，老闆就已經有找我討論過這個方案了。」吳哥繼續說著，「老實說，當時我也不能接受這樣的提案，畢竟造假和欺騙客戶都很有可能毀掉藍岸多年來辛辛苦苦建立的商譽及信任，我身為這間公司的老員工，實在不願意看到這樣的事情發生。」

「然而，這次的危機所造成影響實在過於龐大，若是無法按期交貨給客戶，不但會從此被帝景酒店列入黑名單，其他的飯店及餐廳也可能不再願意跟我們下單。如此一來，藍岸水產賠上的不只是商譽，更是整間公司的存亡命運。」

「因此，為了整體大局著想，為了這間公司的未來，我願意配合老闆提出的方案。」

我彷彿聽見心中某樣東西破碎的聲音。

我不明白發生了什麼事，為什麼明明一起奮鬥到現在，卻在最後一刻選擇退縮？

土豪傲慢地看著我大受打擊的樣子，得意地接過了麥克風。

「不愧是公司長久以來深得信任的員工，能在這種關鍵時刻做出正確的決定。」

那些跟吳哥一起打拼的技師們，此時都因為吳哥的這番話，紛紛放下了手。

「我相信一定還有許多像吳哥一樣真正為公司著想的好員工，不會因為少數人的幼稚而跟著起哄。」

我感覺到無數的眼光朝我看來，但我才不在乎其他人怎麼想。

「怎麼可以這樣！當初你的一片苦心是怎麼被踐踏的，還差點被迫承擔所有責任，這些屈辱和不甘，難道你都忘記了嗎！」

吳哥低著頭不敢看向我，但他完全沒有想改變立場的意思。

「大家不是昨天才說好要一起反抗這些不公不義的事情嗎！不是講好了要一起堅持用正當

的方式守護這間公司嗎！你為什麼要——」

「想做這些事情的，從頭到尾都只有你一個人吧！」吳哥突然對我大吼，「口口聲聲說為了公司好，其實你只是很享受這種當英雄的感覺吧！」

我的胸口瞬間被無形的力量重擊，不要說反駁了，此時的我我連呼吸都有困難。

「如果沒辦法順利度過這次的難關，公司可能會面臨倒閉的危機。」吳哥不再看我，而是轉頭面向其他人。

「我在這間公司工作超過三十年了，我把一切都賭在了這裡。要是公司真的倒閉，那我將失去全部，我也快到退休的年紀了，還有誰會願意給我工作？沒有了工作，我要怎麼照顧我的家庭？」

又有一半的人放下了手，他們都是跟吳哥一樣有家庭的中年人。

「不是每個人都跟你一樣。」吳哥重新看向了我，「不用顧慮其他事情，想說什麼就說什麼，很多事情即使是不願意，也有不得不接受的時候……對不起，但我只是普通人，我只不過是想生存下去而已。」說完這句話後吳哥便黯然地走下台，沒有人說話，只有土豪用力地拍著手。

「那麼……還有人要發表自己的意見嗎？」土豪看向了我，但確切來說，他並不是看著我，而是看著我身後的其他人。

首先開口的是皓瑋。

「對不起，但我也有自己的規劃。雖然這樣講很無情，但我本來就是爲了存出國的費用才會來這間公司，眼看就快達到目標了……」

接著是黃小姐。

「肚子裡的孩子就快出生了……我實在不能失去這分工作，我的孩子比什麼都來得重要，眞的很抱歉。」

林先生躲在他們後面默不作聲，但我知道他早在吳哥上台時就已經放下了手。

此時整間會議室裡還舉著手的只剩我一個人。

土豪在台上狂妄地笑著，大聲地宣佈啟用他那無恥的方案。他此刻的神情和姿態，完全就是一個壞人的樣子，但最終贏得勝利的人卻是他。

正義和善良最終輸給了邪惡。

不，眞正的輸家其實是我才對。

※

「我快到了，你們再稍等我一下，抱歉。」

「沒事，你慢慢來。」

我一下班後就拔腿狂奔。如果是平常六點準時下班，我根本不需要這麼趕，但經過了那件事之後，等著我的是寫不完的檢討報告，現在每天加班已經變成了我工作的日常。

但今天是和以前高中同學的聚會，所以我一早就拼命把事情處理完，爲的就是能早點離開公司。

那天凌晨離開公司後我馬上打給了小賴，雖然擔心這麼晚會不會吵到他，但當時的我眞的很需要找到一個願意支持我的朋友。

幸好他那時還沒睡，並提議下週約其他人一起聚聚。

最後我還是遲到了半小時，其他人都早已入座。除了小賴以外現場還有另外兩個人，都是我在高中時的好朋友。

大家開心地聊著以前讀書時發生的趣事，沒有人提到工作的事情。我也就不好意思把自己這陣子的委屈說出來，深怕會壞了大家的興致。

「過了這麼多年，大家都走向了不一樣的道路呢。」話題稍微告一段落之後，以前綽號叫小胖的朋友突然感嘆了起來。

「喂，怎麼像個老頭一樣，大家現在不是都過得挺不錯嗎？」小賴一派輕鬆地說著。

「過得好的只有你吧！這餐吃完之後，我這個月的薪水也差不多用光啦！還要等一週才發薪呢。不過你眞不愧是當年班上永遠的第一名，現在已經在世界頂尖的公司上班了，家裡的經濟應該也有所好轉了吧？」

「是呀，畢竟多了一個人賺錢，家裡的經濟比起過去是好了不少。但也是要感謝以前大家的幫助，我才能順利度過那樣艱難的日子。」

「你還是一樣老實又客氣，你這傢伙小心在職場上被人欺負！」我戲謔地嘲笑他幾句。但其實我自己才是被欺負得最慘的那個。

「那換你說吧，雨澈，我們大家今天都是來聽你說的。」原來大家早已察覺我有口難開的委屈。所以我把整件事情都說了出來，所有的不甘心和遭受背叛的心情，全都在這刻一吐為快。

「我甚至都開始懷疑，堅持做對的事情到底是不是真的正確。」我最後下了這個無奈的結論。

「唉，我完全能明白你的心情，自從開始工作以後，我也常常在想這個世界會不會好人才是少數，其實大部分人都是邪惡的。」另一位叫阿堯的朋友也深有同感地說道。

「但我實在想不明白，為什麼明明有這麼多善良且正直的好人，到最後卻往往選擇投靠邪惡的一方，善良與邪惡之間的界線到底是什麼？」我想起了吳哥，還有其他原本支持著我的那些人，不甘心地問道。

事後我才知道，吳哥那天之所以要我直接回家，根本不是體恤我，而是想趁我不在時勸其他人放棄與土豪對抗，如此才能保住眼前這分工作。

大家沉默了數秒，接著小賴突然拿起桌上的空碗，並將碗口朝下蓋著。

「我們來玩個遊戲吧！大家身上應該都有千元鈔票吧？」

我們都還沒搞清楚他到底想幹嘛，小賴就開始解說遊戲規則。

「規則很簡單，眼前這個碗會輪流傳遞到每個人面前，大家可以自由選擇要不要放入手中的千元鈔，但還沒傳遞到你面前時必須把眼睛閉上，不可以偷看其他人是否有放進鈔票。」

「等傳遞過一輪後就可以把碗掀開，如果每個人都放了鈔票，那麼我就還給大家兩倍的金額，也就是一個人兩千元。但只要有一個人沒有放鈔票，那碗裡的錢就通通歸我了。怎麼樣？敢不敢玩呀？」

雖然這個提議來得突然，但我倒是覺得躍躍欲試。大家都出社會工作一段時間了，雖說尚未大富大貴，但區區的一千元還是隨時拿得出來，只是放入一千元就能得到兩倍報酬，這種穩操勝算的遊戲沒有理由拒絕。

「我加入。」說完我便將自己的千元鈔放在桌上。

「那我也要！」

「來吧！我也加入。」

小賴微笑地看著我們同意這場遊戲之後，便將碗移到自己面前。

「順帶一提，因為我是莊家的角色，所以沒得選擇，必須放入鈔票，在場包含我總共四個人，也就是說最後碗裡如果有四千元，那就是我輸了，相反地，只要碗內的金額不到四千元，這些錢就通通歸我了。」

「別說那麼多了，快開始吧！」我難得感到這麼興奮，這陣子因為工作上的挫敗壓抑太久，我現在只渴望在這個賭桌上痛快地贏一把。

我閉著眼睛，手裡緊抓著鈔票，等待空碗傳遞到我面前的那一刻，我迅速將紙鈔塞入，接著將碗推到餐桌中間。

「來吧！把碗打開吧。」我充滿信心地對著小賴說，接著眼前的碗在我們的注視下被小賴掀開。

一千……兩千……三千……四千……

不對！碗底下只有三張鈔票，我以為自己數錯了，於是又重數了一遍，但結果還是一樣。

「搞什麼呀！這種穩贏的遊戲居然會有人選擇不放？」我忍不住大聲抱怨起來。大家都面面相覷著，最後是小胖開了口。

「好啦好啦，我承認。沒有放鈔票的人是我。」小胖不好意思地說著，「但我剛剛也說了，這個月的手頭真的有點緊繃，我實在經不起任何風險。」

「但就只差你一個人，我們就能拿回兩倍的金額耶！」

「老實說，我沒有想到我是唯一一個沒有放鈔票的人……雨澈，其實我原本以為你也不會放的，所以如果我傻傻丟錢進去，不就白白損失了一千元嗎？」

真是的！居然對我有所疑慮！正當我準備反駁時，小賴趕緊跳出來打圓場。

「好了好了，大家冷靜一點，這不過是個遊戲嘛，沒有必要傷了和氣。不然這樣吧，我們再玩一次，只要你們這次贏了，剛剛的損失不就馬上賺回來了嗎？來吧！」

這次一定要贏！我不甘心地在心裡默念著。我已經受夠當輸家了！

當碗又重新在大家面前傳過一輪後，小賴再次掀開了碗。

三張千元鈔票依舊平整地攤在桌面上。

「可惡！沒想到還是守不住這張鈔票，到底是誰這麼不合群呀！雨澈，這次果然就是你了吧！」第一回沒有放入鈔票的小胖懊惱地哀嚎著。

「我還想問你呢，在場只有你的嫌疑最大，你這傢伙居然還敢懷疑我！」

「我這次可是有放錢的喔，雖然很不願意把僅剩的一點錢拿去冒險，但剛剛第一回因為我一個人導致大家全盤皆輸，我這次哪好意思再害大家嘛！」

「你騙人！我還是覺得就是你這傢伙。」

「你們兩個別吵啦，我就老實說吧，這次的戰犯是我。」阿堯突然開口。

「真是的，怎麼你們一個個都這麼不團結！還以為這次一定會贏的說！」當時在大會議室被大家背叛的失落和不甘又重新湧上心頭。

「我也很相信你們呀，所以第一回合我才會毫不猶豫放錢進去，沒想到就這樣白白損失了一千元，這次你叫我哪敢再賭一把呀，我還要留點錢坐車回家呢。」阿堯雖然也有點不好意思，但仍理直氣壯地解釋。

我眼前突然浮現那些頻頻向我道歉，卻仍在正義和利益之間選擇後者的同事們，還有吳哥在台上盯著我時所說的話。

——我只是人，我也要生存。

「原來如此，我明白這個遊戲的意義了。」我的態度逐漸和緩了下來，小胖和阿堯都一頭霧水地看著我。

「比起保持善良的心，更重要的其實是相信善良的信念。」

「我們總是習慣把人分爲善良和邪惡，並自然地認爲大部分人都是好人，而那些陰險卑鄙的壞人是社會中是少數。」

「但在面對現實的壓力時，一般人往往會做出優先保全自我的選擇。就像小胖一開始沒有放錢進去一樣，然而即使如此，這樣的人也不至於被歸類爲壞人。」

「一定也有其他人跟我一樣！那些人會抱持著這樣的想法做出決定。但最後發現只有自己的私心造成群體的損害時，心中產生的愧疚和自責會讓他重新選擇善良的一方。」

「然而，那些在一開始就堅信善良卻因此蒙受傷害的人，下一次便會開始退縮，導致原本不相信善良的人雖然重新相信善良，但那些原本相信的人卻失去了信心，於是同樣的事情又會再次發生。」

「我相信這個遊戲再玩下去，碗裡的錢只會越來越少而已，直到最後不再有人願意投錢進去，而那樣的情況正是存在於我們身邊的現實。」

「好人跟壞人之間從來都不存在界線，兩者只差在對善良的信心程度而已。所謂邪惡，不過是所有人都不再相信善良時的狀態罷了。」

小賴輕輕地地點了頭，接著拿起手中贏來的鈔票。

「這只是我自己小小的見解，透過這個遊戲讓大家感受一下而已。我也沒想到氣氛會一度這麼緊繃，當然這些錢我是不會收下的，就當作是這一餐的費用吧！」

小胖和阿堯已經各自坐車回家了，只剩下我和小賴兩個人，我們找了個張長椅坐下。看著眼前空無一人的人行道，我覺得自己的世界只剩下現實帶給我的無奈和冷清。

「雖說向現實低頭是人之常情，稱不上是罪過。但一想到社會上這樣的情況比我想像中還多時，難免會讓人感到無力。」

「這大概是長大後不得不面對的難題吧，畢竟我們已經不是當年的高中生了，試著想開點吧！」小賴試著鼓勵我，但我只是深深嘆了一口氣。

「工作上一起打拼的同事如此，十多年情誼的朋友如此，甚至連我爺爺也是如此。」

「你爺爺？我記得你說過他在你出生之前就去世了，所以才一直沒聽你提過他的事情。怎麼會突然提到你爺爺？」

「喔，忘了跟你說這件事了。」我從背包裡拿出一本破舊的日記交給小賴，封面書皮幾乎都要剝落了，裡面的書頁也早已泛黃，還帶有一股難聞的霉味。他小心翼翼地翻開。

「前幾天在整理東西時無意發現了這個，原本以爲是以前讀書時的筆記本，沒想到是我爺爺過去從軍時所寫的日記，裡面還夾了一枚好大的勳章。」

小賴專注地閱讀著日記內容，彷彿沒聽到我說話一般。我一發現這本日記後就已經翻閱過一遍了，但裡頭只記載了他當時身爲日本軍人時所遭遇的故事，甚至還爲了保全自己而背叛出生入死的弟兄。

爺爺雖然最終爲美軍所救，但在醫院時仍因爲嚴重的傷口感染而去世，所以我從來沒有機會跟他相處，也完全不知道他曾經有過這段往事。

我看完這本日記後，只感到強烈的失望和悲哀，因爲連跟自己有血緣關係的親人，也選擇保全自我而偷取同伴的榮譽。這樣的行爲讓我感到羞愧又無力。

原本我打算把這本日記收起來，卻不小心放進了上班的背包裡，今天到公司時才發現。不過剛好難得大家聚會，可以順便給大家看看那枚勳章。雖然已經過了好幾十年，但外觀看起來卻還是很華麗，感覺是個很了不起的東西。

小賴看完整本日記後拿起了勳章仔細端詳著，接著謹愼地將它夾回日記本中，並交還給我。

「那麼，你打算什麼時候去？」他用認眞的眼神看著我，語氣也跟著嚴肅起來。

「你這傢伙怎麼回事，好像突然變了個人似的，你說去是要我去哪裡呀？」我被他丕變的態度嚇了一跳。

「去日本呀！日記最後不是寫了嗎？——希望未來看見這本日記的我的後代，能夠帶著這枚勳章到日本找到小島的家人，並歸還屬於他的榮譽……你不正是那個後代嗎！」

「拜託，現在的我連自己都顧不好了，哪有可能還去做這種事……唉，說到底，我也不過是個普通人，跟大家一樣努力苟活在這社會上而已，實現爺爺遺願什麼的，我怎麼可能做得到。」

「但我覺得你應該去，這裡面的故事太驚人了！沒想到你爺爺居然有過這樣的經歷，而且他所留下的遺憾也只有你能夠完成。這不只是關係到兩個家族，更是跨越了兩個國家，在那個充滿動盪的世代——」還沒等他講完，我就對著小賴揮了揮手，表示我對完成爺爺的遺願一點興趣也沒有。

他露出了惋惜的表情，但也不再勸我。我們互相道別之後，又再次回到各自的人生裡。

※

「現在的年輕人真的很沒用，遇到一點挫折就想不開，動不動就要自殺。以前我們生活再辛苦，也是拼了命想要活下來，哪像現在的年輕人一心求死，真是一點用都沒有！」家裡的長輩看著電視裡播報的新聞，不屑地批評著。

「聽說是美國那邊什麼公司倒閉，結果害到全世界，股市好像跌了將近一半，嚇死人了！」一旁的嬸嬸也跟著幫腔。

「所以我就說過了，像股票這種東西本來就不該碰，現在的人都不願意腳踏實地工作，只想一夕致富，結果不但錢沒賺到，還把原本的積蓄都賠光了，像我們以前那時候喔……」

我躲進了自己的房間，用力把門關上。但還是聽得見電視的播報聲以及其他人悉悉簌簌的碎念。

新聞把這次的事件稱爲「金融海嘯」。雖然我也不太懂這個世界究竟發生了什麼，但好像對經濟造成了很大的傷害，許多公司都一一倒閉，連帶產生了大量失業的勞工。

藍岸水產也在這次的災難中消失了。

我躺在床上，努力不去想自己的戶頭存款。剛領到人生第一分薪水時，看到身邊好多朋友選擇把錢拿去投資，於是我也加入其中。雖然那是我完全不懂的領域，但看著許多人眞的賺到不少錢，我一時心動便將每個月剩餘的錢通通投入股市。

現在那些錢只剩下三分之一。

我還沒跟家人說自己已經失業的事情，因爲我知道等待著我的不會是溫暖的安慰，而是高傲的輕視和責怪。雖然還不至於有自殺的念頭，但現在的我的確對生活毫無希望，多年的積蓄幾乎化爲烏有，短時間內也很難找到一份穩定的工作。

原來這就是現實。我不只一次在腦海中這麼想著，當初大家會選擇向土豪低頭，其實也只是不想失去工作，落得像我現在的局面吧。

什麼正義、善良，根本一點用也沒有。少數人爲了自己的利益幹了壞事，結果連帶全世界要跟著一起承擔。

我坐在書桌前，打開電腦漫無目的地搜尋著，希望能找到一些不錯的職缺。但撇開因爲大量公司倒閉導致職缺銳減不說，我過去在藍岸從事的行政工作，說穿了就只是在辦公室打雜罷了，頂多熟悉一些常用的文書軟體，根本稱不上有任何專業技能。以我的能力，要在短時間內找到工作根本是不可能的事情。

然而正當我準備放棄並關上電腦時，求職網站上的收件欄卻突然跳出通知。我好奇地點開訊息，驚喜地發現那竟是一封面試邀請函。

諾普斯國際投資顧問公司！我們是一家跨國的投資顧問公司，主要協助海內外的客戶制訂以及實施投資策略。最近總公司決定在台灣設立據點，因此需要大量招聘相關人才，在檢視您的履歷後發現您曾經從事財務相關工作，因此誠摯邀請您來面試投資專員，還期盼您的答覆。

雖然我的履歷上的確寫著曾經從事財務相關工作，但其實只是幫忙把每一筆訂單的帳款資料記錄在電腦裡而已，我對財務相關的知識可說是一竅不通。

不過在這種求職不易的時期，接到面試通知還是一件令人振奮的事，即使我對於投資這塊完全不懂，但反正有試有機會，搞不好這間公司內還有其他適合我的職缺也說不定。

面試當天我照著對方傳來的地址到了這間公司，原本以爲既然是跨國企業，想必會是在充滿現代感的高級辦公室裡工作，沒想到辦公室看起來單調又簡陋，甚至還不如藍岸水產。雖然有點失望，但現在的我實在沒什麼挑剔的餘地，於是便跟著帶領我的人走進了面試間。

裡頭只有一張桌子和一個穿西裝的男子。我遞上了我的履歷，正準備開口自我介紹時，那名男子卻打斷了我。

「我就直接了當地問了，你有過任何電話銷售的經驗嗎？」對方用銳利的眼神看著我。

「不……這個，我原本收到的訊息是應聘投資專員的部分，雖然我對投資這方面也沒什麼經驗就是了，但電話銷售似乎跟當初我應徵的內容不太一樣……」

對方微微一笑，我曾經看過那種笑容，在土豪辦公室裡被他嘲笑是個不經世事的菜鳥時，他臉上掛的就是這種笑容。

「投資、銷售、推銷，這些東西其實都是一樣的，都是在名爲金錢的遊戲中求生存，在金融的世界裡，誰先搞清楚遊戲規則誰就能成爲贏家。」

我對於他說的這番話一頭霧水，完全不知道該怎麼回應。他看我手足無措的樣子，更是露出了得意的表情，似乎對我會有這樣的反應毫不意外。

「資金。」在一陣緊繃的沉默後，對方才終於開了口。

「這世界上的一切經濟行爲，都是來自於資金的力量。有錢人把錢放在銀行裡，銀行再將這筆錢借給企業作爲創業或擴張的資金，等這些公司賺了錢，他們又會把錢放在銀行，或是放在其他的投資工具，如此一來更多的資金便會再次進入市場，如此反覆循環下去，不論你出身是高是低，只要還留在這場遊戲中，最終都能成爲資金狂潮下的贏家，這就是這個世界的規則。」

「你的工作很簡單，不管是透過電話也好，郵件也好，甚至直接去對方公司拜訪。只要你能讓資金源源不絕地湧入我們公司，你便能順利成爲這場遊戲中的一分子。怎麼樣，想試看看成爲贏家的感覺嗎？」雖然我仍搞不懂他說的話，但我心中卻早已有了答案。

我想贏！這種渴望勝利的感覺一直在我心中，但是卻從未實現。在藍岸水產抵抗土豪的陰謀宣告失敗，在聚餐上跟大家打賭也贏不了，在資本市場裡更是因爲突如其來的金融海嘯輸得精光。我甚至開始懷疑自己是不是一輩子注定當個輸家，但聽完眼前這名男子的解說後，我才明白原來我之所以贏不了，是因爲我從未搞懂遊戲規則。

如今眼前有個大好機會，能讓一無所有的我重新回到過往的生活，甚至獲得那些我夢寐以求的榮耀和財富。於是我毫不猶豫地接受了這分工作。

我終於能贏一次了。當時我心中是這麼想的。

入職的第一天，公司只分配給我一張小小的桌子和破舊的辦公椅，桌上除了一支電話和一份清單外什麼都沒有，我的工作內容就是照著清單上的號碼一個一個撥號，說服對方投資我們公司。

我一開始還有點擔心自己無法說服別人，畢竟我對投資這塊完全沒有涉獵，否則也不會落到現在的窘境。但面試我的那個男人給了我一張紙，教我只要照著上面寫的唸，對方就會迫不及待掏錢出來。

紙上面的內容主要是介紹不同的投資商品，以及每個商品所能帶來的報酬率。40%，50%，甚至投資報酬率高達100%的商品也有。

我不禁納悶起來，既然這些投資商品這麼好賺，那大家通通把錢拿來投資我們公司，不就人人都發大財了嗎？

「是呀！」聽完我的疑問後，那個面試我的男子贊同地說，「所以我們才要把這些消息傳出去給大家知道，讓那些因爲缺錢而苦惱的人們一起加入這場遊戲中，靠著掌握遊戲規則，讓大家都能擺脫貧窮的惡夢。」

聽他這麼一說，我便感到鬥志昂揚，等工作一段時間拿到薪水後，或許我也能加入這場金錢遊戲，從此成爲人生的勝利者。

到那個時候，就再也沒有人敢把我當成輸家了。

但好幾天過去了，事情卻不如我預期中順利。大部分的人一聽到是投顧公司，就立刻掛斷電話，我甚至沒有機會介紹商品。我焦急地不知該如何是好。

公司採取的是業績制，也就是說只要談成的生意夠多，獎金便可以無限加上去，但相對地，如果沒有達到每個月的目標業績，就拿不到業績獎金，只能領那少得可憐的底薪。

那些跟我差不多時間加入公司的其他同事們，都早已達到目標業績，於是我好奇地請教他們有什麼訣竅。

「其實也沒什麼訣竅啦！」坐我旁邊的阿弟仔翹著二郎腿一邊對著我說，「人家會直接掛你電話是因爲根本就不認識你，怎麼可能放心把錢交給你處理嘛。所以應該找找身邊有沒有混得不錯的朋友，打電話給他們才最容易成功。」

我馬上就想到小賴。

※

我坐在公司大門前的長椅上，回想著跟小賴的那場對話，明明只是一個月前的事，卻彷彿過了數年之久。

當初我們簡短通過電話後便約週末在咖啡廳見面，雖然只是自己熟識的朋友，但想到今天有機會談成第一筆生意，讓我感覺自己好像眞正的生意人一般威風，等待卽將到手的財富。

我跟小賴簡單介紹一下公司的業務內容後，便挑選了一些主力商品給小賴參考，這些商品雖然一次要投入比較大筆的資金，但報酬率都高達50％以上。我看其他同事也都是用這類的產品吸引到客戶，因此我充滿信心地向小賴推薦。

然而他在聽完我的介紹之後，並沒有針對這些商品展現出興趣，而是將注意力放在諾普斯，也就是我現在待的這間公司身上。

我大概跟他提了當初面試的情況，以及我現在因爲金融海嘯影響身上資金幾乎都賠光，因此急需一份工作賺取穩定收入，所以沒有多想就加入了這間公司。

我也向他說明了金融世界的遊戲規則，即使現在的他有能力賺很多錢，但靠那樣一步一步地累積財富，是不可能超越已經熟捻規則的我們，因此才需要透過這些投資商品，幫助自己把財富推上一層樓。

沒想到小賴非但不感謝我介紹這些機會給他，反而潑了我一頭的冷水。

「身爲朋友，我就老實說了。高報酬勢必伴隨高風險，但這些商品介紹裡完全沒有提到風險的部分。撇開這一點不談，50％的報酬率未免也太不現實了，怎麼可能有這種穩賺不賠的投資方式。」

「而且這間公司從邀請你面試，到錄取你的過程，未免也太可疑了吧！我建議你要好好了解一下公司內部的情況，感覺內情沒有這麼單純。」

我能感受到他從一開始就對諾普斯表現出懷疑的態度。但我並沒有因此動怒或責怪他不相信我，因爲我自己也多少感覺到這間公司有點問題。

不知道這算不算是人類的一種劣根性。一但相信了某件事情，就算有明確的證據能夠證明這件事的眞實性只有1％的可能，心裡卻還是會覺得，我現在的情況肯定就是那1％。

雖然很蠢，但大部分人就是會這麼想。

所以我也抱持同樣的態度試著說服小賴，並且有意無意地提到我需要談到足夠的資金才能達到目標業績。

小賴嘆了口氣，「你需要多少才能達到業績？」

「一百萬。」

「一百萬呀……那可不是筆小數目，我目前的積蓄差不多也就這個數字，雖然我們認識這麼多年，但是要我一次投入全部積蓄，加上我對這間公司的商品實在存有疑慮，我恐怕沒辦法答應你。」

我開始著急起來，原本以爲以我和小賴的交情，肯定能順利談成，沒想到結果會是這樣！

「我明白你的疑慮，也能理解你沒辦法放心把全部的積蓄交給我，但我可以跟你保證，我身邊的同事賣出同類型的商品，都有順利爲客戶賺到應有的利潤，我是看過實例才推薦給你的！畢竟我也不希望拿自己的朋友去冒險嘛。」我嘗試做最後的掙扎，希望小賴能回心轉意。

但我說了謊，我從來沒看過任何買這類商品的客戶有拿到約定好的報酬。

雖然心裡不安，但眼看只差這一步了，我不願就此放棄。

我不是個壞人，也從未有過想欺騙他人的心態。我只是想有一份穩定的工作，能順利達到業績目標，回到以前不用爲錢煩惱的日子。

我只是努力想活下去而已。

小賴看我如此自信的保證，而且他知道這份工作對現在的我來說非常重要，所以他的態度似乎開始軟化。

「雨澈，我們認識這麼多年，我相信你是值得信賴的人，看到你這麼有信心地向我保證，即使我心中還是有一些不安，但我願意相信你，因爲我知道你是一個善良的人。」

當他簽字的那一刻，我激動地握著他的手，今天終於邁出第一步了！雖然只是一小步，但在面臨了無數次的挫折和失敗後，再小的成就對我來說都是無比振奮的強心針。

小賴看我如此欣喜的樣子，也爲我感到開心，最終我們在咖啡廳門口道別後，便各自往不同的方向離去。

當時的我沉浸在喜悅之中，怎麼也想不到那將是我最後一次見到小賴。

不知道在長椅上坐了多久，一個陌生男子朝我走來。

「你是這間公司的員工嗎？叫你們的負責人出來！」我猜是我腰間繫著的員工證，才讓他猜到我是諾普斯的員工。

我沒有理會他，正打算重新進入回憶裡時，他一把揪住了我。

「你們這些沒有良心的人！不知道騙了多少人的血汗錢，每一個人都是相信你們，相信這間公司，才把自己辛辛苦苦賺來的錢交給你們，結果呢！公司突然說倒就倒，現在連一個能負責的人都找不到，把我的錢還給我！你們這些騙子！」他一邊抓著我的衣領，一邊用手上緊抓著的報紙敲打我，我用盡全力推開他，那名男子因重心不穩狠狠地跌坐在地上。

「你不要太過分了！找不到負責人的不是只有你一個，我也是這場騙局的受害者啊！你敢再動手，我就立刻報警了！」他失魂落魄地垂著頭，緩慢地站起身來，接著把手中的報紙用力丟在我身上後，便黯然離去。

我攤開那份報紙，頭版上的照片跟我眼前這棟建築長得一模一樣。

二〇〇八年九月二十四日

投資詐騙！以高報酬為餌吸引受害人投資詐騙金額恐達上億元

知名投顧公司驚傳詐騙案，位於台北市××路上的諾普斯國際投顧公司，長期以高報酬且低風險的話術吸引投資人投入大量資金，然而卻從未買入任何相關的投資標的，公司負責人在今日突然宣告公司倒閉，接著便失去蹤跡。警方目前正全力追查當中，該公司所在的大樓均門鎖緊閉，無法確認公司目前內部的狀況。

我看著眼前緊閉的大門，心中煩惱的不是好不容易找到的工作就這麼沒了，而是對小賴的愧疚和自責。

我看了看手機，從今天一早小賴已經打了五通電話給我，但我都沒有勇氣接，我還沒有準備好面對這一切。

或許我一輩子都無法準備好，一輩子都要活在這種逃避責任的生活之中。

我反覆思考當時拼命說服小賴的樣子，當時的我真的錯了嗎？

我不過是跟吳哥還有以前藍岸的其他人一樣，爲了活下去而努力奮鬥著，雖然帶點謊言的成分，但那都是爲了在這世界上生存，而不得不說的謊不是嗎？

在一般人的世界裡，光是活下去就要費盡全力了，偶爾存在一些必要的謊言讓日子能稍微輕鬆一點，不至於算是十惡不赦的大罪吧？

小賴會過得很好的，畢竟他這麼優秀，這筆錢他很快就能再次存到，他的生活不會因此這件事情而變得困難。

我在心中反覆地安慰自己，試圖消弭心中源源不斷的罪惡感。

公司從事詐騙的事情被披露後，小賴一直試圖聯繫我，但我始終沒有勇氣接起他的電話，我不但沒辦法賠償他的損失，我更害怕面對好友對我的責怪及失望。

但昨天我的手機卻一整天都毫無動靜，看來他終於放棄了。

終於對我這種人感到心灰意冷，我們多年的友誼就這樣走到盡頭，一切都毀在我自己的手上。我知道我沒有資格再當他的朋友，我只希望他能從這次的難關中振作起來，即使以後不再聯繫，我也相信他能靠自己過好接下來的日子。

然而今天早上我一翻開報紙，竟然看見了小賴的消息。

二〇〇八年十月三日

民宅氣爆造成兩死！疑因財務問題開瓦斯自殺

台北市一處巷弄內驚傳氣爆意外，經消防人員初步調查，懷疑是民宅住戶自行引爆瓦斯試圖自殺。經了解，該住戶為一名賴姓男子與其母親同住，賴男工作穩定且薪資優渥，但近期疑似被捲入投資詐騙，造成鉅額損失。其母親又長期有精神疾病，在聽聞兒子遭受詐騙使得多年努力均付諸流水後，一時無法控制情緒，衝動引爆瓦斯試圖輕生，才造成這起兩死的悲劇。

即使再也當不成朋友，也希望他能夠好好的，沒想到小賴就這樣離開這個世界了。

而這一切都是我的錯。

從小賴離開那天到現在，已經經過十天了，我一直把自己關在家裡，大部分時間都躲在房間，現在的我連走出門的勇氣都沒有了。

即使沒人知道，我還是會想像路上的每一個人都對著我指指點點，小聲地在背後罵我殺人犯。現在的我彷彿是藏在下水道的老鼠，一輩子見不了光。

但這樣的結果不也是我自己的選擇嗎？拼了命只想著活下去，而不顧良善和道德。就像是那些藏在城市底下的老鼠一樣，雖然每天翻翻垃圾也能填飽肚子，在最髒亂的地方也能勉強遮風避雨，但從此成爲了人人喊打的噁心生物，只能躲躲藏藏地活下去。

我想起以前在藍岸時的我，是如何看不起那些爲了生活而甘願向邪惡低頭的人，曾經那麼堅信善良和正義的我，卻也成爲了如此卑劣的存在。

在小賴稱之爲善良遊戲的賭局中，現在的我就是那個失去對善良的信念，而逐漸沉淪到邪惡那方的一分子。

我每天就這樣待在房間裡思考著這些往事及悔恨，要不是接到了警方的電話，我大概會一輩子就這麼逃避下去。

「劉雨澈先生是嗎？麻煩您這邊請。」警局內一位年輕的女警親切地帶著我走進一個房間內。我開始緊張了起來，警方終於追查到小賴被詐騙背後的罪魁禍首就是我嗎？難道我未來的人生不是待在自己的房間，而是在不見天日的監獄牢房內嗎？

沒多久一位中年男子走進了房間，但他客氣地請我坐下，對我似乎沒有任何敵意。

「劉先生是這樣的，有關上週發生的民宅氣爆案，我們警方在現場蒐證的時候發現了這個。」他將一份牛皮紙袋放在桌上。

「警方爲了收集資訊，因此確認了紙袋內的內容，發現裡面只有一封信，而收件人寫的正是您的大名。加上我們調閱賴姓死者的通聯紀錄，發現他不斷地聯絡您，但似乎都未接通，可能是這樣他才想用寄信的方式與您聯繫，沒想到信還沒寄出便發生這場不幸的悲劇。」

「因此我們警方才會透過賴姓死者手機內的電話號碼聯絡您，希望能將這封信交到您的手上。」那名中年男子將牛皮紙袋推到我的面前，接著向我點了點頭後，便離開辦公室了。

我用最快的速度趕回家，迅速衝回房間並關上了門，接著拆開那份牛皮紙袋。

雨澈：

我看見新聞上的消息了，也很遺憾這樣的事情發生在你身上，明明你是那麼期待在新工作上好好表現，老天卻再一次讓你遭遇挫折。

我想找你出來聊聊，好好安慰你，但無論我怎麼打，電話那頭卻永遠無法接通。我猜你可能因為我的積蓄在這次事件中付諸流水而感到自責，甚至害怕我會責怪你。

我能理解你會有這樣的想法，但我多希望你能接起電話，好讓你知道我一點都不怪你。早在你跟我介紹那些商品時，我就知道其中必定帶有詐騙的成分在，但就在你經歷了無數次職場挫折後，我已經好久沒看到你閃著興奮神情的眼神了，我不想澆熄你這份熱情和鬥志。我並不在乎損失多少錢，我只希望你能保有過去那樣單純的勇氣和善良的心。

還記得我跟你說過，我媽媽是個童養媳，在親戚間長年的歧視和欺負下，現在的她有非常嚴重的精神問題，我必須花很多時間照顧她，每當我看到她再次焦慮恐慌時，我總是想著，如果她過去的人生能夠多發生一件美好的事情，如今的她會不會也能擁有快樂的人生呢？

於是我想起那本日記。

此時此刻，在遙遠的日本或許也有正在煎熬中掙扎的家庭，倘若一枚代表付出及榮耀的勳章能帶給他們一些力量和溫暖，去面對現實的殘酷與難關，或許能因此拯救一個痛苦的家庭。

我永遠記得高中時我曾經對你說過：「能夠做到無私地為他人付出一切，那真的是一件很偉大的事情。」

我至今仍然是這麼想的。

我相信你的正義和善良會引領你做出正確的選擇。

期待我們再次相聚的那一天。

小賴

※

凌晨的空氣不知道爲什麼，總是比白天時來的清新。我拖著行李箱走在空無一人的夜色之中，裡頭裝著今天從銀行裡領出的剩餘積蓄，還有爺爺的日記本。

我走進機場大廳，排隊等待領取登機證時，後方一位西裝筆挺的中年男子輕拍了我的肩膀。

「年輕人，一個人出國玩呀？」

「不，您誤會了，我並不是要去旅遊。」

「不是旅遊，難不成跟我一樣是去工作呀？」他拍了拍手上昂貴的公事包。

「也不是，我是去送一件東西的。」

「送東西？這種事情寄快遞不就好了嗎？幹嘛還自己跑一趟。」

「因爲我其實並不知道對方的住址，因此想親自跑一趟，並親手將東西還給對方。」

那位中年男子對我搖了搖頭，「我說呀，年輕人，現在不景氣的情況下生活越來越不好過了，與其花時間做這種事情，不如好好工作賺錢。像我這次就是要去談一筆大生意，這次要是談成了不知道能賺多少錢呢，有錢之後就不用再爲生活煩惱，能夠去做一些更有意義的事情，這是我身爲過來人的建議，要好好聽進去呀！」

我對他笑了笑，「謝謝您的建議，我並沒有像您一樣有錢，但我已經在做更有意義的事情了，祝福您旅途愉快。」接著我向他揮了揮手，往登機門的方向走去。

凌晨的空氣逐漸變得冷冽，這個夜晚冷清地讓人感到緊張不安。

一架班機在黑夜裡緩緩起飛，獨自從台灣往日本的方向飛去。

善良之必要

在井風町，沒有一個人不知道梅川。

那是一條從琵琶湖流出，最終注入大阪灣的河流。由於井風町的地理位置正好就在出海口，因此原本又窄又湍急的梅川在流入町內時，流速已經變得十分緩和，溫柔地流過井風町內每一戶人家的日常生活，每位居民的記憶中一定或多或少都有這條河流的影子。

但比起梅川本身，這個地方更廣爲人知的是河流兩側的步道。三十年前大阪舉辦萬國博覽會時，爲了吸引來自世界各地的遊客來井風町觀光，公所決定號召當地的居民，大家一起在梅川旁種了一整排觀賞用的梅花樹，這也是爲什麼這條河流如今被稱之爲梅川的原因。

每年梅花盛開時，整條步道都可以聞到清幽的香氣，因此人們爲這條路取了一個典雅的名字：踏香小徑。

踏香小徑不只在井風町內十分出名，連居住在日本各地的人也都知道這條步道，因爲曾經有一段時間，踏香小徑的名號經常出現在各大報紙版面上，不過上報的原因跟梅花盛開的優美景致毫無關係。

大家都說這個地方鬧鬼。

首先是在小徑旁的商店街裡營業的居酒屋老闆，他通常是在午夜十二點打烊，但有一次因爲把重要的東西忘在店裡，於是又回去一趟。正當他拿完東西準備回家時，發現對面的梅花樹旁似乎有人影，他心中暗自奇怪，這個時間整條商店街的店都已經關了，怎麼還會有人在呢？

正當他擔心對方是不是需要幫助時，突然聞到一股刺鼻難聞的味道，他忍不住打了一個大噴噓，對面的身影察覺到有人，便立刻往商店街另一頭的方向跑去。居酒屋老闆這才意識到或許是來偷店家東西的小偷，於是趕緊追了過去。

「商店街另一個方向是條死路，所以我還以爲一定能將他逮個正著，沒想到卻一個人影也沒有，對方就這樣憑空消失了。」隔天居酒屋老闆跟商店街的其他人說了這件事情，大家也反覆搜尋了好幾次，卻都一無所獲。

正當大家都以爲是老闆眼花的時候，又出現了第二位證人。

就讀附近女子大學的兩名大學生，某日在商店街的酒吧喝完酒準備回宿舍，經過踏香小徑時，突然聽見哐啷一聲，像是金屬敲擊般的清脆聲音，把她們嚇了一大跳。

「畢竟當時都那麼晚了，整條商店街的燈都是暗的，周圍一點人影都沒有，突然發出那麼大的聲響，怎麼可能不被嚇到嘛！一開始我們還以爲是有招牌掉落，但搜尋了沿途店家都沒有發現異狀，不知不覺就走到了商店街盡頭的死路。」兩名女大學生隔天仍心有餘悸地說道，「正當我們準備回去的時候，忽然聽見一陣低沉的笑聲，但周圍的店家明明都已經拉下鐵捲門了，而且踏香小徑的盡頭是一片荒廢的空地，根本沒有讓人躲藏的地方，不知道究竟是誰發出的聲音，再加上上次聽到居酒屋老闆也在這裡遇見奇怪的事情，我們就嚇得趕緊逃走了。」

然而事發隔天大家仍然沒有發現任何異狀，一切都像平常一樣，這些怪事也因此更加令人不安。

最後是經常光顧居酒屋的酒鬼大叔，那天跟往常一樣喝得醉醺醺地，最後不勝酒力醉倒在踏香小徑旁的花叢，當時大約凌晨一點。

忽然他從酒醉之中驚醒，發現自己周圍竟煙霧繚繞，河川旁的梅花隨著雲霧緩緩搖動著，彷彿像是活了過來一般，婀娜多姿地跳起舞來。酒醉大叔還以爲自己身處什麼神奇的幻境，於是開心地手舞足蹈了起來。

但隨著醉意消退，他才隱約察覺不妙。

——這麼多的煙，該不會是附近哪裡失火了吧？

原本輕柔的煙霧在一瞬間突然變得惡臭，令他幾乎呼吸不到空氣，大叔倉皇地往反方向逃去，並一邊大聲喊著：失火了！失火了！

但神奇的是，當他的呼喊聲傳遍整條商店街時，那濃厚的煙霧竟然在一瞬間全部消失了。

大叔呆立在原地，搞不清楚剛剛的一切究竟是因爲喝醉而產生的幻覺，還是這個地方眞的有鬼。

從那時候開始，不論是當地的商家，或是來旅遊的觀光客，都會刻意避開踏香小徑和商店街的盡頭，原本還有一些在商店街盡頭營業的商家，最終也因爲人潮急遽衰退而關門大吉。

在井風町，沒有一個人不知道梅川。更沒有一個人不知道深夜鬧鬼的踏香小徑。

※

「千代！妳看這個！」公所的寧靜被渡邊由里子的呼喊聲打破，她興奮地拿著一個閃閃發光的東西，對著旁邊座位的同事晃了晃。

齋藤千代原本正在專心處理手上的事情，卻突然被由里子打斷，於是轉過頭去，一臉茫然地望著她。

——千代這副呆呆的樣子真可愛。由里子在心中暗自想著。原本來有點擔心她呢，自從上次跟加藤一起去了自殺案件的現場之後，她整個人就變得失魂落魄的，也不太跟其他人說話，不知道是不是看到了什麼可怕的東西。

——不過今天的千代認真又充滿了活力，真是太好了。

「這是什麼呀？由里子。」千代好奇地盯著由里子手上的東西，那看起來是一個由鏡子組成的四方體。

「就是那個呀——在月色之下閃耀的光願之盒，當月光穿透潔白無瑕的鏡片並照亮黑暗時，心中所許的願望就一定能實現。妳沒看過那個廣告嗎？」齋藤千代看著光願之盒，她知道由里子說的廣告是什麼。

國內著名的玩具製造商推出了一款新商品，那是由六面小小的鏡子組成的四方體，並在其中一個頂點留了縫隙。廣告裡的女主角拿著這個盒子，在皎白的明月底下讓月光照進頂點的縫隙，並在光願之盒內不斷折射之後，最終照耀了眼前的黑暗，並和從黑暗走出的男主角一起幸福地生活下去。

——根本只有青春期的白痴少女們才會被這種廣告所吸引。千代心想，這種東西不過就是把幾片鏡子拼湊起來，還要靠自己打光才會有光芒四射的效果，連萬花筒都比這個有趣，什麼靠月色的光芒嘛……想也知道這是不可能的事情。

由里子都快要三十歲的人了，居然還像個小孩一樣對這種事感到興奮，千代無奈地搖了搖頭。

但由里子似乎沒有察覺到千代的不屑，而是拿出了另一個光願之盒。

「我也幫妳買了一個喔！」千代還來不及開口，由里子就將手上的光願之盒塞給了她。

「都是因為千代最近看起來無精打采的嘛，雖然不知道發生了什麼事，但還是希望千代每天都能快快樂樂的，才想說也買一個給妳，搞不好會因此發生什麼好事也說不定喔！」

千代聽到她這麼說，也不好意思拒絕，雖然她不覺得她的人生會因為這種東西而迎向光明，但由里子的這番話還是讓她感到一陣溫暖。

「謝謝妳，由里子。」

公所的服務時間只到下午五點，所以民眾通常都會選在四點半以前過來，避免排隊的人潮導致超過服務時間，因此四點半到五點之間的這半小時幾乎不會有人來，所內的每個人就會趁這個時候整理一下今天的事情，做好下班的準備。

但也有例外的時候，比如像是不了解公所服務時間的外國旅客。

齋藤千代吃著由里子帶來的鯛魚燒，一邊想著今晚的計畫，這個計畫原本是昨晚就要執行的，但因爲實在太想跟由里子好好道別，她才將安眠藥又重新放入抽屜裡。

今晚就能結束一切了。千代平靜地想著，絲毫沒有察覺到一名旅客早已進入所內，正不知所措地等待幫助。直到另一位同事慌亂地跑了過來，她才將自己從思緒中抽離出來。

「千代前輩，那邊有人需要幫助。」千代抬頭一看，原來是加藤。他跟由里子一樣都是千代工作上的同事，但兩個人的個性卻截然不同，由里子像個孩子一樣天眞又活潑，毫不掩飾自己的心情，而加藤卻膽小許多，很多時候都沒辦法自己拿定主意，因此工作上常常尋求千代的協助。

「這個時間點還有人來呀，是發生了什麼事嗎？」千代站了起來，往門口的服務台走去。

「老實說，我也不太清楚，對方似乎是外國人，雖然會說一點日語，但我實在不明白他的意思，好像是要找什麼人的樣子……」加藤不知所措地說著。

「沒關係，讓我來處理。」如果是平常，千代一定會嘟著嘴抱怨：「我的東西都收好了，加藤你不能自己想辦法嗎？」或是乾脆請他去找由里子。

但今天是最後一天在公所服務了，千代重新打起精神，打開已經闔上的筆記本，並拿起最後一個鯛魚燒。

「您好，請問有什麼能夠幫助您的呢？」千代友善地將鯛魚燒遞給對方，並打量了一下眼前這個人。她看見對方的背包上別著一些裝飾用的別針，上面寫的都是漢字，因此推斷可能是來自中國的遊客，但接著她在背包的一角看見一個熟悉的圖案。

那是一面由紅藍白三色組成的旗子，千代想起小時候那個介紹台灣高山的節目上就時常出現這面旗幟，但她還來不及回想過往的記憶，對方就開了口。

「您好，有件事情想請您幫助我。」雖然他的口音有點奇怪，但還是能明白他所說的話，千代不禁鬆了一口氣，比起那些完全不會日文的遊客，即使只會一點點也能讓溝通變得簡單很多。

對方繼續說道，「我想要找一戶姓小島的人家，但手上有的資訊不多，所以才想說這邊是否有相關的資料可以查詢，麻煩您了。」他客氣地對千代鞠躬，不好意思地來回望著公所的每個人，似乎意識到現在是大家準備下班的時刻。

小島？千代努力回想這附近是否有這戶人家，卻想不起任何有關的名字，或許他要找的人不在這個地區。但既然對方都來到公所了，還是必須盡量提供協助，尤其隻身一人來到這麼遠的陌生國度，想必有很多需要幫助的地方。

「不好意思，您是要找一位姓小島的人嗎？光是這樣可能不太好搜尋……您能再提供更多線索嗎？」

「我只知道對方姓小島，家族裡有人曾加入了軍隊，並參與過二次大戰，除此之外就沒有更多的資訊了……」

千代在心中嘆了口氣，沒想到人生的最後一天，竟遇到了如此傷腦筋的難題，她無奈地思索著。

小島這個姓氏在日本算是常見，所以光是知道姓氏就想要找到人幾乎是不可能的事情。雖然知道對方家中曾有人參加過軍隊，但這樣子的家庭在日本可是多得數不清，完全無法算是有用的線索。

既然如此也沒辦法了，只能從電腦裡的資料庫裡搜尋看看，找出可能的幾戶人家，再請對方一戶一戶去拜訪了。

千代轉頭一看，時鐘上顯示五點十分，負責操作電腦的人員已經下班了。看來只能請對方明天再跑一趟了。

「非常抱歉，所內負責搜尋工作的人員已經下班了，可能要麻煩您明天再過來一趟，我會盡量在您過來之前多收集一些訊息，好幫助您找到您想找的人。這是我的名片，我叫齋藤千代，您明天過來時直接找我就可以了。」千代順手拿起桌上的名片，並遞給了那位台灣旅客。

但一遞出名片後，千代馬上就後悔了。她忘記今天是她人生的最後一天，居然還主動答應了這種事情！

正當她為自己的魯莽感到懊悔時，對方的反應卻讓她感到意外。

眼前這個台灣旅客接過名片後愣了一下，原本疲憊但態度還算客氣的樣子，突然變得緊繃且嚴肅，甚至還帶有一絲敵意。

千代還沒搞清楚發生什麼事，對方又瞬間恢復平靜。

「我知道了，感謝您的協助，不過我手邊沒有名片，不如我把我的名字寫在紙上給您吧，我明天會再過來的，到時候再麻煩您了。」雖然嘴裡說著客氣的話，但他拿起桌上的便條紙，迅速寫下了自己的名字後，便頭也不回地離開了。

眞是個古怪的人。千代在心裡想著，並暗自後悔不該這麼輕易答應對方。

因爲那個台灣旅客的關係，千代晚了半了小時才離開公所，通常這時候她會緊張地撥電話回家，避免回家後又要面對媽媽的懷疑及質問。但一想到還放在桌上的安眠藥，她的心情隨卽放鬆了下來，那是一種卽將解脫的舒暢感。她拉下公所的鐵捲門準備離開時，才發現由里子和加藤站在她的身後。

「眞是的，原本還打算去吃那間新開的西餐廳，沒想到臨時來了個麻煩，現在這個時間過去，一定早就沒位子了。」由里子嘟著嘴埋怨著。

「別生氣了嘛，對方畢竟是旅客，提供幫助本來就是我們公所該做的呀！對了，齋藤前輩，不介意的話要不要跟我們一起去吃個飯？我們三個人好久沒有聚在一起了呢！」加藤一邊安撫由里子，一邊朝千代揮手，千代不確定他們是不是特地等她下班，不過還是點頭答應了。

最後三個人決定去常去的那間居酒屋，才剛點完餐，千代就注意到由里子似乎迫不急待想開啟話題。

或許這才是她找大家一起聚餐的目的。千代暗自在心裡猜想著。

「我就老實說了，其實今天會約你們兩位，主要是想聽聽你們的意見。」果然沒錯。

「就在幾天前，我收到了一封郵件，是一位好久不見的朋友寄來的。我們兩個人都在井風町長大，但他之後考上了東京的警校，而我留在這裡念本地的大學，我們就這樣失去了聯絡。」

「但聽說他最近考上警官，而且從東京轉調回井風町了。我原本想找個機會再次聯絡他，沒想到居然先收到了他的郵件。」由里子開心地笑著。

「哦，由里子，妳該不會是喜歡對方吧？」千代一下子就說出了由里子心中所想的事情。她實在是太好猜了。像由里子這樣的人，喜怒哀樂全寫在臉上，一點也不懂得遮掩，心中在想什麼一眼就被別人看出來了。

但也許是因爲她從小到大都沒有什麼需要掩蓋的事情，所以卽使被人看穿內心也不會覺得不安，雖然由里子總是傻呼呼的樣子，但千代竟有點羨慕這樣的她。

「哎呀，千代妳先讓我說完嘛！」由里子因爲害羞而提高了音量，「不過被妳猜對了，其實我從以前就很喜歡他，只是一直不敢表白心意。現在他主動聯繫給我，甚至問我要不要一起見面吃個飯，我當然不會放過這個大好機會，不過……」由里子的表情突然僵硬了起來。

「怎麼了，渡邊前輩，難道妳是因爲卽將見到好久不見的暗戀對象而感到緊張嗎？」加藤戲謔地對著由里子說道，由里子生氣地踩了他一腳，但臉上早已漲得通紅。

「眞沒想到由里子也有這種煩惱，妳平常不是個有話直說，喜怒形於色的人嗎？」

由里子此時卻嘆了一口氣。

「妳們眞的相信，那就是眞正的我嗎？」她的神情突然變得落寞，千代沒料到她會有這種反應，難道由里子心中也藏著難以說出口的祕密嗎？

「這麼說吧，人與人之間之所以能互相溝通，那是因爲雙方處於一個平衡的狀態，沒有人特別突出或是特別差勁，在這樣的環境下大家才敢暢所欲言。」由里子繼續說著，「但對有些人來說，要說服自己跟大家一樣好不是一件容易的事情，簡單來說就是內心有強烈的自卑感。比起談論的話題，更在意的是我說出來的內容會不會不夠有趣？是不是講錯話了？甚至爲了彌補自己的自卑感，會刻意做出一些古怪的舉動或提出奇異的想法，好讓人覺得自己跟其他人與衆不同，是個特別的人，透過這種方式掩蓋自卑，最後在不知不覺中，連原本的自己長什麼樣子都忘記了，追求成爲他人眼中特別的存在，而並非眞實的自己。」

「老實說，我就是這樣子的人。」由里子露出無奈的笑容，「或許是因爲這樣，雖然感覺跟每個人關係都很好，我卻很難眞正與人交心。」

加藤因爲由里子這番突如其來的坦白而顯得慌亂，但千代卻很能理解由里子的心情。想到自己一直以來都被掌控的人生，完全沒有自己做決定的機會，更不可能培養獨立自主的個性。因此很容易因爲別人的一句話就質疑自己，最終養成了在團體中只懂得討好大家的可悲角色。

活下去！只要能活下去就好！

如此渺小的目標卻是我和由里子這樣的人唯一能追求的人生。

「不過呀。」由里子又恢復了笑容，「我是眞的把千代當成好朋友在對待喔！總覺得在千代面前可以不用顧忌這麼多，想說什麼就說什麼，因爲我知道千代不會因爲我說錯什麼就改變對我的看法，這一點是眞的很感謝呢……好啦，加藤也是啦！」加藤正嘟起嘴準備抗議，由里子才趕緊補上最後一句，千代忍不住被他們之間的互動逗得哈哈大笑。

「其實也是因爲這樣，我才去買了這個。」由里子拿出早上給千代看過的光願之盒。

「難道妳眞的以爲可以跟廣告一樣，在月光下透過這個盒子實現自己的願望嗎？」千代微笑看著由里子，眼前的她就像著個煩惱著愛情的高中女生，眞是太可愛了。

「沒有啦，我當然知道這種事情是不可能發生的，但只要看到這個盒子，就會讓我提醒自己要更努力，每天都前進一點點，或許最後眞的能實現自己的願望也不一定呢！」

「哦！所以渡邊前輩的願望是希望能跟那位警官在一起嗎？」

由里子卻搖了搖頭，若有所思地看著手中的光願之盒。

「我的願望是希望能找到眞正的自己，不必再迎合任何人，眞心地與每個人相處。」

千代想著過往的一切，想著媽媽、老爺爺、衫崎，躺在地上的女大學生，還有放在桌上那一堆藥丸。

這種事情眞的能做到嗎……？

回到家的時候已經十點多了，果不其然又挨了媽媽一頓嘮叨。千代沒有跟她說今天遇到的那位台灣旅客，雖然如果是媽媽的話也許會知道一些訊息，畢竟這裡是她從小生長到大的地方，但她勢必又會問東問西，加上今天又這麼晚回家，千代不想加深她的懷疑。

回到房間之後，千代腦中還在思索著由里子今天說的話。

也許不是只有自己，每個人或多或少都有一些自己的掙扎和難題，即使平常看不出來，那也只不過是偽裝得很好罷了。

但不需要偽裝就能活下去的人生，真的存在於這個世界上嗎？

這是由里子的願望，而且她真的相信有一天能達成這個心願。千代拿出由里子送她的光願之盒，並對著那個閃閃發亮的小盒子發呆。

——如果真的能實現，那我的願望是什麼呢？

她思考了好久，卻找不到答案。正當她準備把光願之盒收起來時，才發現一張紙條躺在地面上，應該是剛剛拿出盒子時一起掉出口袋的。

她認出那是公所的便條紙，雖然不懂中文，但千代還是勉強能認出幾個漢字。

劉雨澈？不知道用日文該怎麼發音。她一邊端詳著這個名字，一邊想著今晚原定的計畫。

千代看著桌面上的安眠藥，又看向地上的紙條。雖然只是一件小事，不過既然都答應對方了，也不好意思就這樣一走了之，就當作是給這個世界最後的一點付出吧。

她將桌上的藥丸重新收拾好，並放回抽屜裡面。

※

這個地方還是一樣平靜。

大野雅彥一個人坐在巡邏車裡，看著車窗外緩緩飄落的梅花。雖然梅川河畔比起小時候多了很多觀光客，但熟悉的家鄉感依舊沒變。

放學後跟著朋友一起在河邊玩耍，在梅花樹下互相追逐著。商店街的叔叔阿姨們熱情地請吃點心，玩累了就各自回家，等待明天再次見面。

這樣的生活雖簡單而快樂，但不知道從什麼時候開始，大野雅彥對這樣日復一日的生活感到厭煩。隨著時間一年年過去，井風町也陸續開了好幾間知名連鎖餐廳，甚至有大型百貨商場進駐，但他卻仍感覺生活一成不變，困在這個小小的鄉鎮裡，不論有多大的夢想都無法實現。

——總有一天我會離開這裡，我想去大城市看看！他記得當時是這麼對渡邊由里子說的。

他們從小一起長大，小學中學都唸同樣的學校。由里子的個性很膽小，但是個非常善良的人，大家一起玩鬼抓人遊戲的時候，她總是在一旁靜靜地看著，如果問她要不要一起玩，她的臉就漲得通紅，然後害羞地跑開。

但每當有人在追趕中不小心跌倒的時候，由里子總是第一個跑過去關心。

雖然成績不是特別突出，更不是團體中的焦點，但卻有顆善良的心。這一點深深吸引了雅彥。

但眞正讓他們更靠近彼此的，是那年在慶典上發生的事。

井風町每年最盛大的活動，莫過於夏季的廟會慶典。差不多從中午開始，商店街的店家們就會開始著手準備，一直到下午四點整個慶典活動才正式開始。

小學的放學時間差不多是三點左右，所以大家一下課就衝到梅川旁的踏香小徑集合，興奮地等待廟會開始，而由里子跟往常一樣躲在梅花樹下，靜靜地跟在大家身後。

那一年最受到期待的，是那隻十米高的巨大梅花鹿。

梅川潺潺流過井風町的優雅景象，搭配春末梅花散落在踏香小徑的哀愁感，吸引了不少全國各地的藝術家來此定居，有擅長繪畫、玻璃彩繪、陶瓷製品等等各種藝術創作者，他們儼然成爲町內的新住民。

既然身爲井風町內的一員，他們對於夏季的廟會慶典也同樣感到期待，於是好幾個人自告奮勇想發揮他們的藝術才能，爲大家帶來一場難忘的慶典。

最終他們做出了一隻巨大的梅花鹿，內部複雜的機械裝置讓它不但可以從商店街口一直走到踏香小徑的盡頭，行走之間還會搭配許多活靈活現的動作，就像是一隻眞正的梅花鹿一樣。

而在鹿的兩旁則是安排了煙火表演，隨著隊伍的行進施放不同種類的煙火，整個廟會將會充斥著絢目的光芒和華麗的表演，這是井風町內第一次舉辦如此盛大的慶典，所以大家都很期待。

隨著太陽逐漸落下，整個慶典也正式拉開了序幕。由公所人員和商店街店家所組成的隊伍站在遊行的前方，身上穿著井風町的傳統服飾，和服上印著以粉色染料所繪製的梅花圖案，搭配充滿活力的歌唱聲，一下子就把氣氛炒熱起來。

負責施放煙火的隊伍緊跟在後，他們會在遊行隊伍到達前就在街道兩側先安裝好發射器，等隊伍一經過時，就會同時施放煙火，讓現場維持著興奮高漲的氣氛。

雅彥和其他朋友一起擠在街道兩側，滿心期盼著那隻巨大的梅花鹿。在滿是裝飾的花車隊伍通過之後，梅花鹿的身影終於出現在衆人面前。

雖然早就知道有這項表演，但高達十公尺的巨大裝置展現在衆人面前時，大家還是被它的宏偉所震撼，所有人的目光全都集中在它的身上。巨大的煙火爆炸聲也在這時響徹雲霄，梅花鹿的口鼻噴出了乾冰做成的煙霧，周圍的觀衆瘋狂地跟著它往前跑去，雅彥和其他孩子也在人群中穿梭推擠著，就爲了更清楚地欣賞那個巨大的梅花鹿裝置。

由里子受到現場的氣氛感染，也興奮地蹦蹦跳跳著，但面對如此龐大的人群，她仍然膽怯地站在最後面，一個人在梅花樹下開心地跳起舞來。

爲了看見梅花鹿，由里子一直抬著頭，所以才沒注意到腳下的某個東西，她只聽見一個金屬碰撞的聲音，接著便整個人跌坐在地上，她感到大腿一陣劇痛，才發現腿上流了好多血。

由里子忍著疼痛，扶著一旁的梅花樹努力站了起來，才發現她撞到的東西是施放煙火的隊伍在路旁兩側放的發射器，由於梅花鹿已經離開這個區域，所以煙火也早已施放完畢，街道旁只留下了一排空的鐵盒。

除了由里子不小心踢到的這個鐵盒，此刻它正冒出濃濃的煙霧。

她還沒有意識到這是發射失敗的煙火，鐵盒內就開始爆出火星，零碎的火焰點燃了滿地凋落的梅花瓣，很快就引起了小型的火苗。

由里子很想逃跑，無奈腿上的傷讓她幾乎無法行走。

「失火了！」她大聲呼喊著，希望能引起周圍人潮的注意，但大家都陷在狂樂的慶典之中，沒有人聽見一個年幼小女孩的求救聲。

眼看火勢逐漸變大，濃煙也嗆得由里子幾乎無法呼吸，她害怕地顫抖著，口中仍不斷喊叫著。

「這裡失火了！有沒有人來救救我！」她崩潰地大哭起來，眼前因為濃煙和淚水而逐漸變得模糊，雙腿不聽使喚地癱軟著，即使沒有受傷，現在的她也無力逃出火場。

在很短的時間內，火勢就從原本的零星火苗變成熊熊烈火，圍觀的群眾這時才意識到危險，紛紛嚇得往街道的另一側逃離。

只有大野雅彥一個人衝進火場，背起已經陷入昏迷的由里子。商店街的攤商們見狀，趕緊組成一支救火隊伍，合力傳遞著水桶，試著控制火勢。原本在指揮交通的警察們看見雅彥一個人衝進火場裡，也趕緊跟了過去，最終順利救出雅彥和由里子。

所幸起火地點離各攤商很近，所以大大提高了傳遞水桶的效率，加上消防隊很快就趕來撲滅火勢，才沒有造成更大的損害。

醫護人員細心地幫由里子包紮傷口，同時也檢查雅彥是否有受傷，雖然兩個人都沒有受到太大的傷害，但爲了保險起見，醫護隊還是決定送兩人到醫院做更詳細的檢查。

上救護車之前，由里子看向同樣躺在擔架上的雅彥，用微弱地聲音對他說：「謝謝你。」雖然她的聲音小到讓人聽不見，雅彥仍對她露出了微笑。

那一次意外之後，大野雅彥就決定長大後要當警察。

但多年以後，當他拿著東京警察大學的錄取通知，興高采烈地給由里子看時，她卻掉下了眼淚。雅彥還沒來得及弄清發生了什麼事，由里子就氣憤地跑開了。

那是他們在井風町的最後一次見面。大野雅彥搖下巡邏車的車窗，想讓窗外清新的微風喚起更多屬於這個地方的回憶，但不論怎麼回想，他想到的都是由里子。

她一定是怪我丟下她一個人。雅彥回憶著他們的最後一面。原本念完大學便打算留在東京的派出所服務，他已經很習慣大都市的步調和生活，雖然偶爾還是會想起井風町，但他從不後悔離開這個地方。

然而卻發生了他意想不到的事情，雖然畢業後如願被分配到位於東京鬧區的單位，但才上任不到兩個月，就又收到新的人事命令，他即將被轉調到大阪的單位服務，而且服務的地點就是自己的家鄉。

正式通知發布下來時，不只一個同事對著他說：雅彥，上頭該不會是要派你去調查那個傳說中鬧鬼的小徑吧？

雖然他用開玩笑的語氣說著：有可能喔！但他從一開始就對這種說法感到嗤之以鼻。什麼鬧鬼的踏香小徑，那八成是附近的大學生深夜在外遊蕩，加上當地商店街想趁機宣傳這個地方好吸引更多人潮湧入，才刻意捏造的無稽之談。

在簡短跟上級談話過後，大野雅彥便回到宿舍把所有東西都收拾好，並買了兩天後往大阪的車票。

他回到井風町後最想做的事，就是再次見到渡邊由里子。

※

從車站出來步行十分鐘，就能抵達那間臨時才訂到的商務旅館，雖然價格比其他間來得高一些，但在入住前兩天還有空房的只剩下它了。

然而當劉雨澈走出車站後，卻沒有往旅館的方向走，而是呆呆地站在原地，想著今天在公所遇到的那個人。

齋藤千代，齋藤……？

他反覆思考著這個名字。雖然知道齋藤在日本算是蠻常見的姓氏，卻還是讓他想起那本日記裡提到的指揮官。

從台灣啟程前往日本的路上，劉雨澈又仔細把日記看了一遍。原本只覺得裡面記載的是一件戰爭時發生的平常故事，但當他看著那個藏在日記本中的勳章時，才逐漸明白爺爺之所以希望這枚勳章能歸還給小島先生的家人，或許不只是因爲奪走不屬於自己的榮譽而感到虧欠，更多的是對於小島先生犧牲自我的行爲感到認同及感激。

這枚勳章代表的從來就不是在戰場上所展現的英勇，而是無私的付出及奉獻。

他這才明白爲什麼小賴會這麼希望他到日本來完成爺爺的遺願，同時也讓他更加好奇，那位小島先生的家人究竟是些怎麼樣的人？他只希望對方不會在得知這段往事後，對於爺爺不義的行爲感到怨恨。但不論如何，都應該將勳章歸還給他們，畢竟那是屬於小島先生的榮譽。

現在的問題是，那位小島先生的家人到底在哪裡？

他決定把這個問題留到明天，齋籐小姐答應會幫他查閱電腦的資料，看看能不能找到一些有用的資訊，或許還能順便打探一下她跟那位齋藤指揮官究竟有沒有關係。

有了昨天的經驗，劉雨澈一大早就來到公所。千代和由里子正興奮地聊著昨晚的話題，時不時還咯咯地笑了起來，直到千代瞥見一直在站門外的雨澈，才不好意思地趕緊上前。

「劉先生，眞是抱歉，沒想到您今天這麼早就來了。」千代紅著臉，暗自想著剛剛失態的模樣是不是全被看到了，眞是丟臉。

「別放在心上，看妳們聊得這麼開心我也不好意思打斷。對了，我記得妳昨天提到有一位能夠幫忙查找資料的人員……？」

「啊，是的，這邊請，我帶您去找鈴木先生。」

劉雨澈跟著千代走上往二樓的樓梯，有別於一樓開放式的空間，二樓的格局顯得單調很多，一條長長的走廊，兩側是一間間長得一模一樣的辦公室。千代走到某間辦公室的門口，並敲了敲門。

「是誰呀？」裡頭傳來一個沙啞但中氣十足的聲音。

「鈴木先生！我是千代，還記得我稍早跟您提過的事情嗎？有位旅客想要查一下我們這個地區的戶籍資料。」

「啊，記得記得，請進來吧。」千代推開了門。

辦公室內沒有太多擺設，只有一張辦公桌和好幾個金屬層櫃，辦公桌上也只有一台電腦和一些文具。一位看起來至少有六十歲的老頭子正戴著老花眼睛專注地操作電腦，他正是鈴木先生。

劉雨澈對於鈴木先生年紀竟這麼大而略感驚訝，一般來說，都是年輕人會更懂電腦這一類的東西吧？他眞的有辦法幫忙找到有關小島先生的資訊嗎？

「我知道你在想什麼，不過你大可以放心，這件事情交給鈴木先生準沒錯。」千代察覺到他的反應，於是在一旁說道。

「以前公所的資料都是採用紙本記錄，但隨著科技進步，大家開始覺得紙本既不方便查閱，管理起來也麻煩，所以決定將這些資料建成檔案保存在電腦裡，爲此還在社區活動中心開了相關的課程，我當時也去上了呢。」鈴木先生頭也不抬地說著。

「鈴木先生可是班上第一名畢業的喔！所以就被邀請到公所，幫忙把這個地區的戶籍資料都轉移到電腦裡頭，沒有比鈴木先生更適合做這件事的人了。」千代在一旁補充著。劉雨澈因爲自己的心思被對方發現而感到不好意思，但聽他們這麼說完，他心中的疑慮便一掃而空，或許鈴木先生眞的能幫助他找到小島先生的家人。

趁著鈴木先生搜尋的時間，千代才第一次好好觀察眼前這位台灣旅客，他跟以往遇到的外國旅客比起來很不一樣，以往這些旅客不是來問路，就是來詢問有沒有什麼推薦景點。只有他身上毫無旅遊玩樂的氣息，看來那位小島先生對他來說眞的很重要，在公所工作這麼多年，這種特地從台灣到日本找人的奇怪旅客還是頭一次遇到。

說到台灣，千代想起小時候看過的電視節目，媽媽還因此規劃了登山之旅，雖然遇到了那樣的事情，卻不減她心中對高山壯闊景象的嚮往，對她來說那一直都是自由的象徵。

「請問……您說您是從台灣來的對嗎？」千代小心翼翼地開口問道，雖然對方的態度一直都很客氣，但千代總覺得對方似乎刻意跟她保持距離。

「是的，您去過台灣嗎？」

「沒去過，但我一直很想找機會去，尤其想去看台灣的高山，我曾經在電視上看過喔！眞的很壯觀呢！好像叫太什麼的……？」

「太魯閣嗎？那邊的的景色的確很美，我曾經去過好幾次，每次看到的風景都不一樣呢。」

「哇！那你快跟我說說，那裡的風景到底是什麼樣子！」一聽到他曾經去過太魯閣，千代彷彿回到當年，坐在電視機前一般興奮地期待著。

「大魯閣嘛，大家第一個想到的都是險峻的懸崖峭壁，或是穿流於峽谷之中的潺潺溪水，但我自己最喜歡的，是開滿整片山坡的百合花，潔白如雪的花海，充滿著高貴典雅的氛圍，日本這裡也有百合花嗎？」

「當然有！我們家的花店裡就有不少呢。好像還沒跟你提過，從車站出來往左手邊走，不是有一條商店街嗎？商店街旁有一間小小的花店，那就是我們家開的喔！」

「啊，聽妳這麼一說好像有點印象，因爲我住的旅館剛好就在那附近，的確有經過一間花店，沒想到那竟然是齋藤小姐的家。」

「叫我千代就可以了。那等你有空的時候，歡迎你來我們家坐坐，你還可以告訴我店裡哪些花也是台灣常見的，這樣就算隔著遙遠的距離，我也能想像自己身處台灣美麗的高山之中。」

「好的，我一定找時間過去拜訪。」劉雨澈禮貌地點了點頭，但沒有再繼續談論這個話題。

「哎呀，我可不覺得這是個好主意。」反而是鈴木先生突然開口，「一個陌生男人突然出現在齋藤家的花店，要是被智子看到了，你八成會被她當成騷擾千代的變態。」

「請問您說的這位智子是……？」劉雨澈好奇地問道，並轉頭看向齋藤千代。但千代獨自走到一旁，假裝沒聽見鈴木先生的話。

「齋藤智子，就是千代的媽媽。我是幾年前在社區活動中心舉辦的軍友會認識她的。她是一個很敏感的人，只要一點小事就會疑神疑鬼的，尤其是有關千代的事情。平常見到面雖然會禮貌地打招呼，卻總是給人一種充滿距離的感覺，所以我對她的了解並不是很多，只知道她對於圍繞在千代身邊的男人都充滿著敵意，所以我才說這不是個好主意。」

「不好意思，您說你們是在什麼活動裡認識的？」劉雨澈突然往前一步，千代轉頭疑惑地看向他。

「軍友會。」鈴木先生也抬起頭來，「那是公所定期舉辦給曾參與過戰爭的軍眷的活動，不瞞你說，我們家曾經也有好幾位成員參與過軍隊，還好都幸運活著回來了，但智子的父親就沒這麼幸運了……我說你呀，我在提醒你小心引起智子的懷疑，結果你卻只注意到這種無關緊要的小事，眞是的！」

「啊……因爲今天第一次聽說有關千代小姐的事情，所以比較好奇一點，千代小姐，所以您的爺爺也參與過戰爭嗎？」

「好像是這樣沒錯……但我知道的其實也不多，媽媽從來不願意談論有關爺爺的事情，我只知道家裡有一塊爺爺的遺物，好像是軍中用的名牌，我知道的也僅僅是這樣而已。」

「原來如此……」劉雨澈若有所思的樣子，讓千代對這個人感到更加地好奇，他來日本找人的目的到底是什麼？那位神祕的小島先生究竟又是誰呢？

不過她不得不承認鈴木先生說的話。原來在別人的眼裡，她被媽媽牢牢掌控的事實是如此明顯，即使試著想要抵抗，但沉重的枷鎖早已在手上留下永遠的印記。

「那個……如果您不介意的話，請問我可以找個時間去您家拜訪嗎？」劉雨澈對著千代說道，雖然不知道為什麼，但千代隱約覺得他似乎對爺爺的事情特別感興趣。他曾說過那位小島先生跟爺爺一樣，也是參與過戰爭的士兵，難道他跟爺爺之間有什麼樣的關係嗎？

「當然可以，隨時都歡迎你過來，至於我媽媽的部分你不用擔心，你只要假裝成來買花的客人就好了……雖然這樣聽起來很愚蠢，但為了不必要的麻煩，還請您理解……鈴木先生！你是不是又想說什麼！」千代噘起嘴，看著鈴木先生停下手上的搜尋工作，但他並沒有理會千代所說的話。

「不。」過了好一陣子他才開口，並抬頭看向眼前的兩人。

「我找到了喔，那位小島先生。」

※

隔壁賣菜的大嬸送來新鮮的秋葵和紫薯，都是今天才剛到貨的。說是為了感謝平常的照顧，但齋藤智子根本不覺得自己有付出過什麼。

「這是什麼話，自從妳在商店街旁開了這間花店之後，好多來買花的客人也都會順道來我們店裡採買，才剛進的貨常常一下就賣光了呢，這都是多虧了妳的福。」大嬸一邊說著話，一邊將手上的蔬果遞給智子，她趕緊伸手接過，並不好意思地道謝著。

「而且呀，之前不是傳出踏香小徑鬧鬼的傳言嗎？當時商店街的大家都很害怕呢，畢竟這個地方也數十年沒有修繕，很多角落只要一入夜就變得一片漆黑。但多虧了千代和公所其他人的努力，裝設了新的路燈，現在大家都覺得安心不少呢！」

聽她這麼一說，智子才想起來千代的確說過公所正在改善商店街周邊的照明安全，沒想到這件事竟帶來這麼大的幫助。

「這是應該的，公所本來就該爲了居民服務，千代只是努力在盡她的責任而已。」雖然嘴上謙虛回應，但智子的臉上忍不住得意地笑著，每當千代被人稱讚時，她的臉上都會浮現那樣的笑容。

「自從那樣的事情發生之後，我常常提早收攤回家，就怕待得太晚，那些可怕的遭遇可能就發生在我的身上，一想到就令人毛骨悚然，請你們也要多加小心。」

「我知道了，謝謝妳的提醒。」智子送賣菜的大嬸離開後，將蔬果一一放到冰箱裡，腦中還沉浸著市場居民對千代的讚美和感謝。

——當初要千代留在井風町工作果然是對的。智子得意地想著，這裡不但是千代從小生長的地方，周圍的街坊鄰居也都很疼愛她，最重要的是，這裡有媽媽的保護及照顧，根本沒有必要離開這麼完美的地方。

智子對現在的日子很滿意。等了這麼多年，她終於能過上自己一直渴望的生活，有一個完美無瑕的家庭。

她在心中深信不疑，這一切都是她長久努力所得到的回報。

智子抬頭看了時鐘，已經接近千代下班的時間了，雖然平常她都會準時回到家，不過昨天卻比平常還晚回家，智子還擔心地差一點就要出去找人了。

她說是跟同事去吃飯了，但願眞的只有這樣，畢竟公所裡有些臭男生整天圍繞在千代身旁，一不注意千代可能就會被這些人給騙走，我絕不允許那種事情發生！智子心想著。

但聽到剛剛大嬸說的話，她又覺得或許千代只是在爲了讓這個地方更好而留下來加班，一想到這裡，她又再次露出了滿足的笑容。

「小島久美。在三年前曾經來公所辦理過業務，我看看……當初是來辦理戶籍轉移，看起來是要搬家的樣子，原戶籍從大阪轉移到和歌山……眞是遺憾，看來你要找的人已經不住在井風町了。」

鈴木先生將電腦螢幕轉過去給劉雨澈看，上面充滿了密密麻麻的資料，但在頁面的最底下，的確出現了小島久美這個名字，旁邊的註記寫著：戶籍已遷出。

根據日記裡提到類似梅川的河，加上這裡也的確曾住過小島家的人，雖然對方已經搬家了，不過這位小島久美小姐很有可能就是他要找的人。

有了這個資訊，劉雨澈頓時感到信心大增，在那之前他甚至懷疑自己會不會永遠都找不到小島先生的家人，如今隨著線索越來越多，他感覺自己正一步步朝目標前進著。

「原本還以爲能順利找到人，沒想到居然搬到了其他地方，眞是可惜呀！」千代卻露出了失望的表情，雖然這件事情跟她無關，但她也開始對小島先生的事情感到好奇，不禁想知道背後究竟有什麼樣的故事，以及爲何劉雨澈如此執著地想找到小島先生的家人。

「沒關係，至少現在知道對方在和歌山了，感覺這一次一定能找到小島先生的家人，鈴木先生，齋藤小姐，實在很感謝你們的幫助，那我就先離開了。」在跟他們道謝之後，劉雨澈便走出了辦公室，千代連忙跟在他的身後。

「等一下！」千代叫住了他，「雖然這件事情跟我無關……但我實在很好奇你爲什麼想找那位小島先生的家人，是有什麼特別的原因嗎？」

劉雨澈因爲這個突如其來的問題而愣了一下，不過想了想，這幾天一直拜託齋藤小姐幫忙找人，對方會對背後原因感到好奇也是正常的。

但齋藤這個姓還是讓他有所疑慮，加上千代的爺爺也的確曾經參與過戰爭，如果她的爺爺眞的是那位齋藤指揮官的話，告訴她眞相或許只會對她的家庭造成傷害，畢竟日記裡記載的那位齋藤可是做了不太光彩的事，甚至最終爲了保全自己的性命，而不惜殺害自己的同袍。

他不想節外生枝，所以打算推託這個請求。

「這個嘛……雖然十分感謝齋藤小姐的幫忙，但是這件事情背後的原因可能不太方便透露，還請您見諒。」說完，他便客氣地對千代鞠躬，接著轉身準備下樓。

「什麼嘛！你這個人怎麼這樣！」千代一聽他這麼說，忍不住發起火來，「都盡力幫你到這種地步了，現在得到自己想要的資訊之後就打算一走了之嗎？雖然表面上客客氣氣的樣子，但你的內心其實充滿著防備對吧？還有，我可是有把你的事情當作一回事的，而不僅僅是當成工作，所以不要再那麼見外地叫我齋藤小姐了，叫我千代！聽到沒有！」

劉雨澈被千代的斥責嚇了一跳，他沒想到對方會有這麼強烈的反應。原本他只把千代當成公所的行政人員，出自於對職業的責任才幫他做這些事情，但沒想到千代對這件事的在乎程度超越了他的預期。

看劉雨澈不說話呆立在原地的樣子，齋藤千代更是看不順眼，於是接著說。

「既然都知道人在和歌山了，你打算什麼時候去？如果你眞的這麼想找到那位小島先生的家人，那就立刻出發！不如這樣吧，我現在跟你一起去，不管多晚我們都要找到人！但作爲陪伴你的交換，你必須一五一十地告訴我所有事情，聽到沒有！」

「啊……好的，非常抱歉，那就麻煩您了，齋藤小姐……不！麻煩妳了，千代。」這種情況下實在不知道該怎麼拒絕，只好讓她一起跟來，日記的事情也只好跟她坦白了。劉雨澈在心中無奈地想著。

坐在新幹線的列車上，劉雨澈才發覺自從到了日本後，還沒有好好看過這個國家，雖然此趟旅程的目的不是爲了玩樂，但看著窗外快速飛逝的河川和稻田，他的心情頓時放鬆了不少。

加上已經掌握了關鍵的線索，很快就能見到小島先生的家人了。一想到這裡，原本平靜的心一下子又緊張起來。

他看著身旁熟睡的旅伴，露出了無奈的苦笑。這個才認識不到兩天的日本人，現在居然跟著他一起踏上這趟尋人之旅，雖然是她自己硬要跟來的。

日記的事情看來也無法再隱瞞下去了，雖然不能斷定千代的爺爺眞的就是那位指揮官，但劉雨澈心中卻隱約覺得眼前這個女孩似乎跟整件事情脫不了關係。

列車再半小時就要抵達和歌山了，齋藤千代這時才緩緩醒來。她迷糊地看著周遭的環境，過了好一會才想起來自己爲什麼會在新幹線的列車上。

「居然睡著了……明明有重要任務在身的，卻這麼鬆懈，眞是難爲情。」千代不好意思地低著頭，劉雨澈忍不住露出微笑，看來這趟旅程有個伴也是挺好的。

「沒關係，這也不是什麼多重要的事情，還麻煩妳陪我來一趟，眞是不好意思。」

「你又來了，還在把我當外人一樣用這種客套的態度嗎？而且是我自己要跟來的，一點也不麻煩！」千代雖然一副生氣的模樣，但臉上卻充滿了興奮的神情，「再說了，如果這件事情一點都不重要，你才不會特地從台灣飛到日本來找人。」

她突然坐挺身子面向劉雨澈，「現在可以說了吧，你想找到那位小島先生家人的原因。」

在背包裡翻找時，劉雨澈才突然意識到這是他來到日本後第一次拿出這本日記，或許是覺得一切即將塵埃落定，所以才將它收在背包的最底下，等待與小島家人見面的那一刻拿出。千代接過日記本，雖然看不懂上面的中文，但每一行的旁邊都有另外寫上翻譯後的日文，因此還算是勉強能閱讀。

「那是寫給小島的家人看的，原本我是打算全部翻譯完後再另外寫在其他本子上，但總感覺這樣無法完整表達出裡面記載的情感，還是要親手拿著這本日記才能體會那時所發生的一切。」

千代沒有回應他說的話，專注地閱讀日記裡的每一行字。

在列車開始緩緩駛入和歌山站之前，兩個人一句話都沒說，彷彿置身在不同的時空一般。

爲了趕最後一班列車，兩人在市區內快步走著，劉雨澈手裡緊抓著鈴木先生抄給他的地址，突然覺得此次行動有點過於倉促了，或許應該等明天一早再過來才對。

但他身旁的齋藤千代卻顯得神采奕奕，不斷催促他趕快走，但其實他們必須趕最後一班列車回到井風町，也是因爲千代的關係。

——要是我一整晚都沒回家，我媽大概會直接報警。

晚上八點，街道上的路燈和店家的招牌照亮了整個和歌山市，剛結束一天工作的上班族與前往居酒屋的酒客交錯形成流動的人潮，成爲這座城市的風景之一。大約走了半小時，周圍的景色從五光十色的主街道逐漸變成靜謐的小巷弄，途中還經過一座大橋，從橋上能遠眺漫長的海岸線及海面上船隻的微弱燈光，跟從梅川往出海口看到的景色簡直一模一樣。在無數的巷弄間穿梭後，兩人最終轉進一處老舊的小社區，裡面的房子看起來都年久失修。時間才剛過晚上九點，但周圍卻漆黑一片，也看不到任何人影。

但鈴木先生給的地址的確是這裡沒錯。雖然覺得困惑，但既然都來了，劉雨澈還是決定一戶戶尋找，看能不能找到什麼線索。千代小心翼翼地跟在他的身後，一邊低聲埋怨著：早知道對方住在這種地方，我就不跟來了。

「妳出發前可不是這樣說的，剛剛的幹勁去哪裡啦。」劉雨澈一邊戲謔地說著，一邊配合千代的腳步，謹慎地向前走著。

「那還不都是因爲我想知道你找人的原因嘛，誰叫你都不告訴我！」千代生氣地反駁，劉雨澈只好無奈地安撫著她，正當千代還想繼續抱怨時，突然一個蒼老的聲音從他們身後響起。

「誰這麼晚了還在外頭大聲嚷嚷呀？」兩人嚇得趕緊轉過身，只見一個駝背的老婆婆站在他們身後，雖然在黑暗之中看不清楚她的臉，但從語氣可以感覺到對方並沒有惡意。

「眞是非常抱歉，我們不知道附近有其他人居住。」千代急忙道歉，但老婆婆似乎沒有生氣。

「沒關係，不過你們兩個孩子來這種地方做什麼呢？」老婆婆緩慢地走過他們身旁，此時他們才看清老婆婆的模樣，雖然充滿了皺紋，但臉上卻掛著一副慈祥的微笑，千代看見她和善的樣子，不禁鬆了一口氣。

「是這樣的，我們正在找人，不知道您認不認識一戶姓小島的人家？差不多是三年前從井風町搬過來的，應該有一位叫做小島久美的——」老婆婆沒有停下腳步，獨自超越他們向前走去，甚至沒有回頭看一眼。兩人只好跟上前去，最後老婆婆在某戶人家門前停了下來，拿出了鑰匙打開門後便走了進去，然而門卻沒有關上。

看起來這裡是那位老婆婆的家。他們正猶豫要不要跟著進去時，老婆婆又突然從屋內探出頭來。

「你說你們是從哪裡來的？」她的聲音雖然沙啞，卻有一種慈祥的溫柔。

「大阪的井風町。」

老婆婆沉默不語，似乎正在思索什麼事情。

「你們要找的人不在這裡，請回去吧。」原本溫暖的嗓音突然變得冷漠，劉雨澈和千代還來不及回應，老婆婆就把門關上了。

兩人面面相覷，不知道究竟發生了什麼事，但事到如今也不好再打擾對方，加上距離末班車發車的時間也快到了，他們只好往回頭的方向走去。正當他們準備離開時，千代卻驚呼一聲，一手拉著劉雨澈的衣服，一手指著門旁邊的某樣東西。

劉雨澈透過屋內流出的微弱燈光看向大門旁的門柱，上面雖然有些髒污，但卻寫清楚地著小島兩個字。

他驚訝地轉頭面向那扇緊閉的大門，試著弄清楚現在的情況。難道那個老婆婆就是小島久美小姐嗎？既然是這樣，爲什麼她卻告訴我們要找的人不在這裡，難道這中間還有什麼故事嗎？正當他鼓起勇氣，打算再次敲門的時候，屋內的燈光卻在一瞬間熄滅，他們的周圍又重新回到一片漆黑。

不論這是代表老婆婆已經睡了，或是不歡迎他們的訊號，他們都知道該是回去的時候了。

兩人並沒有在那個社區待很久，所以趕末班車的時間可說是綽綽有餘，因此不像來的時候那麼匆忙。他們沿著原路慢慢走回去，一句話也沒說，彼此都在心裡想著各自的心事。

事情的發展出乎劉雨澈所意料，那位老婆婆應該就是他們要找的人沒錯，但爲什麼不願意承認呢？而且她一聽到我們在尋找小島先生的家人時，原本和善的態度一下子就變得冷淡，看來其中必定有什麼緣故。

不過今天這一趟還算是有所收穫，至少成功找到小島家人了，雖然還沒有機會將勳章歸還給對方，但或許久美小姐不是一個人住，應該還有小島家的其他成員才對。等過了幾天，趁白天的時候再來拜訪好了，這樣也許見到其他人的機率會大一點，也不會因爲太頻繁造訪造成對方的壓力。

千代默默地跟在一旁，回想著這幾天發生的事情。在遇見眼前這個人之前，她原本因爲一輩子被掌控著的痛苦而試圖結束自己的生命，如今卻遠離井風町來到了另一個城市，一起參與了這趟奇妙的尋人之旅，原來的計畫也因此延後了。

因爲想得太認眞，所以千代沒有注意到身旁的雨澈停了下來，直到她回過神來，轉頭才發現劉雨澈正站在一間速食店門口。

「肚子會餓嗎？」

已經晚上十點了，店內仍然還有不少顧客。除了剛結束加班，正狼吞虎嚥地吃著漢堡的上班族之外，還有一些像他們一樣等著搭乘末班車的乘客。

劉雨澈和齋藤千代找了張靠窗的座位，好一眼就能看見車站外醒目的大時鐘，避免錯過末班車的時間。正當劉雨澈望向窗外，欣賞這座城市的街景時，千代卻直直地盯著他看。

「我說呀，我們是不是該討論一下那件事情？」千代突然開口。

「什麼？」劉雨澈還沉浸在窗外的景色之中，一臉茫然地看著千代。

「就是那本日記呀，日記！」千代皺起眉頭，似乎覺得他怎麼可以不把這件事放在心上，「你是在接過我的名片之後才開始對我有所防備的吧？因爲你看見我跟日記裡面那位指揮官一樣都姓齋藤。雖然我說過爺爺曾參與戰爭，但在日本姓齋藤的人到處都是，你如果光憑這一點就認爲那是我爺爺，那你也太沒常識了吧！」千代惱怒地說著，劉雨澈突然覺得，好像自從認識千代之後，他就一直處於被罵的狀態。

「而且，這也是你一開始不願意告訴我眞相的原因吧？」千代把頭轉向一旁，若有所思地盯著窗外，「畢竟日記裡描述的那位齋藤，可是做了不太光彩的事情呢。」

「抱歉……我只是擔心會造成妳不必要的困擾，所以——」

「不過呀。」千代又突然看向他，「雖然我剛剛這麼說，但我覺得，那個人應該眞的是我爺爺沒錯。」

「什麼？」

千代嘆了一口氣，又看向了窗外。

「既然你都給我看了這本日記，我想我也應該告訴你更多有關於我們家的事。」

劉雨澈坐挺了身子，全神貫注地聽著，難道千代的家族眞的跟這整件事情有所關聯嗎？

「就像鈴木先生說的一樣，我一直生活在媽媽的掌控之下。從小到大，所有事情都是媽媽幫我決定的，卽使到了成年的年紀，她也不允許我用自己想要的方式生活。這樣的生活雖然痛苦而壓抑，但我其實知道她這麼做的原因，一切都跟她的爸爸，也就是我的爺爺有關。」

「在媽媽很小的時候，爺爺就去打仗了，沒多久家裡就接到了來自戰場的噩耗。媽媽從小在一個沒有父親保護的環境下長大，也因此受到了不少欺負。」

「而我的情況跟她一樣，也是在缺乏父愛的環境中成長，所以媽媽擔心我會跟她一樣可憐無助，才會處處控制我的人生，爲我做出她認爲最好的決定，卽使那不是我要的。與其說是控制我，那種感覺比較像是她試圖在我身上實現她從沒有得到過的生活。」

「但如果是這樣，媽媽應該會很思念爺爺才對呀，應該會常常說要是爺爺還在，要是爺爺沒有去打仗那該有多好這種話。可是每當我問起她時，她卻總是一副嫌惡的表情，還叫我以後不要再問任何有關爺爺的事情。直到看到這本日記我才明白，如果那個人眞的是我的爺爺的話，很有可能媽媽在事後偶然得知了他曾經做過的卑鄙行徑，才不願意跟我多談爺爺的事情吧？」

「原來如此……雖然沒有證據能證明那眞的是千代的爺爺，但聽妳這麼一說的確蠻有可能的，眞是遺憾。」

「爲什麼遺憾？」千代突然變得嚴肅的語氣讓劉雨澈嚇了一跳，「因爲我的爺爺不是個好軍人嗎？因爲他私吞錢財還賄賂長官嗎？還是他爲了保全自己的性命，不惜開槍殺害同袍嗎？」

「非常抱歉……我沒有別的意思。」劉雨澈趕緊道歉，但感覺這次跟她以往鬧的小脾氣不同，這是劉雨澈第一次看到千代這麼認眞的樣子。

兩人沉默了好一陣子，千代才恢復了平靜。

「其實你沒有必要道歉，我當然也不覺得那些行爲有多麼光榮，我只是不以爲恥罷了。雖然爺爺做的事的確非常自私，也對其他人造成了傷害，但眞的要說的話，這些行爲只不過是爲了活下去罷了。」

爲了活下去。劉雨澈想起在藍岸時發生的事情，當時吳哥也是這樣對他說的。其實他自己也是，不正是爲了活下去才加入那種公司嗎？

但自從看見小賴寫的信後，他才了解到還有比活下去更重要的事。這也是他踏上這趟旅程的原因，因爲那位小島先生就是這樣子的人。

千代看他沒有回應，便繼續說下去。

「這也是我認爲那個指揮官就是我爺爺的另一個原因，因爲一路走來，我也是每天拼命想要活下去，你或許覺得沒什麼，但只有在失去希望的時候，才知道能活下去是多麼珍貴的事情。」

「咦，千代也是嗎？難道是發生過什麼事情嗎？」劉雨澈沒有料到千代會這麼說，於是好奇地問道，但千代裝作沒有聽見。

「時間差不多了，我們過去車站吧。」千代快速地收拾自己的東西，宣告這個話題就此結束。兩人一起走下樓梯時，劉雨澈卻停了下來。

「很感謝妳今天陪我來這一趟，雖然結果不如預期，但總覺得今天又更了解千代一點了呢。」

關於我，還有很多你不知道的事情。千代在心中暗自想著，但她不打算繼續談論自己。

齋藤千代回到家時已經凌晨一點了，在回程的列車上她正覺得奇怪，怎麼今天這麼晚沒回家媽媽卻沒有打電話來，伸手往包包裡一翻才發現當時一股衝動急著跟來找人，手機竟然忘在鈴木先生的辦公室了。

她可以想像媽媽打了無數通電話，但都得不到回應，她肯定氣瘋了。千代抱著忐忑不安的心情推開大門，暗自希望媽媽已經睡了，所以她連燈都不敢開，躡手躡腳地在黑暗中移動著。

突然一道刺耳的聲音打破漆黑的寧靜，電話發出的亮光成爲屋內唯一的光源。

完了！千代緊閉著眼，等著媽媽從房裡走出來。誰這麼晚了還打來！千代在心裡氣憤地咒罵著。然而直到電話聲停止，都有人沒有從房裡出來，這時千代才隱約感到不對勁，她打開媽媽的房間，卻發現裡面空無一人。

她開始慌張起來，趕緊打開屋內所有的燈，在每個房間來回尋找著，但不論她怎麼找，這間房子裡都只有她一個人。正當她打算重新找過時，電話聲再次響起，千代迅速接起電話。

「喂！是千代嗎？終於找到妳了，智子現在在醫院，妳趕快過來一趟！」

雖然只有請半天，但這是千代在公所上班以來第一次請假，然而她卻一點放鬆的感覺都沒有。昨天在醫院待到天亮才回到家，在那之前又去了趟和歌山，千代已經疲憊地無法思考，打給由里子簡單說明情況之後，她便一頭栽到床上。

中午一到公所，千代先去鈴木先生的辦公室拿回手機，接著才回到座位上。正當她走下樓時，剛好遇見準備上樓的由里子。

「千代！情況還好嗎？我都快擔心死了！」千代看她這副緊張兮兮的模樣，不禁笑了出來，原本緊張的心情也舒緩了不少。

「沒事啦，醫生說過幾天就能夠出院了，別擔心。」千代一派輕鬆地回應著，但心裡卻不斷想著昨天在醫院發生的事情。

用最快的速度趕到醫院後，就看見商店街賣菜的大嬸站在病房外面，剛剛那通電話也是她打來的。千代一看到她，便趕緊過去詢問狀況。

「醫生是說沒什麼大礙，只是頭部有受到撞擊，所以人才暈了過去。不過保險起見還是建議在醫院多觀察幾天，我會也盡力幫忙的，妳不要太擔心了。」大嬸安慰著千代，但此時的她只想知道究竟發生了什麼事，於是大嬸開始說明事情的經過。

「我原本待在家裡等我兒子回來，結果等了半天等不到人，我就打了通電話給他，才知道他跟朋友正準備回家，經過踏香小徑時卻突然聽到一陣吵雜聲，就在他們以爲又發生鬧鬼事件而準備逃跑時，才發現智子倒在不遠處，於是趕緊叫了救護車。我也是知道事情的當下就馬上過來醫院了，打了好幾通電話到妳們家，卻都沒有人接，最後好不容易才聯絡到妳。」

千代趕緊向大嬸道謝，心中隱隱感到愧疚，這是她第一次有這種感覺。

其實在看見家裡空無一人時她就發現了，明明這麼希望那個女人從她的人生中消失，但當她慌亂地在家中尋找媽媽的身影時，那種無助害怕的心情卻是她始料未及的。

難道我眞的需要她嗎？千代不願再想下去，於是推開了病房的門。

一踏進病房就看見媽媽躺在病床上，旁邊站著醫生和一名陌生的男子。那名男子看起來年紀跟千代差不了多少，但眼神十分銳利，一邊嚴肅地跟醫生詢問情況，一邊在筆記本上詳細地記錄著。

但當他看見千代走進來時，便立刻停下了筆。

「請問是齋藤小姐的家屬嗎？」醫生拿起了放在桌上的診斷紀錄，親切地對著千代說道。

「是的，請問現在的情況如何？」千代此刻顧不得旁邊那個陌生男子，連忙向醫生詢問。

「從頭部上的傷痕來看，應該是受到重擊而暈了過去，不過應該很快就會醒來，也做了詳細的檢查，目前沒有大礙。但是擔心齋藤小姐醒來後情緒可能會不穩定，所以保險起見還是建議多住院幾天觀察一下，剛好旁邊這位警官也有一些事情想詢問她。」那位陌生男子站了起來，對千代伸出了手。

「妳好，我叫大野雅彥，是負責此次事件的警官，對於這樣的事情我很遺憾，但還是希望能請教妳幾個問題。」他用一種命令的語氣說著，臉上毫無表情，令人猜不透他在想什麼。

不過這種地方上發生的襲擊事件，有需要出動警官嗎？不都是當地派出所的員警負責處理就好嗎？姑且看看他要問些什麼，總覺得這個人背後還有其他意圖，千代在心中這麼想著。

「好的，我很樂意回答您的問題。」她回答道。

「根據紀錄，警方是在凌晨十二點左右接獲報案，報案者是商店街賣菜大嬸的兒子和他的朋友們，年輕人在外玩得晚我可以理解，但妳知道令堂爲什麼這麼晚了還在那種地方嗎？」他重新打開手上的筆記本，手上的筆等著記錄著千代的回應。

「那個……我想，媽媽應該是在找我吧，畢竟我平常不會那麼晚還沒回家。」

「但一般不是都會用手機聯絡嗎？」

「因爲我的手機剛好忘在上班的地方，所以媽媽聯絡不到我，可能是這樣她才焦急地出來找我吧。」

「那請問妳這麼晚還沒回家是去了哪裡？」

千代稍稍皺起了眉頭，我去哪裡跟媽媽被攻擊有關係嗎？她有一種被當犯人審問的感覺。

「去了和歌山，稍微有些事情要處理。」千代含糊帶過這個問題，但眼前的警官似乎不太滿意。

「妳確定沒有去踏香小徑嗎？」

「什麼？我才沒有去那裡，我是搭新幹線末班車從和歌山回來的。」

「那令堂怎麼會去踏香小徑找妳呢？」

這下千代眞的感到生氣了，「請問我去哪裡跟這個事件有什麼關係嗎？而且我怎麼會知道媽媽爲什麼去踏香小徑找我，你問的這些問題是在懷疑我嗎？」她的眼神直直地瞪著眼前的警官。

他闔上了筆記本，「我並沒有這個意思，如果讓妳感到不舒服還請見諒。」但他的臉上絲毫不見抱歉的神情，稍微跟一旁的醫生打過招呼後，大野雅彥就獨自離開了病房。

千代坐在自己的座位上，卻毫無心情處理公務，她一直在思考那個警官問的問題。

雖然感到冒犯，但那些問題其實不全然是毫無道理，她也很好奇媽媽怎麼會去踏香小徑找她，千代平常就不太會去那個地方，上下班的路線也是完全反方向。

而且，雖然踏香小徑一直有鬧鬼的傳聞，但以往的案例都是看見奇怪的東西，或是聽到特別的聲響，從來沒有被害人直接遭受襲擊，或許是這樣警方才特別派遣警官來調查吧。

千代越想越覺得這件事必有古怪，那些踏香小徑的鬧鬼傳聞，以及媽媽被襲擊的眞相到底是什麼，她決定自己去調查一番。

「千代小姐。」突然有人從後面拍了他的肩膀，千代嚇得都快跳了起來。她轉頭一看，才發現是鈴木先生。

「怎麼了嗎？鈴木先生，我該不會還有其他東西忘在你的辦公室吧？」鈴木先生搖了搖頭，遞給了她一分泛黃的檔案。檔案的封面破舊不堪，看起來至少放超過三十年了，千代勉強閱讀著上面的文字。

——井風町戶籍普查。

「這是我從塵封的舊紙箱裡找出來的，上次妳和那個台灣來的年輕人離開後，我突然想到會不會有關那戶小島家的資料因爲年代過於久遠，所以沒有在系統上建檔，因此我去翻了以前的紙本檔案，結果眞的被我找到了，妳看這裡。」鈴木先生將檔案翻到其中一頁。

上面的文字幾乎已經無法辨別，但鈴木先生將手指向書頁的角落，千代清楚地看見上面寫了四個大字：小島義夫。

那正是日記裡記載的，小島先生的名字！

看來那位小島先生真的曾經住在井風町，那麼和歌山那位小島久美小姐應該就是他的妻子。她興奮地站了起來，打算告訴劉雨澈這個好消息時，鈴木先生卻翻到下一頁。

「這裡或許才是妳會想看的地方。」千代看著上面的文字，那是一個住址。她不用問也知道那是小島先生以前住的地方。

然而她卻一掃興奮的心情，全身肌肉瞬間緊繃了起來。她專注地盯著那個住址，那裡正是位於踏香小徑的盡頭，也是媽媽被襲擊的地方。

千代迅速掏出手機撥出號碼，忐忑不安地等待電話另一頭的回應。

※

大部分的居民都在七點左右吃晚餐，所以晚上九點過後，商店街的店家基本上都已經拉下鐵捲門，但或許這種現象跟採買的人潮無關，自從踏香小徑開始鬧鬼之後，大家能提早收店就絕不會多開一分鐘。

齋藤千代獨自站在商店街的入口處，雖然她不害怕鬼怪之類的東西，也從未相信踏香小徑的傳聞，但一個人孤零零地站在路旁，還是讓她心生緊張之感。

更何況，這個時間她會在這裡，可不是來商店街採買東西的。

原本她是打算一個人來，好好查清楚這地方到底是怎麼回事，並找出襲擊媽媽的兇手。但當鈴木先生拿出那份年代久遠的戶籍資料時，她就知道必須撥出那通電話。

在來這裡之前，千代有先去醫院探望媽媽。根據醫生的說法，媽媽雖然已經醒來了，但精神狀態卻十分不穩定，所以醫生開了藥讓她好好休息，也因此千代沒有機會跟她說到話，也問不到任何線索。

既然如此，就只能靠自己挖掘眞相了。

劉雨澈在九點半左右趕到，千代原本想跟他約更晚一點碰面，畢竟那些傳聞都是發生在午夜時分。但她不想一個人在黑夜中等待，即使是在熱鬧的街區也一樣，現在的她每分每秒都緬緊了神經。更何況，除了媽媽的事情之外，他們還要去看看小島先生的舊住址，雖然知道那裡已經沒有住人，甚至房子可能都被拆掉了，但或許還是有機會找到一些訊息也說不定。

「抱歉，讓妳一個人在這裡等。」劉雨澈氣喘吁吁地說著，看起來是一路從車站跑過來的。

「沒關係，是我提早到了，你是剛從旅館過來嗎？我還以爲你已經收拾好行李，準備離開井風町到和歌山去了。」

「原本是這樣打算沒錯，但突然接到了妳的電話，而且我也還沒跟妳好好道別。」

「有沒有道別倒是無所謂，不過今天找你來，除了繼續尋找有關小島先生的線索以外，另外也是想請你幫個忙，就當作是我昨天陪你去和歌山的回報吧。」千代不帶情緒地回應著。雖然她對劉雨澈的心意心懷感激，但現在的她心中充滿焦慮及恐懼，並沒有因為多了一個人陪伴而舒緩，只能靠意志勉強維持冷靜。

她將整件事情的經過告訴了雨澈，但沒有提到她內心的害怕及不安。

「雖然你在這裡待的時間並不長，但應該也多少有聽說過踏香小徑的鬧鬼事件吧？我今天不但要找出兇手，更要一舉打破這可笑的傳言。」千代裝出一副衝勁滿滿的樣子，卻明顯感覺到雙腳正微微顫抖著。

「既然如此，我們先在商店街附近走走吧，看能不能找到什麼可疑的地方。」千代同意這個提議，於是他們從商店街的入口出發，沿著梅川一路往踏香小徑的方向走去。一路上不斷注意有沒有任何可疑人士，但除了幾位喝醉酒的醉漢，以及忙著打烊收攤的居酒屋老闆以外，整條街上就只有他們兩個人的身影。

事實上，千代根本就不知道他們要找什麼，線索實在太少了。今晚要面對的究竟是虛無的鬼魅，還是某個神祕的人物，如果是人的話對方又是怎樣的人，為什麼要攻擊媽媽呢？

我也很有可能遭遇攻擊。千代也曾考慮過這件事，不過現在身邊多了一個人在，即使遇到那種事情，至少還有人能幫忙，不至於自己一個人暈倒在地上，等到隔天早上才被發現。

但她知道身邊這個人之所以願意跟她來，不僅僅是對於昨晚的回報，更是因為他也有想尋找的線索。明明並肩走在一起，兩個人想找的東西卻完全不同。

「既然一路上都沒看到什麼可疑的地方，距離午夜也還有段時間，不如我們先去小島先生的舊住址看看吧。」千代說完便從背包裡翻出鈴木先生給她的戶籍資料，在拿出來的那一刻，一個閃著亮光的物體也一同從背包裡滾落到地上。

「這是什麼？」劉雨澈從地上撿起那個東西還給千代，並好奇地問。

「這是公所同事送我的東西，叫做光願之盒，好像最近蠻流行的。你在日本這幾天沒看過那個廣告嗎？一個女孩子拿著光願之盒，透過月光照亮黑暗，最終實現了願望。」

「聽妳這麼一說好像有在旅館的電視上看過，不過還是第一次看到實體，可以借我看看嗎？」千代將手中的光願之盒遞給了雨澈，他充滿興趣地仔細端詳著。

「但我先聲明，我才不相信願望會實現這種幼稚的想法，我會收下只是因爲這是由里子給我的。再說了，要是許的願望都能實現，世界上也不會有這麼多不幸了……」雨澈注意到千代的聲音逐漸微弱，但並沒有繼續問下去，他隱約察覺到千代似乎將一些事情藏在心中，但現在還不是探究的時候。

「但我總覺得，所有的願望其實都有實現，只是在不同時間，以不同方式實現而已。」他平靜地對千代說。

「什麼意思？」

「像是在小時候，不是都會許願能得到喜歡的玩具，或是吃不完的糖果餅乾嗎？當然這些願望不可能在當下實現，可是長大之後這些事情不都成眞了嗎？只不過我們想要的東西也變得更多了，才顯得這些已經成眞的願望毫無價值，但它們最終還是實現了。」

「你的意思是說，我現在許的願望即使不是馬上，但總有一天會實現。雖然這種想法很詩意，但老實說根本不切實際，要是我許的願望是長生不老，或是讓死去的人復活，難道這些願望在未來的某一天也能夠實現嗎，怎麼可能嘛！」

劉雨澈聳了聳肩，「當然沒有這麼容易，但想著願望總有一天能夠實現，這樣子度過每一天不是更讓人期待嗎？不然這樣好了，今天不是正好滿月嗎，現在讓妳對著光願之盒許一個願望，妳會許什麼願望？」

「我才不要，在月光下許願什麼的，未免也太矯情了吧！」千代一臉鄙視地拒絕了劉雨澈的提議。但她卻暗自在心中想著，我的願望到底是什麼？千代好像從來沒有想過這個問題，從小到大對任何事情的幻想和憧憬，結局往往都令人失望，所以與其說想不到願望，不如說是對夢想早已不抱任何期待。

但如果此時此刻許下的願望真的能夠成真，我想要的東西會是什麼呢？

千代想起了那些偷來的安眠藥，那個嚎啕大哭的夜晚，還有隔天由里子遞給她的鯛魚燒。石村同學，鈴木先生，加藤，以及眼前這個陪伴她的人。

想活下去！我的願望就是想活下去！千代在心中大喊著。

雖然媽媽長久以來的束縛，加上被侵犯的往事仍每天折磨著她，但千代心裡知道，她根本就不想死，她想要的只是一口喘息，把自己從不幸之中解救出來，即使只有一下子也好。

「那是什麼？」劉雨澈對著千代的方向說道。

「哪有什麼，你不要看我啦！」千代急忙把眼淚擦掉，不願讓他看見自己內心的起伏。

「不是，我是說那邊！好像有人影在動。」劉雨澈指向千代身後的暗處，千代猛然往後看，突然想起他們今晚的目的，全身再次緊繃起來。

踏香小徑旁不僅種了一整排的行道樹，在梅川與行道樹之間還有不少花叢，此時千代身後的花叢發出了沙沙的聲音。兩人瞇起了眼睛，雖然在一片黑暗之中很難看清楚，但他們仍明顯看見兩個人影正站在花叢裡面。

千代緊張地抓住劉雨澈的手，不知道是該走過去一探究竟還是趕緊逃跑，但那兩個身影很有可能就是攻擊媽媽的人，要是現在逃走的話今天來這就一點意義也沒有了，不過一想到對方可能持有武器，自己要是也跟媽媽一樣遭受攻擊，甚至遇到更危險的事情……千代不敢再想下去。

劉雨澈牽著千代的手，從背包裡拿出手電筒小心翼翼地往旁邊靠近。手電筒是他原本準備用來尋找小島先生的舊家，沒想到卻是在這種場合派上用場。

他們悄悄地繞到花叢旁，正好被行道樹擋住，雖然樹葉被風吹過而不斷發出沙沙的聲音，但他們仍聽見那兩個身影正低聲交談著。劉雨澈轉頭望向千代，並對她點了點頭，千代知道這不是打算逃跑的意思，抓著雨澈的手又握得更緊了，兩人屏氣凝神地等待著時機，連一口氣都不敢喘，深怕被對方發現。

最終那兩個人結束了交談，拿著某樣東西準備離開時，劉雨澈對千代伸出三根手指，千代知道鼓起勇氣的時刻到了。

就在劉雨澈放下最後一根手指時，他們兩人同時衝了出去，劉雨澈正準備拿起手電筒，確認對方的眞實身分時，千代卻因爲一直緊抓著他的手，在衝出去的那一刻重心不穩，整個人摔倒在地上。

那兩個人影驚慌地轉過身來，在劉雨澈打開手電筒的瞬間，其中一人用全身的力量往他的身上撞去，手電筒的光芒並沒有照到他們的臉，而是隨著撞擊掉落在地上，這股強大的力道也將千代甩了出去，另一隻手抓著的光願之盒也從手中飛了出去。

手電筒的光芒照向了另一個方向，然而光願之盒卻不偏不倚地掉落在手電筒的前方，整個四方體發出了強烈的光亮，光線在盒子內部集中後，從留有縫隙的頂點照射出來，就像那個廣告裡發生的事情一樣。

突然的強光轉移了那兩個人的注意，他們不顧倒在地上的千代和雨澈，重新拿起手上的東西後便趕緊逃離現場。劉雨澈掙扎地爬了起來，雖然剛剛的撞擊並沒有造成多大的傷害，卻來不及阻止對方逃跑，他趕緊轉過身察看仍倒在地上的千代。

「喂！妳沒事吧？有沒有受傷？」但千代面對他的關心卻無動於衷，只是呆呆地望著前方。

她一直嘗試忘記這些年來的痛苦和折磨，但今晚發生的事證明了這一切都是徒勞無功。

因爲那張猙獰的表情又再一次殘忍地出現在她的面前。

雖然只有一瞬間，但在光願之盒的反射下，千代清楚地看見了其中一個男人的臉。

是衫崎。

在午夜時分要找到還有空房的旅店本身就不是一件容易的事情，加上還背著一個失去意識的女人。但即使如此，劉雨澈最終還是在井風町的外圍找到了一間小旅店，雖說房間不大，但在發生了今晚的事情之後，有個地方能好好休息他就心滿意足了。

劉雨澈將齋藤千代輕輕地放在床上，看著她平靜放鬆的表情，難以想像當時的她竟然會嚇得暈了過去。

千代到底是看到了什麼？一路上劉雨澈都在思考這個問題，或許千代看到的東西就是整個謎團的關鍵也說不定。但現在他只能靜靜地等千代醒來，而且自己也十分疲倦，已經無暇顧及眼前的事情。本來還要去找小島先生的舊家，看來只能等下次了。

就這樣半睡半醒直到天空逐漸變亮，千代才終於醒了過來。她茫然地看著周圍的環境，似乎還搞不清楚自己身在何處，接著看見睡在一旁沙發的雨澈，她才想起昨晚發生的事情，回憶和恐懼在一瞬間重新湧上心頭，她害怕地大叫起來。

劉雨澈被她的尖叫聲驚醒，整個人從沙發上摔了下來，笨拙地重新站起來後，才發現千代已經醒了，劉雨澈趕緊上前安慰她，卻被千代一把推開。

「不要碰我！」千代歇斯底里地喊著，全身不停地發抖，這是劉雨澈第一次看見她這樣子。

「抱歉……我只是很擔心妳，所以擅自主張找了間旅店休息，不過我發誓絕對沒有對妳做任何事！我只是把妳抱到床上休息而已，絕對沒有任何非分之想！」看到劉雨澈拼命澄清的樣子，千代虛弱地露出微笑，心情也逐漸放鬆下來。

「是我應該說抱歉才對……我知道是你照顧了我，我卻還這麼兇，但剛剛的反應不是針對你。」看到千代的情緒穩定下來，劉雨澈也鬆了一口氣，但不知道她現在的狀況如何，還是先不要提起昨天的事好了，正當雨澈心裡這麼想的時候，千代卻主動開了口。

「我知道你在想什麼，你是不是想問我昨天究竟是看到了什麼，才會嚇得暈了過去？」千代從床上坐了起來，臉上的表情平靜而哀傷。

「我跟你提過，我在一個被掌控的環境下長大，一直以來都沒有自己的生活，沒有自己做決定的權利。所以我拼命想逃，哪怕是孤單一人，我也要逃離這樣的束縛。」

「上了大學之後，這種情況仍然沒有改變，在媽媽的強迫下，我只能選擇就讀家裡附近的女子大學，但我再也受不了這一切，於是常常跟媽媽謊稱要參加社團活動，但其實都是跑去商店街最尾端的一間酒吧，就是我們昨天看到那兩個可疑的人的地方。」

「每天去那裡的原因，是爲了見當時的男朋友。他叫衫崎，是那間酒吧的調酒師。在我們交往的期間，他常帶我去我從沒去過的地方，讓我看見了以前不敢想像的生活，我第一次感覺自己是個完整的人，而不是媽媽手上那個殘破的傀儡。然而就在我以爲終於迎來自由和快樂的生活時，卻遇上了那種事情……」千代全身又顫抖起來，雖然很努力想壓抑，但眼淚還是不停流下來。劉雨澈想讓她停下這些回憶，但千代卻舉起手來阻止了他，並繼續說道。

「雖然終於有一個人可以依靠，但我始終沒辦法放下防備的心，即使心中也有情慾上的衝動，但面對衫崎的求歡，我還是無法交出我自己，我以為他會耐心等我準備好。但沒想到，他居然在一次酒醉之後，跟他的朋友一起強暴了我！」千代這時才發現自己的手上都是血，她的雙手一直維持緊握的狀態，指甲深深嵌入掌心，但她卻不感覺疼痛。

是因為心裡的創傷更痛，所以才沒注意到肉體的痛楚嗎？千代專心地盯著不斷流出的鮮血，劉雨澈趕緊拿了衛生紙過來，細心地把千代的手包起來，試著將血止住。看到他的舉動，千代突然產生了一種奇怪的感覺。

她一直覺得自己沒有能力，也不夠堅強去面對這段傷痛，但不知道為什麼，她居然對一個才認識不過幾天的人，鼓起勇氣說出了這段往事。而且講完之後，她竟感到全身舒暢，彷彿是終於放下身上的枷鎖一般，這是她從未想像過的結果。

「昨天手電筒的光，穿過光願之盒後所照亮的那個人，就是衫崎。」千代吐出了最後一句話，接著就再次躺回床上。

突如其來的坦白讓劉雨澈一時說不出話來，他震驚的不只是這段悲慘的過往，還有千代居然願意對他說出這一切，他仔細地看著眼前這個女孩，才發現原來她一直都遍體鱗傷，但即使承受了這麼多的苦痛，她的眼神卻始終清澈明亮。劉雨澈看過那種眼神，在面對家族的不公及經濟上的龐大壓力，小賴的眼神卻總是保有一絲希望，跟眼前的千代一模一樣。

他坐在千代的身旁，不太確定現在的自己能爲她做什麼，於是他也說了自己的故事，從藍岸水產，到小賴的離去，最後是那本日記。

「這也是爲什麼，我會想將勳章交給小島先生家人的原因，我覺得那是一種象徵，象徵了卽使在那個殘酷的年代，也依然有偉大的故事發生。」

「或許這麼做只是想證明，不論這個世界再怎麼不堪，眞誠的善良和無私的奉獻總是能夠帶給人們力量，使我們一次次從苦難中重新站起來。所以，千代小姐！希望妳也能夠堅強面對這一切，不要再一個人承受這些不屬於妳的罪惡，爲自己挺身而出吧！我也會站在妳這邊的！」

千代沒想到他會有這樣的反應，不禁笑了出來，「什麼呀，你以爲自己眞的是廣告裡最終出現的王子，要來解救我這個許下願望的公主嗎？眞不知道該說你天眞還是無知。」劉雨澈尷尬地說不出話來，但他知道千代這麼說並沒有惡意。

「但還是很謝謝你這番話，的確帶給我很大的勇氣，或許我該跟自己的過去和解，不論是媽媽還是衫崎，我已經厭倦這種只能逃的人生了，再告訴你一件事吧，其實我們第一次見面的那天，我原本一回家就要結束自己的生命。」

「但現在的我已經不打算這麼做了，聽完你的話，或許我眞的能試著勇敢一次，爲了自己全力反抗，不管結果怎麼樣都無所謂，反正我也沒什麼好失去的了。」千代從床上站了起來，充滿精神地將自己的東西收拾好。劉雨澈看她這麼有活力的樣子，才終於鬆了一口氣，趕緊拿起背包準備離開房間。

「走吧，我等不及要面對新的人生了。」在關上房門的那一瞬間，千代默默地在心中對自己這麼說著。

※

啤酒泡泡沿著酒杯滿了出來，通常這種時候由里子都會一把搶過去，然後一口氣把啤酒乾掉。綿密的氣泡可是啤酒的靈魂！她總是會在放下酒杯後滿足地這麼說。

但今天由里子卻任由啤酒泡從酒杯的邊緣流下，即使把桌子弄得濕濕的也不在意，她不敢相信千代剛剛告訴她的事情。

「太可怕了……真沒想到會有這種事情……」由里子開始哭了起來，千代只好一邊將衛生紙遞過，一邊安慰著她。明明我才是受害者，哭的卻是由里子，千代對於眼前的情況感到無奈又好笑。

「沒事啦，都已經是這麼多年的事情了，只是我最近才下定決心說出來，不想再逼自己強忍下去了。」

「千代……妳真的很勇敢，要是我遇到這種事情，一定沒有勇氣面對未來的人生，會想著一死了之算了，但千代卻一個人默默承受這麼久，我又心疼又覺得佩服妳。」

其實我也沒那麼勇敢。千代想起抽屜裡那堆安眠藥，搖著頭輕聲地說。但由里子似乎沒有聽見，仍在努力平復自己的情緒。

「所以說呢，就是這樣，把這件事情講出來，算是我跟自己和解所踏出的第一步吧。」

「我也覺得說出來可能對妳比較好，而且妳願意把我當成傾訴對象，眞的讓我好感動喔！妳放心，有任何需要幫忙的我一定會盡力而爲！」由里子緊緊握著千代的手，眼淚還在不停地流。

「謝謝妳，由里子。除了這件事之外，我在想既然在那種地方遇見了衫崎，而且以前月葉的地點正好就在事發地，妳不覺得這未免太過巧合了嗎？卽使不是兇手，我也覺得那傢伙一定跟整件事情有關，我一定要查個淸楚！」千代用力捶了桌子一下，把由里子嚇了一跳，但她能理解千代的憤怒，畢竟最近的她實在經歷了太多事情，一定很想趕快弄淸楚眞相吧。

「如果眞的是那傢伙幹的，這次一定要連同以前的事情把他關進大牢裡，絕對不能放過他！對了，我不是跟妳說過我有一位很久沒見的朋友，最近考上警官並且回到井風町了嗎？要不要我請他協助一起抓住那個壞蛋！」由里子也氣憤地附和著，但千代的回答卻出乎她的意料之外。

「不，由里子，很謝謝妳的好意，但現在有太多事情沒弄明白，冒然去找警方只會打草驚蛇而已，等時機成熟一點再說吧，另外妳可以答應我，不要把我跟妳說的事情說出去嗎？」千代婉拒了由里子的提議，並且在心中不斷想著她說的那位警官。

應該就是在媽媽病房裡遇見的那個人吧，那個面無表情，難以捉摸又討人厭的警官。他對媽媽被襲擊的事情展現了異常的興趣，背後想必有什麼原因。

「好吧，我答應妳，不過妳如果有需要幫助的話隨時跟我說！我們大家都是支持妳的，千代！」

「真的很謝謝妳，由里子。」有她這句話就夠了，千代露出了久違的笑容。

跟由里子吃完飯後，千代去了醫院一趟，媽媽也正好醒著。這是她們母女在事發之後第一次有機會談論當晚發生的事情。跟千代猜想的一樣，媽媽那天會這麼晚出門，的確是因爲打了好幾通電話卻無人回應，才會急忙跑出去找人。

「我原本以爲妳還在加班，所以去了公所一趟，卻發現外面的鐵捲門已經拉下來了，裡頭也漆黑一片。我擔心妳是不是在回家的路上發生什麼意外，於是開著車拼命地找妳，最後開到了商店街的盡頭，我想起隔壁大嬸的提醒，就是那些鬧鬼的傳聞。雖然很害怕，但我還是把車停在路邊，一個人沿著踏香小徑尋找妳的蹤影，沒想到走沒幾步就踢到一個東西，還重重地摔了一跤。」齋藤智子滔滔不絕地說著，一切彷彿就像是昨天才發生一樣歷歷在目。

「我趕緊爬了起來，想看清楚地上那個東西到底是什麼，一想到那些可怕的傳聞，我當時還以爲自己踢到一具屍體呢，嚇得我退了好幾步，結果仔細一看才發現原來是個金屬做的手提箱。雖然當下很害怕，但我對深夜出現在這種地方的手提箱感到很好奇，於是就打開了它。妳猜猜裡面裝了什麼？」千代搖了搖頭，智子瞪大了眼睛，雙手在空中畫了好大一個圓。

「錢！好多好多錢哪，通通都是萬元鈔票，少說也有上百萬，嚇得我趕緊關上箱子。正當我想著是不是應該報警的時候，才發現身後站了一名陌生男子，我還來不及看清楚對方的長相，就感覺頭部被某個東西用力撞擊，醒來之後就在醫院裡了。」齋藤智子心有餘悸地說著當天的情況，同樣的內容她也跟之前那位警官說過了。

事發經過跟千代預想的差不多，但那個裝滿鈔票的手提箱卻出乎她的意料。那麼多的錢，難道會是衫崎的嗎？他怎麼會有這麼多錢？太多的謎團盤據在她的心中，她還想繼續追問細節，無奈探病的時間有限，她只好跟媽媽道別，一個人獨自往家的方向走去。一想到回家後面對的是空蕩蕩的屋子，她心裡突然有一種矛盾的感覺。

明明不回家也無所謂，不用擔心有人守在門口，逼問自己為什麼這麼晚才回來，這不就是她一直渴望的自由嗎？但真的不受拘束的時候，卻不知道自己該去何方。為什麼這種自由讓人如此空虛，千代一遍又一遍地問著自己。

她想起願望的事情，難道自己是真的打從心裡對許願不屑一顧嗎？還是因為即使願望能成真，她卻說不出任何想要的東西。沒有夢想，沒有對未來感到期待的力量，千代才知道原來她一直以來不願面對的，其實是這樣子的自己。

但即使如此，卻仍有人願意鼓勵她，告訴她再骯髒的角落，也仍有光明的存在，只要她重新相信世上仍有良善，仍有對的選擇值得奮鬥。她的眼前彷彿出現了一條嶄新的道路。

千代一回到家便馬上衝進房間，用力拉開書桌的抽屜，將裡頭的安眠藥全部丟進垃圾桶，就像是把過去的自己丟掉一樣。

※

警方的調查告一段落後，大野雅彥才終於逃離擁擠的商店街。他皺著眉頭心想，以前這個地方可沒有這麼多人，但放眼望去，除了少數原本在採買東西的民衆之外，大多數都是住在附近跑來圍觀的住戶。

他坐在梅川旁的長椅上，點起了一根菸，想著當時被署長叫去辦公室的畫面。

好不容易當上了警官，派駐的地點又是一直以來嚮往的東京，原本以爲終於有機會遇到一些大城市才會有的案件，沒想到署長的一句話讓他這些幻想在一瞬間消失殆盡。

——我記得大野警官是大阪人對吧？那你對井風町這個地方熟悉嗎？

——報告署長，我正好就是井風町當地人。

當他看見署長的眼睛爲之一亮時，就知道事情不妙了。

——太好了！那麼這個任務的最佳人選非你莫屬！

他將抽完的菸頭放進口袋裡，準備拿出第二根菸時，卻發現剛才那根是最後的菸了。他只好往宿舍的方向走去，那邊的轉角正好有一間便利商店，雖然商店街的商店離現在的位置更近，但他不想再擠進去人群之中。

看到身穿消防衣的人員陸續從商店街走出來時，他知道火勢已經完全被撲滅了，剩下的蒐證和調查工作不需要他親自出馬，看來終於可以回去休息了。

回到井風町已經兩週了，事情的發展卻越來越古怪。原本是因爲沸沸揚揚的鬧鬼事件引起了高層的關注，警方懷疑有人假借鬼怪的名義，實際上在從事不法的勾當，所以雅彥才會被派來調查此事件。

但當時他收到的消息是，除了詭異的聲音和奇幻的影像之外，並沒有任何當事人受到傷害，沒想到他抵達井風町後遇到的第一個事件，被害人卻被送進了醫院。這讓整件事情的層級變得完全不同，也讓犯罪的可能性變得更高，尤其被害人在清醒之後，曾對他提起一個關鍵的線索。

大量的金錢。根據他身爲警官的判斷，他懷疑踏香小徑的鬧鬼事件，背後其實是一樁龐大的非法交易。然而正當他以爲掌握了關鍵線索後，沒想到竟然又發生了縱火事件。

警方大約晚上七點時接獲民眾報案，商店街的盡頭發生了火災，事發地點正好是鬧鬼事件的所在地，於是大野雅彥趕緊衝到現場，看著滿地燒焦的殘骸，他原本深鎖的眉頭又變得更加緊繃，這次事件讓逐漸清晰的案情又矇上了一層迷霧。

正當他試圖理清思緒時，放在口袋的手機卻突然傳來震動聲，他掏出手機一看，原來是由里子傳的簡訊。

——不要忘記明天晚上我們有約喔，你要是遲到了，我一定不會放過你的！

雅彥想起由里子以前生氣的樣子，不禁莞爾一笑，這麼久沒見了，眞想看看現在的她變成了什麼樣子，原本煩悶的心情也逐漸變得放鬆且期待。

約好的時間都過了半小時，由里子才氣喘噓噓地從前方的轉角跑來，原本細心打扮的妝容都因爲汗水而糊掉了，但雅彥絲毫不覺得她邋遢。

「是誰昨天還叫我不要遲到，否則不會放過我的？」他微笑地對由里子說，由里子一邊喘著氣，一邊急著想解釋。

「我原本——原本還以爲不會遲到的，但有個同事最近家裡出了一點狀況，所以必須要早點離開公所，我爲了幫她處裡剩下的事務才耽擱，又不是故意的！」由里子漲紅了臉，裝出生氣的樣子。看到她這般模樣，雅彥覺得自己好像回到小時候那樣單純嬉鬧的生活，對案情膠著而感到焦慮的心情也稍稍和緩了一點。

這間西餐廳是雅彥找的，畢竟是他主動聯絡由里子，他們訂的座位剛好能從窗外直接看見梅川，河的另一端就是商店街的入口，遠遠望去能看見不少店家仍在營業中。雅彥望著窗外，欣賞這片好久不見的景色，但由里子卻感到有點不自在，畢竟平常跟千代他們都是約居酒屋，從沒來過這麼高級的地方，早知道就應該穿更貴的衣服來了，她在心裡懊惱地想著。

看著眼前的雅彥，雖說臉上的稜線跟童年時幾乎一樣，笑起來時甚至仍帶有些許稚氣，但他的眼神變得銳利許多，彷彿一眼就能刺穿對方的心臟，或許這是每個當警官的人都會有的樣子吧。

但除了眼神，雅彥的臉上似乎還帶著一副她看不透的表情，這麼多年不見，他究竟經歷了什麼，又為什麼突然回到井風町來呢？

「真的是好久不見了呢，由里子。」雅彥對由里子露出一個溫暖的微笑，她覺得自己現在的臉一定一片通紅，於是趕緊拿了桌上的水喝，裝作一副鎮定的模樣。

「是呀……老實說，我真沒想到你會寄郵件給我，而且還說你要回來了，我以為你很喜歡待在東京呢，那不是你一直以來嚮往的都市生活嗎？」

「是這麼說沒錯，但我也有想家的時候嘛，而且也好久沒有見到妳了，所以我就回來啦。」

「少來了！你才不是因為我回來的，還是跟以前一樣油腔滑調，一點都沒長大！」

「哈哈哈，被妳識破啦。老實說，我這次是因為有任務在身，所以才回到井風町的。但除此之外，我是真的很想再次見到妳，想知道現在的妳過得怎麼樣，成為了什麼樣子的人。」

「到了東京後，我才明白那時妳為什麼會生氣地跑開。一直以來，我心裡只想著離開這裡，追尋心目中的生活，卻忘記了那些值得珍惜的人事物。當時把妳一個人丟下，真是抱歉。」

由里子沒有想到雅彥會提起這件事情。雖然當時很氣他一個人離開，但心中其實還是很為他感到高興，她也不想成為阻礙雅彥夢想的絆腳石。

而且自己這幾年來不也在努力成為更好的人嗎？雖然一個人很辛苦，但由里子覺得或許那些孤單和寂寞，都是爲了再次見到雅彥的那一天而做的準備。

「你不用感到抱歉，我很高興能再次看到你，感覺你已經成爲一個可靠的警官了呢！眞的很了不起！」由里子由衷地稱讚雅彥，「但不只是你，我也成長了不少喔！不再是那個只會躲在大家身後的小女孩，我一直在努力成爲一個能勇敢追尋自我的人。說想說的話，做想做的事，不用擔心別人的眼光或是議論，現在想想，或許我這麼做的原因，都是爲了我們再次見面時，能夠在你面前展現最眞實的我，有了這麼一個奮鬥的目標，讓我覺得即使我們身處不同的地方，也依然互相成長，互相扶持著對方。」

雅彥驚訝地看著眼前的由里子，那個總是害羞跑開的小女孩，如今也成長爲如此成熟的女人了。他才感覺到，或許這麼多年以來，他從來沒有好好認識眞正的由里子。

由里子繼續說下去，「但除了你之外，我身邊也有很多人在幫助我成長。像是千代，就是我剛剛跟你提過那位提早離開的同事，她最近因爲媽媽受傷的事情而身心俱疲，加上又看到那個壞人……雖說她是我的好朋友，但我也不知道自己能幫上什麼忙，只能在工作上多幫助她一點。」

「她媽媽受傷了？妳的那位朋友該不會是姓齋藤？媽媽的名字是齋藤智子嗎？」雅彥突然認眞起來的樣子嚇了由里子一跳，不過想想雅彥畢竟是警官，或許這個事件他有參與調查也說不定。

「是呀！你該不會也有經手這個案子吧？」

「嗯，我有去醫院了解一下狀況，不過目前整件事情還在調查當中，我不方便透露太多訊息……」

「不管如何，你一定要抓到那個壞蛋！」由里子突然站了起來，雙手握緊拳頭，大聲地對雅彥說著，周圍用餐的客人紛紛轉頭看向她，野彥也被她的反應嚇得說不出話來。

「我知道啦，妳冷靜一點，先坐下來……」

由里子情緒稍微平復了一點，但臉上還是一副義憤填膺的表情。

「抱歉，我太激動了。只是想到千代跟我說的事，我就覺得好生氣，做了這種無恥的事情後，居然還敢繼續待在井風町，一想到有可能在踏香小徑遇到這種人渣，我死也不會想再去那個地方。」

踏香小徑！每一件事情都跟這個地方扯上關係，難道這些事件都互相有關連嗎？雅彥拿出了背包裡的筆記本，「妳那位叫千代的同事跟妳說了什麼，可以再告訴我更詳細的內容嗎？」

這時由里子才像是想到什麼一樣，啊的一聲叫了出來。

「我答應千代不能把這件事說出去的……我只能告訴你，千代每天都會提早從公所離開，去醫院探望媽媽。或許你可以在那裡遇到她，親自向她詢問。但很抱歉，我沒辦法再告訴你更多了，剩下的要靠你自己去調查了。」

用完餐走出餐廳後，街道上吹來清爽的晚風，但雅彥的思緒卻比用餐前更加沉重，不明白的事情越來越多了。但他還是很高興能再次見到渡邊由里子，他們分離前，雅彥看著準備離去的由里子說道。

「不知道爲什麼，我總覺得今天才眞正認識了妳，由里子，比我記憶中的妳更加眞實。」

由里子轉過頭，露出一個雅彥從沒見過的燦爛笑容。

「因爲我的願望實現了呀。你也要加油喔，雅彥，努力去實現你心中的正義吧！」

雖然聽不懂她口中的願望是指什麼，但雅彥在心中暗自答應由里子，一定會找出整件事情的眞相。

※

「今天比較早來喔，不過也難怪啦，畢竟昨天撲空了嘛。」由里子對著剛踏進公所的劉雨澈笑道，千代也在這時抬起頭來，對他露出了一個親切的微笑。

「撲空？難道你昨天有來公所嗎？」

「當然來了呀！他一進來就說要找妳，結果妳昨天提早離開去醫院看媽媽了，他還一臉失望地走掉呢。」由里子露出曖昧的表情看著雨澈，他尷尬地搖著頭，急忙解釋著。

「不是這樣的，我只是想說上次原本要找小島先生的舊地址，卻因爲發生了那樣的插曲而作罷，所以我想再去尋找一次，接著就想到可以找千代一起，或許有機會找到更多襲擊案件的線索，因此昨天才會過來。」

「這樣呀，眞是抱歉，害你白跑一趟了，我現在每天都會提早從公所離開，去探望在醫院的媽媽，忘記跟你說了，眞是不好意思……」千代站了起來表示歉意，但劉雨澈卻舉起手來打斷了她。

「沒關係，但我今天會過來不是爲了昨天的事情，主要是想問妳，下班之後方便一起吃個晚餐嗎？」千代聽見由里子在背後咯咯地笑著，還一邊小聲地跟旁邊的加藤說：是約會吧？但她興奮的聲音還是傳遍了整個辦公室。千代尷尬地僵在原地，過了好一會才開口。

「很謝謝你的好意，不過就像我剛剛說的，我現在每天都會去探望媽媽，所以可能沒有辦法跟你一起吃飯，不好意思，希望你能諒解。」其實以他們的關係大可不必用這麼客氣的口吻，但千代不想讓公所的其他人知道他們曾在同個房間共度了一晚。尤其是由里子。雖然什麼也沒發生，但天曉得由里子會怎麼大肆八卦。

「我知道妳可能有安排了，但無論如何還是希望能占用妳一點時間，我有很重要的事情要跟妳說。」千代對劉雨澈這番話感到好奇，難道是有關媽媽被攻擊的線索嗎？

「我知道了，那我跟醫院說一聲，今天就先不去探病了。那你想吃什麼？要不要去我跟由里子常去的那間居酒屋？」

「聽起來不錯，那我五點再過來找妳，妳先忙吧！晚點見。」

劉雨澈對千代笑著，但不知道爲什麼，千代卻覺得他臉上一點笑容都沒有。

今天的居酒屋沒什麼客人，千代選了中間的大圓桌準備坐下。每次她跟由里子和加藤來的時候都習慣坐這裡，但劉雨澈對她搖了搖頭，指著角落的一張小桌子。

「抱歉，我們可以坐這裡嗎？」他還沒等千代回應便走了過去，千代對他的行爲感到有點奇怪，但也許是覺得只有兩個人坐大圓桌有點不自在，偶爾換個地方坐坐也不錯，於是也跟了過去。

「昨天眞是抱歉，讓你白跑一趟，今天這餐讓我請你吧！」點完餐後，千代雙手合十道歉著，但比起抱歉的心情，她心中更多的是開心的感覺。上次見面時所得到的鼓勵和勇氣，讓千代開始試著反抗所有的壓抑和傷痛，雖然成效還不明顯，但她越來越期待每一天的生活，這都要感謝眼前的這個人。

千代滿臉微笑地看著雨澈，但他卻面無表情。

「我就直接切入主題了，就像我今天在公所說的，今天會想找妳出來，主要是要告訴妳一件事情。」

「昨天雖然撲空了，但我並沒有放棄再度去踏香小徑尋找小島先生舊住址的計畫，於是我一個人走到了上次遇見那兩個人的地方，才發現原來小島先生的舊住址剛好就在那附近，我照著地址一路往商店街的盡頭走去，但那裡除了一間已經倒閉的酒吧以外什麼也沒有。」

月葉。千代閉起了眼睛，她以前天天去的月葉的確就在那個位置沒錯，這也說明了爲什麼會在那種地方遇到衫崎，或許就在酒吧倒閉之後，他仍一直在那裡生活著。

「或許小島先生眞的曾經住在那裡，但附近的房子早就已經被拆掉了，應該是在商店街建立之前的事情，正當我準備離開，打算再去和歌山找那個老婆婆談談時，突然踢到了一個東西。」

千代瞪大了眼睛盯著劉雨澈看，她感覺到自己的心跳正加速著。

「我拿出手電筒往地上一照，才發現是個鐵桶，原本以爲是有人亂把廢棄物丟在這裡，但我注意到這一片空地有好多一模一樣的桶子，而且每個桶子似乎都裝滿了某種液體，直到我看見角落那一大盒火柴，我才猛然想到最近在踏香小徑發生的縱火案件。」

「正當我打算報警時，我突然聽見有人朝這裡走過來的聲音，我猜想或許是縱火案的兇手，於是趕緊躲在一旁的雜物堆後面，想要弄淸楚對方是誰，會不會跟襲擊妳媽媽的是同一個人，結果妳猜我看到了誰。」

千代看著眼前的劉雨澈，但臉上的微笑早已蕩然無存。

「你看到了我。」過了半晌，千代才虛弱地吐出這句話，像是被宣判了死刑一樣。

餐點陸續送上桌，但兩個人都沒有開動。人潮隨著時間而逐漸增加，千代這時才突然明白，劉雨澈之所以選擇坐角落的位置，是因爲不想在這麼多人聚集的情況下揭穿她。

雖然這是她最不想看到的結局，但事到如今也沒辦法了。

「我知道遲早會被發現的，但沒想到是被你。」

「妳說晚上要去醫院也是騙人的吧？其實是要去犯案……妳爲什麼要這麼做？」

「那天我看見衫崎之後，才想到他以前開的那間酒吧剛好就在附近，所以我猜想或許他一直都住在那裡也說不定。如果是以前的我，心中可能又會再次被恐懼淹沒而逃跑，但我已經下定決心不再害怕了。」

「雖說是這樣，但卽使知道他就在那裡，我卻不知道自己能做什麼，卽使報警揭露他曾經的惡行，警察也很有可能因爲證據不足而不願調查，難道我就只能眼睜睜看著這個折磨我這麼多年的惡魔自由自在地過著自己的生活，像什麼事都沒發生一樣嗎？」

「我絕不允許這種事情發生！」千代突然變得咬牙切齒，「我一定要讓他得到報應！讓他也感受發生在我身上的那些痛苦！」

「加上我又從媽媽口中得知，她在被攻擊的前一刻看到了裝滿現金的手提箱。所以我猜也許那些踏香小徑的鬧鬼傳聞，都是衫崎爲了進行一些見不得人的非法交易，而故意裝神弄鬼製造出來的，目的就是讓人不敢靠近，只是沒想到被媽媽看見了手提箱，所以才會動手傷人。」

「所以我才決定縱火。他想用黑暗掩護罪惡，那我就用火光揭穿他的惡行，卽使他僥倖從惡火中逃過一劫，周圍的住戶也勢必會受到驚擾而紛紛聚集過來，不論他到底在做什麼見不得人的事情，一切都將在衆人面前曝光。」

「審判將會等著他，正義也將伸張，在火光中，所有的邪惡都將被燃燒殆盡，這就是我的反抗。」千代平靜地說完事情經過，現在的她異常冷靜，因爲卽使被發現了，她也不認爲自己有錯。

「我明白他對妳造成很深的傷害，也能理解妳想報復的心，但難道妳從沒想過這麼做可能會波及到附近無辜的居民嗎？如果火勢一但失控——」

「我才不在乎！」千代突然大吼，所幸此時居酒屋已經人滿爲患，嘈雜聲蓋過了千代的聲音，才沒有引起其他人注意，「這不都是你教我的嗎？是你要我勇敢面對這一切，爲了自己挺身而出，還說會站在我這一邊，那你現在說這些話又算什麼！」

「我是希望妳不要放棄對善良的信心，重新學會去相信別人，相信——」

「你夠了沒有！」千代的尖叫聲打斷了他，開始有幾位客人往他們的方向看過來。「原來你也跟其他人一樣，只有滿嘴的道德仁義，卻從來不曾理解我的痛苦。什麼善良，什麼正義，這些東西根本就不存在，你只不過是過著比較幸運的生活，就以爲自己能站在道德的制高點指責我嗎？你沒有感受過我的痛苦，就不要自以爲是地勸我向善！」

劉雨澈被千代這番話說得啞口無言，兩人都沉默了好幾分鐘，原本被他們引起注意的其他客人們也紛紛轉過頭去，他們又再次隱身在人群中的小角落。

「你知道嗎？」千代輕聲地說，「我從不認爲有誰是天性善良的，那些樂於幫助別人，總是展現和善的人，是因爲他們曾經受到如此的對待，所以才願意付出努力去做出相同的貢獻。他們的善，只不過是運氣好，有機會得到來自別人的善意，就像是有錢人家的小孩，總是想要什麼就有什麼，不理解爲什麼其他人不敢對更好的生活有所奢望，還說出那都是因爲你們不願意相信自己也能實現夢想這種自以爲是的話，你不覺得這既可笑又虛僞嗎？」

看著眼前歇斯底里的千代，劉雨澈看得出來她正強忍著淚水，想維護自己剩下的一絲自尊。雖然能明白她說的這番話，自己的人生也的確比她幸運得多，而無法體會她所承受的痛苦。但經歷了在藍岸的獨自反抗，以及小賴的離去之後，他才意識到，正是因爲有了這些挫折和悔恨，才讓他明白堅持良善的意義，也開始相信這些堅持最終能改變所有的悲傷和仇恨，這正是自己來日本的目的。

「能保有善良才不是因爲運氣好……那都是在一次次的苦難中努力堅持下來的結果啊！我是眞心支持妳的，但我絕不認同這種方式——」他的話還沒說完，千代就站了起來。

「認不認同隨便你，我有我保護自己的方式，如果你不願意站在我這邊也無所謂，你不是也有想完成的事情嗎？我們就各自在選擇的道路上前進吧，誰也不必陪伴誰，也麻煩你以後不要再來公所找我了，再見。」

千代穿過正舉杯歡呼的酒客之中，很快地消失在夜色裡，留下劉雨澈一個人在居酒屋的角落，雖然周圍的每個人都在酒精的催化下興奮地大聲吼叫著，但他卻什麼也聽不到，一切歡笑彷彿都墜落在無盡的沉默之中。

※

敲門聲突然響起，齋藤智子正覺得奇怪，除非是發生了緊急事件，否則九點過後醫生就不太會進入病房了，或許是那個嚴肅的警官又想來問一些當天的細節。她趕緊說了聲請進。

沒想到進來的卻是一個年輕人，從外表看起來不超過三十歲，年紀應該跟千代差不多。但他臉上卻一副憔悴而悲傷的神情，難道是走錯病房了嗎？智子心想，於是禮貌地對著他說。

「您好，請問您要找誰呢？如果是來探望隔壁的高橋太太，您可能走錯病房了喔，不好意思，這間醫院的病房標示常常讓人誤會呢，眞是傷腦筋——」但對方卻沒有要離開的意思，並開口說道。

「請問您是齋藤智子小姐嗎？齋藤千代的母親？」智子對於眼前這位年輕人是來找自己而感到詫異，但他看起來似乎沒有惡意，而且還提到了千代的名字，於是謹愼地點了點頭。

「突然冒昧拜訪實在很抱歉，但有些事情必須告訴您，而且時間已經不多了！」那位年輕人快步走向齋藤智子，她急忙從病床上坐了起來。

「雖然你這樣說……但我連你是誰都不知道，而且你剛剛提到了千代，還說時間不多了，難道是千代出了什麼事嗎？」智子著急地問著。

「我叫劉雨澈，是一名從台灣來的旅客。我這次來日本的目的是爲了找人，因此去了公所尋求協助，也因此認識了千代小姐，她是個非常熱心的人，一直努力協助我找到對方。」

聽到他這麼說，齋藤智子又想起了隔壁大嬸對千代的稱讚，不禁露出了微笑，「那孩子的確是個很熱心的人，大家都是這麼說的呢。」

劉雨澈接著說，「她陪我去和歌山找人的那晚回到家後，才聽說您出事了，於是我們暫時停下了找人的任務，開始調查您被襲擊的眞相，結果——」智子突然舉起來手來，打斷了他的話。

「等等，你說千代跟你去了和歌山？而且是在我一直聯絡不上她的那晚？原來如此，難怪她才不接我的電話，原來是跟你這個傢伙偷偷跑去約會了！我先警告你，不要對我的千代有任何非分之想，竟然在這麼晚把她拐到那麼遠的地方，我看你也不是什麼好東西！」劉雨澈一聽，急忙想解釋誤會，但智子不給他開口的機會，又接著說。

「而且大老遠從台灣到日本只爲了找人，這種藉口未免也太奇怪了吧，你或許騙得了千代，但絕對騙不了我！請你離開吧，以後麻煩不要再靠近我們家千代了！」說完便轉過身去。

劉雨澈知道如今他說什麼都沒有用，只好從背包裡拿出爺爺的日記，放在齋藤智子的病床旁。

「智子小姐，我可以理解我的突然來訪，又說了這些事情讓妳很難相信，但希望妳可以看一下這本日記，就會知道我說的一切都是眞的了，拜託了。」說完他便稍微後退，但絲毫沒有要離開的意思，智子看他如此反應，知道如果不打開來看，他是不會輕易作罷的，於是嘆了口氣，轉過身拿起了日記。

「好吧，既然你都這麼說了，我就看看這裡面到底寫了什麼，但等我看完後，就麻煩你立刻離開。」看劉雨澈點頭答應，智子便翻開了日記。

看她專心閱讀的樣子，劉雨澈想起了千代在列車上看這本日記時的樣子。或許因爲是母女的關係，兩個人專注的眼神簡直一模一樣，而所有的一切也都從那時候開始，如果當時沒有告訴千代這本日記的事，她或許就不會變成現在這樣了吧……

在思緒不斷交錯的恍惚之間，齋藤智子已經看完了整本日記，然而之前氣憤的模樣卻一掃而空，取而代之的是一種怪異的呆滯。

「智子小姐，您還好嗎？」劉雨澈有點擔心地問道，或許是知道了父親過去的所作所為後，一時無法調整情緒，才會露出如此古怪的神情。

「那個人……是我的父親。」齋藤智子喃喃自語著。劉雨澈早就料到她會有如此反應，於是趕緊說道，「是的，這部分也跟千代確認過了，看來裡面提到的齋藤指揮官的確就是您的父親沒錯，雖說他做了那樣的事情，但畢竟還是您的親人，所以——」

「不！」他話才說到一半，齋藤智子突然瞪大了眼看著他，並大聲說道。劉雨澈被她的反應嚇了一跳，難道她知道眞相後所受到的打擊比想像中還要更大嗎，他忐忑不安地看著眼前的智子。

就在一陣短暫沉默之後，齋藤智子才終於再次開口。

「那位小島先生……就是我的父親。」

「不好意思，齋藤小姐，但我想妳應該是誤會了，您的父親應該是那位同樣也姓齋藤的指揮官才對吧？」但齋藤智子彷彿沒有聽見他的話一般，只是茫然地望著前方，一句話也不說。

就在劉雨澈猶豫著該不該告訴她千代的事情時，智子才緩緩地開了口。

「爸爸在我出生前就加入了軍隊，沒多久便戰死在異地的戰場上，因此我的童年從未感受過父愛的溫暖，加上日本戰敗之後，許多參戰的軍人被視爲侵略他國的幫凶，也因此成爲了我被其他同儕欺負及排擠的原因。我開始變得不敢與人交際，對自己也越來越感到自卑。」當她說這些話時並沒有看著劉雨澈，而是盯著前方，像是在跟自己的人生對話一樣。

「逐漸地，我開始把生活中遇到的不順利，所有與人相處的挫敗，通通歸咎在父親身上。如果他沒有去從軍就好了……如果他當初有平安回來就好了……這些念頭慢慢地轉化成恨意，我痛恨他沒有盡到一個父親的責任，也沒有在我最脆弱的時候陪伴我，保護著我。而是一走了之，留下我一個人遍體鱗傷。」

「長年的自卑及害怕人群，讓我一直不覺得這世上會有一個願意愛我的人，甚至不敢想像擁有自己的家庭。但就在某一天，我恰好看見了軍友會的宣傳單，那是一個由軍人家眷所組成的聚會，我突然想到，或許那裡也有像我一樣的人，於是我便開始參加每週的集會。」劉雨澈想起鈴木先生說過，他和智子就是在軍友會認識的。

「在軍友會裡，因爲大家都有類似的經歷，所以我很快就交到了許多朋友，其中和我最談得來的是一位叫齋藤愼司的男人，於是我們很快就陷入了熱戀，沒多久便結婚了。」

「結婚後我理所當然地改姓齋藤，這也是爲什麼你會誤會我是日記裡那位指揮官的女兒，雖然我對自己爸爸的事情了解得不多，但愼司卻清楚知道自己的爸爸是在塞班島戰役中喪生，如此看來，那位指揮官應該是愼司的父親。如果我不那麼抗拒有關父親的一切，或許我也能夠發現爸爸曾參與過這場戰役。」

「然而當我以爲人生終於要開始幸福時，隨著婚後的生活一天天過去，我們吵架的頻率卻越來越高。就在千代出生後沒多久，丈夫提出了離婚的要求，當他簽字的那一刻，便不再與這個家有所牽連。」

「我把婚姻的失敗再次歸咎在父親身上，所以即使離婚了，我也不願把名字改回來，仍保留了齋藤這個姓。但事實上，我原本的名字是小島智子。」

「我曾經如此痛恨小島這個姓……」智子突然流下了眼淚，「承接來自爸爸的姓氏，那個狠心拋下家庭，被社會認爲是殺人魔、侵略者的父親，我覺得承接來自他的姓氏是一種詛咒，沒想到我竟然錯得如此離譜……」劉雨澈並沒有上前安慰她，而是從背包中拿出了另一個東西，一枚年代久遠，卻仍閃耀金光的勳章。

「那麼，我想這枚勳章應該歸還給您。不論您對於父親的看法如何，他都曾經在殘酷的戰場上犧牲自己的生命，只爲了拯救自己的同袍，身爲被救者的後代子孫，我有義務將這枚勳章交還給您，這才是眞正屬於小島先生的榮譽。」

智子的臉頰上仍殘留淚痕，但接過勳章時的眼神卻十分堅定，這是她人生中第一次爲自己的父親感到驕傲，她凝視著手中的勳章，沉浸在過往的回憶以及對父親的想像裡。

劉雨澈很不想打斷她懷念父親的時光，但已經沒有時間了！

「不好意思，但我今天會來，最主要是想告訴您一些事情，是有關於千代小姐的。」

「千代……她怎麼了嗎？」

劉雨澈開始述說千代告訴他的一切，長久以來令她窒息的掌控，衫崎所對她做的事，以及千代以縱火作爲自己的報復手段等，他都一五一十地說了出來。

「很抱歉，擅自主張告訴您這些事，我知道這種事情不是我這個外人有資格插手的，但如果您一直不知道千代承受著什麼樣的壓力，那麼這些痛苦和仇恨是永遠不可能化解的。」

智子聽完後呆坐著好幾秒，才低頭看著手中的日記，一邊撫摸破舊的封面，一邊喃喃自語道。

「原來……我才是最糟糕的母親。」她回憶起以前和千代經歷的生活，那些她以爲光鮮亮麗的美好生活，如今都變成一顆顆悔恨的淚珠，滴落在日記本以及那枚勳章上面。

「愼司離開我們後，我下定決心要好好保護千代，要成爲她心中最完美的母親，卻沒有意識到那些所謂的爲她好，只不過是我對自己童年缺憾所產生的一種投射罷了。我把千代的努力當成是應該的，卻把她的成就歸於自己身上，只要她做錯事情，我就會覺得她辜負了我的栽培，彷彿那些錯誤和髒污也附著在我身上一樣。每個選擇都是爲了我自己，我卻從來沒有好好問過她想要什麼，也沒有盡到保護她的責任。我可憐的千代……默默承受了這麼多痛苦，她一定很恨我吧，一切都是我這麼做母親的錯。」對父親的錯怪以及對女兒的歉意，讓智子終於忍受不了心中的情緒，崩潰地大哭著。

「請您不要這麼說，雖然千代的確很想逃離這樣的生活，但當她知道您出事之後，一直很努力想找到兇手，她的每個神情都透露出對您的擔心。我相信只要您願意跟她好好談談，妳們還是能擁有幸福的家庭生活的……不好意思，但我得走了，我必須在千代做出不可挽回的事情之前阻止她，那本日記就留給您吧，再次感謝您的父親爲我爺爺所做的一切，現在該是我回報的時候了。」說完劉雨澈便往門口的方向走去，正當他轉開門把時，聽見身後傳來一陣聲響，於是他轉過頭去。

此時的智子已經離開病床站了起來，對著劉雨澈深深一鞠躬。

「請一定要將她平安無事地帶回我的身邊，拜託您了。」

※

原本以爲計畫會因爲被揭穿而失敗，但看見前一晚準備的油桶和和火柴仍掩蓋在破舊的帆布底下，千代才知道劉雨澈並沒有把這些東西移走。

——或許他以爲跟我談過之後，我會就此放棄我的計畫吧。實在是很天眞的人……眞不知道這種人是怎麼活到現在的。千代在心中不屑地這麼想。

——滿口的正義、希望、善良，那都是沒有受過傷的人才會去相信的東西，沒見過殘酷的現實，才會以爲世界都是美好的。然而這個世界卻處處充滿黑暗，而現在的我，即將要照亮這一片黑暗，連同我的傷痛和仇恨一起點燃。

這片空地是她上次就注意到的地方，因爲這裡充滿了廢棄物，也沒什麼人會來這裡，是個藏物的好地點。而且這片空地的旁邊就是月葉的舊址，雖然招牌早已被拆了下來，但門上卻沒什麼灰塵，因此千代判斷這裡仍有人住著，而且那個人就是衫崎。

千代把充滿汽油的鐵桶分別放在月葉的四周，每個桶子的底部都留有一個開孔，等一切都準備好之後，她就會將開孔打開，接著點燃火柴。

——到了那時候，我就能眞正獲得解脫了。千代閉著眼心想著，但不知道爲什麼，她卻沒有絲毫開心或期待的感覺，反而心中充滿了不安，可是她不知道自己在害怕什麼。

她暫時放下手邊的行動，一個人呆坐在地上。她想起第一次遇到劉雨澈的畫面，曾經一度後悔答應幫助他，結果最後反而自己比他還積極找人，甚至還去了和歌山那麼遠的地方。千代輕輕地笑了起來，接著又想到他們在旅館的談話，那本日記和勳章，還有在居酒屋被揭穿時的氣憤及失望。

雖然當時說不要再來公所找她了，但千代心裡其實還是很希望能再見到劉雨澈。她細細回味他們經歷的每一段時光，還有那個沒說出口的願望。

想活下去。是他給了千代這種希望，是他讓千代願意重新相信這個世界。

兩種極端的情緒在她心中掙扎著，明知自己正準備犯下不可挽回的錯誤，心中渴望復仇的心卻越來越熾熱，她抬頭看向天空，望著皎潔明亮的月光，暗自在心中許下另一個願望。

也是在這個時候，她隱約聽見了警車的聲音。

千代立刻緊張了起來，不管是什麼原因，只要現在有警察過來，那麼這一切不但將功虧一簣，自己也將揹上涉嫌縱火的罪名。

沒有時間了，必須現在就行動！

千代將鐵桶底部的開孔打開，汽油立刻流了滿地，空氣中瀰漫著刺鼻難聞的氣味，接著她拿起地上的火柴盒，並確認點燃後的逃離路線。就在她拿出一根火柴，準備劃向火柴盒時，突然一陣亮光照向了她。

就在她以為是附近巡邏的員警而驚慌失措時，卻傳來了一個熟悉的聲音。

「千代小姐，不，千代！我知道妳或許不想再見到我了，但無論如何，我都要盡我最大的力量阻止妳做這件事情。」千代認出了眼前這個人，沒想到剛剛許的願望居然成眞了。千代想起了他會說過每個願望其實最終都會實現，但她仍不肯就此放棄，於是冷冷地說道。

「我知道你會來阻止我……但你什麼也做不了，我很感謝你的出現，還有你對我說過的那些話，但事到如今不論你說得再多，都無濟於事了。」千代仍緊握著手中的火柴，卻遲遲沒有點燃。

劉雨澈慢慢地往前走近千代，「我會來這裡，不只是為了阻止妳，更重要的是，我找到小島先生的家人了！」他在離千代只有一步的距離停下。千代不敢相信自己聽見了什麼，在原地愣了好幾秒鐘，才放聲吼道。

「原來這就是你要告訴我的事情嗎？在這種時候，你竟然只在乎你有沒有找到那個小島先生！我真是看錯你了——」話還沒說完，手中的火柴便被劉雨澈一把搶走，但火柴盒卻仍緊握在千代的另一隻手上，她警戒地迅速往後退，並出聲警告。

「居然用這種陰險的方法讓我放下戒心，真沒想到你是這種人，說找到小島先生家人也只不過是讓我分心的謊言吧！」

「不是這樣的！我真的找到了小島先生的家人。而且，那個人也是妳的家人。」

看到千代一頭霧水的樣子，劉雨澈說出了全部的真相。包括智子其實是小島先生的女兒，以及她對女兒長久以來的虧欠及後悔，都一一傳達給千代。

鐵桶裡裝的汽油幾乎都已經流光了，千代站在滿地惡臭的空地上，卻絲毫不覺得噁心，甚至沒有注意到空氣中越來越強烈的刺鼻味。她花了好長一段時間才理解發生了什麼事，全身不聽使喚地動彈不得，連一句話也說不出來。

「妳知道那枚金鵄勳章代表的意義嗎？」劉雨澈輕聲說道，「我的爺爺當初被誤以為是解救大家的英雄而獲得這枚勳章，理由並不是因為在戰場上殺了多少敵人，而是他成功讓大家順利撤回營地，挽救了許多人的性命。事實上，做出那些英勇行為的是妳的爺爺，那位小島先生才對。」

「這枚勳章代表的意義從來都不是榮譽，而是無私的付出。在旅館那天，我之所以會鼓勵妳面對過去的事情，以及去醫院告訴智子小姐這一切，都是因為我知道仇恨和傷害不會因為逃避而消失，但最終都會因爲相信世間仍有愛和善良而一一化解。千代，希望妳能做出正確的決定，就像當年的小島先生一樣。」

在一片黑暗之中，千代很難看清他此時的表情，她只覺得自己好像身處媽媽被攻擊的那晚，那個空無一人，跟現在一樣漆黑的家。她一直以來都在這片漆黑中不斷追尋，卻始終找不到容身之處，然而當一切都真相大白的時候，她才感覺那片黑暗終於被驅散。就像是再漫長難熬的夜晚，總會等到遠方日出照亮大地的那一刻。

邪惡和暴行永遠不會消失，但也永遠有正義和善良的人伴隨左右，由里子、加藤、鈴木先生、劉雨澈、媽媽、小島先生……

火柴盒從千代的手中掉落，她現在想做的事情只有一個。

「走吧。」劉雨澈向千代伸出了手，就像是看穿了她的心思一樣，「我答應過智子小姐，要平安把妳帶回她的身邊。」

就在千代準備握住他的手時，突然一陣強光從旁邊照了過來，接著聽到一個歇斯底里，幾近瘋狂的聲音。

「原來就是你這傢伙一直暗中破壞我的好事！總算讓我逮到你了，給我去死吧！」千代還沒看清楚對方的臉，就看見劉雨澈伸出的手緩慢地垂下，整個人癱倒在地上。

「不許動！」差不多在同一時間，尖銳的警笛響劃破了午夜，好幾台警車迅速包圍了他們，車燈的亮光瞬間照亮了四周，接著一群警察蜂湧而上，把剛剛衝出來的那個人壓制在地上，千代看見帶頭的那個警官，認出他就是在媽媽病房裡遇見的那個人。

但千代毫無心思去想爲什麼他會出現在這裡，以及被壓在地上那個人究竟是誰，因爲在警車車燈亮起的那一刻，她原本以爲看到的會是透明黏稠的汽油，然而她卻只看見滿地的鮮紅，以及眼眶中充滿悔恨的淚水。

終章

還沒有搞清楚手中各種硬幣的差別，所以投幣下公車時弄得手忙腳亂的，不過公車司機很有耐心地等我，後面準備下車的乘客也熱心地幫我從硬幣堆中找出一個十元硬幣和五元硬幣，當我將硬幣投入投幣箱並踏出車外的瞬間，一陣清涼的山風迎面而來。

風中帶有一點鹹味，跟井風町的風很像。我順著風的方向走去，雖然很想去看看另一側的太平洋，但這不是此行的目的。我跟著其他登山客一路走到了登山口，大家在上山之前反覆確認水和食物是否充足，彼此互相給予關心，互相加油打氣，就跟那個時候一樣。

山的遼闊曾經是我逃離束縛的嚮往，而如今內心眞正自由之後，才發現身邊的相伴的人比山頂的風景更加美麗。

在機場時我就注意到了，這個地方對人的情感連結特別強烈。即使語言不通，也能感受到每個人眞心的關懷和幫助，也多虧了這些幫忙，我才順利從機場一路來到太魯閣的山腳下。

看著眼前高聳的太魯閣山，有一種終於到了這個時刻的感覺。回想過去幾週發生的事情，我仍對生命的可能性感到不可思議。一隻橘色的小貓從我腳邊溜過，我忍不住跟了上去，在高山底下的純樸城鎮，一隻貓竟成了我最在地的嚮導。

牠在石階上靈巧地跳躍著，最後在一間小店前停了下來，並趴在石頭地上舒服地打著盹。眼前的這家店看起來雖然年代久遠，但東西卻一應俱全，就跟日本的雜貨店一樣。古老的電視正播報著新聞，而櫃檯的後面則是睡著午覺的老奶奶。寧靜的小店和山間的風，以及一隻曬著太陽的橘貓，任誰都會因爲這樣的景色而沉醉於午後的悠閒時光。

正當我準備離開時，正好瞥見了電視上的新聞。雖然認得的中文不多，但一看見大野警官的身影出現在電視機裡，我就知道新聞在報的是那件事情。

揭祕！鬧鬼事件的真相！破獲史上最大宗毒品交易犯罪！

日本的新聞標題是這樣寫的。長久以來流傳於全日本的井風町鬧鬼事件，其實背後是數十億的毒品交易，而主謀者正是衫崎。外觀看起來已經倒閉數年的月葉，事實上一直是衫崎和他的同夥交易及吸食毒品的藏身處，居酒屋老闆所聞到的刺鼻味以及酒醉大叔看到的煙霧，其實都是燃燒毒品的產物。在鬧鬼事件逐漸傳開之後，衫崎想到或許可以趁機利用這種謠言，讓大家因爲害怕而不敢靠近，所以經常裝神弄鬼，讓踏香小徑的恐怖印象更深植於人心。

衫崎被逮捕後，過去他所做的惡行也一一被揭露，雖然再重的制裁都無法將傷疤抹去，但相信正義和愛最終一定能消滅邪惡與仇恨，是我受傷的心開始癒合的第一步。

警方早在幾個月前接獲線報後，便指派在醫院碰過面的大野警官，也就是由里子提過的那位童年玩伴，從東京回到井風町進行調查。

「我當時就覺得奇怪，雅彥怎麼會輕易放棄一直以來嚮往的東京，而回到井風町呢？」事後由里子這麼對我說道，「看來比起追求自己的夢想，守護珍貴的家鄉才是雅彥心中最重要的使命。」說完由里子便轉過頭對我笑著，我不知道她說的珍貴家鄉是指井風町還是她自己，不過那是我第一次看見她這麼眞心的笑容。

雖然大野警官因爲這件事情受到了極大的表揚，但他也在私底下向我們承認，會逮到衫崎並破獲這宗毒品交易，完全是誤打誤撞。

因爲那天他打算逮捕的人，其實是我才對。

由里子曾經在和他一起吃飯時無意間透露了我每天都會提早離開公所，去醫院探望媽媽的事情，但大野警官當時爲了調查踏香小徑的案件，每天都會去醫院詢問媽媽受到襲擊當天的細節，卻從來沒碰見我，所以才引起了他的懷疑。

加上那次的縱火事件雖然沒有造成太大的損害，但警方勘查現場後發現起火點都圍繞在月葉的附近，雖然由里子信守我們之間的承諾，沒有把我過去的遭遇說出來，但談到媽媽遭受攻擊的事件時，她因爲衫崎曾對我做的惡行而情緒異常激動，更讓雅彥覺得我必定跟這件事情脫不了關係，不論是爲了媽媽，或是其他個人的因素，我都有足夠的動機做出報復行爲。

我離開那間雜貨店，重新回到山腳下的登山口。此時大部分人都已經上山了，只剩一位老爺爺還坐在一旁的長椅上休息。我經過他身邊時禮貌地對他點了點頭，他卻突然開口對我說了一些話，我急忙揮舞著手表示自己不懂中文，正當我準備離開時，那位老爺爺又開了口。

「要一起爬山嗎？」他用標準的日文對我說著，我驚訝地停了腳步，雖然在看過那本日記之後，我知道台灣跟日本曾有段很深的淵源，過去在日本統治的年代下所受的教育，使得現在還有不少台灣的老年人會說日文，但第一次遇到這樣子的台灣人，還是讓我心中湧起一股親近的感覺。

我想起了爺爺的故事，兩個來自不同地區的人，在那段混沌交錯的歲月中展現了可貴的友誼。時代的大風大浪都將沉沒於時間裡，最終在數十年後的太魯閣山下，留下一句短短的問候。

「好的，請您多指教了。」雖然上了年紀，但從對方結實的肌肉線條來看，應該是平時就常常來爬山，自己搞不好還跟不上他的腳步。雖然原本預計這是趟一個人的旅行，不過有個人陪伴的感覺也不錯。

「妳叫什麼名字？」老爺爺從長椅上站了起來，親切地問道。

「小島千代，您呢？」

「我呀，已經老到不需要名字了。」他爽朗地笑了起來。在山與海之間的這片土地上，世界遼闊地彷彿不需要規則，即使是不知道名字的陌生人也能成爲旅伴，我跟著開心地笑著。

媽媽出院之後的第一件事，就是把名字改回小島智子。雖然她說不勉強我，但我也跟著把名字改了，這麼做並不是因爲不喜歡原本的姓，而是一想到那位小島先生竟是自己的爺爺，我就感到無比驕傲，也以身爲小島家的一分子爲榮。

齋藤千代也好，小島千代也好，那都是眞正的我。是在經歷這麼多事情之後，才終於找到的自己。

隨著高度緩慢上升，湛藍的太平洋也一點一滴出現在眼前，我忍不住停下了腳步。老爺爺看我目不轉睛的樣子，也不打擾我，我們就這樣靜靜地看著大海。

「每次我看到這樣的景色，都會覺得全身放鬆了下來，年輕的時候爲了紓解工作壓力，常常會一個人去海邊看這樣的風景。千代小姐，妳是休假來台灣旅遊的嗎？」我們繼續往前走後，老爺爺悠閒地問著。

「啊，不是的，其實我現在是待業中，所以才趁這段時間來台灣走走。」雖然並不是來旅遊的，但想到終於能看見一直以來心目中的太魯閣山，讓我對這趟旅程抱有很大的期待。

做出那種事情之後，我已經沒有臉背負爲居民服務的使命了，於是辭去了公所的工作。我在商店街的大家面前流著淚道歉，原本以爲那個人人喜愛的千代會因爲放了那把火之後，在衆人心中的形象也隨著被撲滅的烈火而消失殆盡，但每個人只是心疼地抱著我，像是回到小時候，受到大家的照顧和喜愛一樣。不知道什麼時候，我的手上還多了一個梅子飯糰。

沒有人想追究責任，加上那次縱火其實並沒有造成多少損害，最終警方以意外事故結案。但這並不表示我不用負起任何責任，當大家聚在一起討論那片荒廢空地該怎麼處理時，我自告奮勇地提出要負責重建及改造的工作。

在一片熱烈的讚同聲中，我隱約聽見隔壁大嬸的聲音，「商店街的未來果然還是要交給千代呢！」媽媽牽著我的手，滿足地對我笑著。我第一次看到媽媽露出這樣的表情，那是一種眞心爲我感到驕傲的笑容。

正當我思考著要怎麼利用那片空地時，媽媽竟搶先提出了自己的想法，正當我我對她的提議感到驚訝，準備接著問下去的時候，媽媽卻先開了口。

——千代，明天有空陪我去一個地方嗎？

上次去的時候是晚上，所以周圍一片黑暗才讓人感到不寒而慄，但沒想到白天時這個地方竟如此漂亮，不同的花卉圍繞在每一間老房子的四周，每一個人都悠閒且認眞地生活著，時間在這裡彷彿慢了數十倍。

我們走到一戶人家面前，媽媽深深吸了一口氣，接著緊張地敲了敲門，而我則是輕輕地撫摸著那個刻著小島兩個字的門柱。

打開門的那一瞬間，我聞到滿屋子的香氣。

「看來妳找到了妳要找的人了，孩子。」老婆婆慈祥地看著我，並握住我的手對我說。媽媽流著淚，緊緊抱著那位老婆婆。

隨著對爺爺的誤解一天天加深，媽媽越來越想逃離小島這個姓，因此就在遇見爸爸後不顧家人的反對，毅然決然地決定嫁到齋藤家，並斷絕了所有與小島之間的關係。沒多久奶奶就離開了井風町，一個人搬到和歌山生活，但這麼多年來，她一直都相信媽媽會回來。

這些都是發生在我出生前的事情，所以那個晚上是我和奶奶第一次見面，當時的我並沒有說出自己的名字。

「妳是小島家的人。第一次見到妳的時候，我就知道了。」奶奶彷彿看穿了我的心思，溫柔地對我說著。我吃著剛出爐的可麗露，享受那種香甜又溫暖的感覺，據說這是媽媽和奶奶以前每個週末都會一起做的甜點。

這也是爲什麼，媽媽會提議在空地開甜點店的原因。

「山上曾經有座神社。」我們走到了一處岔路口，並在步道旁的長椅上稍作休息時，老爺爺對我這麼說。

「在那個大家都說日語的年代，我和其他同伴們常常來神社玩些小孩子的遊戲，當時不管你是台灣本地人，還是日本人，大家都玩在一起，根本沒有差別。」我專心地聽著老爺爺的故事，「後來戰爭結束，日本宣告無條件投降。一夜之間，曾經的玩伴就這麼離開了，我們剩下的這些人也越來越少去神社，隨著年紀增長，留在台灣的同伴們也紛紛選擇離開這裡去外地工作。就在某一年，政府宣布要開鑿新的公路，神社就這樣在施工時被拆除了。」

「眞是可惜，畢竟那裡有許多您和朋友的童年回憶吧，您之後還有跟那些回到日本的朋友聯絡嗎？」我在腦海中想像著當時的畫面，原來不只是在殘酷的戰場上，在這種純樸的鄉鎮也曾存在如此可貴的友誼。

「沒有了。當時的通訊比起現在落後很多，在最後一次道別之後，我就再也沒見過當年那些朋友了。」

「所以我常常來爬山。」老爺爺緩慢地站了起來，「混亂的時代會過去，充滿回憶的神社會被拆除，珍愛的人也總有一天會離開，可是山一直都在這裡，就像有些情感永遠不會改變一樣。」我很能體會他說的這句話，有些人已經離開了我的身邊，但他們曾經付出及傳達的精神卻始終陪伴著我。

老爺爺的目標是更高的山頭，但我不是。我很享受這趟短暫的陪伴，但我知道告別的時候到了。

「接下來的旅途請您一路小心。」我在岔路口跟老爺爺揮著手，並往左邊的小路繼續前進。

原本寬闊的步道逐漸變得狹窄，周圍也越來越杳無人煙，每走一步都彷彿離人類文明遠了一點，我像是身處在原始的山林一般。

我知道此行的目的地就在前方，於是在峭壁和溪流之間繼續行走著，一路不忘在山間仔細尋找那朵花。就在彎過最後一處岩壁後，我看見了一扇鐵門。

穿過鐵門後，我小心翼翼地踏著每一步，最終在一棵樹底下找到了他的名字。我跪坐在草地上，從背包裡拿出那塊閃著光芒的金鵄勳章，並將它放在劉雨澈的墓前。

「勳章代表的從來都不是榮譽，而是無私的付出。」我輕聲地說著。就在準備離開的時候，一陣強風從下方的山谷吹了上來，我像是被召喚一般向前走去，當我以為低下頭會看見陡峭的懸崖和山壁時，整片花海就這麼出現在我的眼前，就如同我一直以來想像的一樣美麗。正當我滿足地躺在草地上，感受著太魯閣的風與群山的鮮豔時，一朵純白的百合花正悄悄地在我腳邊綻放著。

國家圖書館出版品預行編目資料

小島先生／陳廷威著. --初版.--臺中市：白象文化事業有限公司，2024.4
面； 公分
ISBN 978-626-364-258-4（平裝）

863.57 113000811

小島先生

作　　者　陳廷威
校　　對　陳廷威
發 行 人　張輝潭
出版發行　白象文化事業有限公司
412台中市大里區科技路1號8樓之2（台中軟體園區）
出版專線：（04）2496-5995　傳真：（04）2496-9901
401台中市東區和平街228巷44號（經銷部）
購書專線：（04）2220-8589　傳真：（04）2220-8505
專案主編　李婕
出版編印　林榮威、陳逸儒、黃麗穎、水邊、陳媁婷、李婕、林金郎
設計創意　張禮南、何佳諠
經紀企劃　張輝潭、徐錦淳、林尉儒
經銷推廣　李莉吟、莊博亞、劉育姍、林政泓
行銷宣傳　黃姿虹、沈若瑜
營運管理　曾千熏、羅禎琳
印　　刷　百通科技股份有限公司
初版一刷　2024年4月
定　　價　300元